ミネルヴァ日本評伝選

世間に対して真剣勝負をし続けて

有島武郎

亀井俊介著

ミネルヴァ書房

刊行の趣意

「学問は歴史に極まり候ことに候」とは、先哲荻生徂徠のことばである。

歴史のなかにこそ人間の智恵は宿されている。人間の愚かさもそこにはあらわだ。この歴史を探り、歴史に学んでこそ、人間はようやくみずからの正体を知り、いくらかは賢くなることができる。新しい勇気を得て未来に向かうことができる。徂徠はそう言いたかったのだろう。

「ミネルヴァ日本評伝選」は、私たちの直接の先人について、この人間知を学びなおそうという試みである。日本列島の過去に生きた人々の言行を、深く、くわしく探って、そこに現代への批判を聴きとろうとする試みである。日本人ばかりではない。列島の歴史にかかわった多くの異国の人々の声にも耳を傾けよう。

先人たちの書き残した文章をそのひだにまで立ち入って読み、彼らの旅した跡をたどりなおし、彼らのなしとげた事業を広い文脈のなかで注意深く観察しなおす——そのとき、はじめて先人たちはいまの私たちのかたわらによみがえってくる。彼らのなまの声で歴史の智恵を、また人間であることのよろこびと苦しみを、私たちに伝えてくれもするだろう。

この「評伝選」のつらなりのなかから、列島の歴史はおのずからその複雑さと奥ゆきの深さをもって浮かび上がってくるはずだ。これを読むとき、私たちのなかに新たな自信と勇気が湧いてきて、その矜持と勇気をもって「グローバリゼーション」の世紀に立ち向かってゆくことができる——そのような「ミネルヴァ日本評伝選」にしたいと、私たちは願っている。

平成十五年（二〇〇三）九月

上横手雅敬
芳賀　徹

麴町下六番町の自宅にて
（大正６年３月13日，小川一真撮影）

（右）「聖フランセス」
（有島武郎画，明治36年）
ファニーを画いたと思われる
（下）アーサー・クロウェルの家

ホイットマン像

（有島武郎画）

『リビングストン伝』

（明治34年３月）

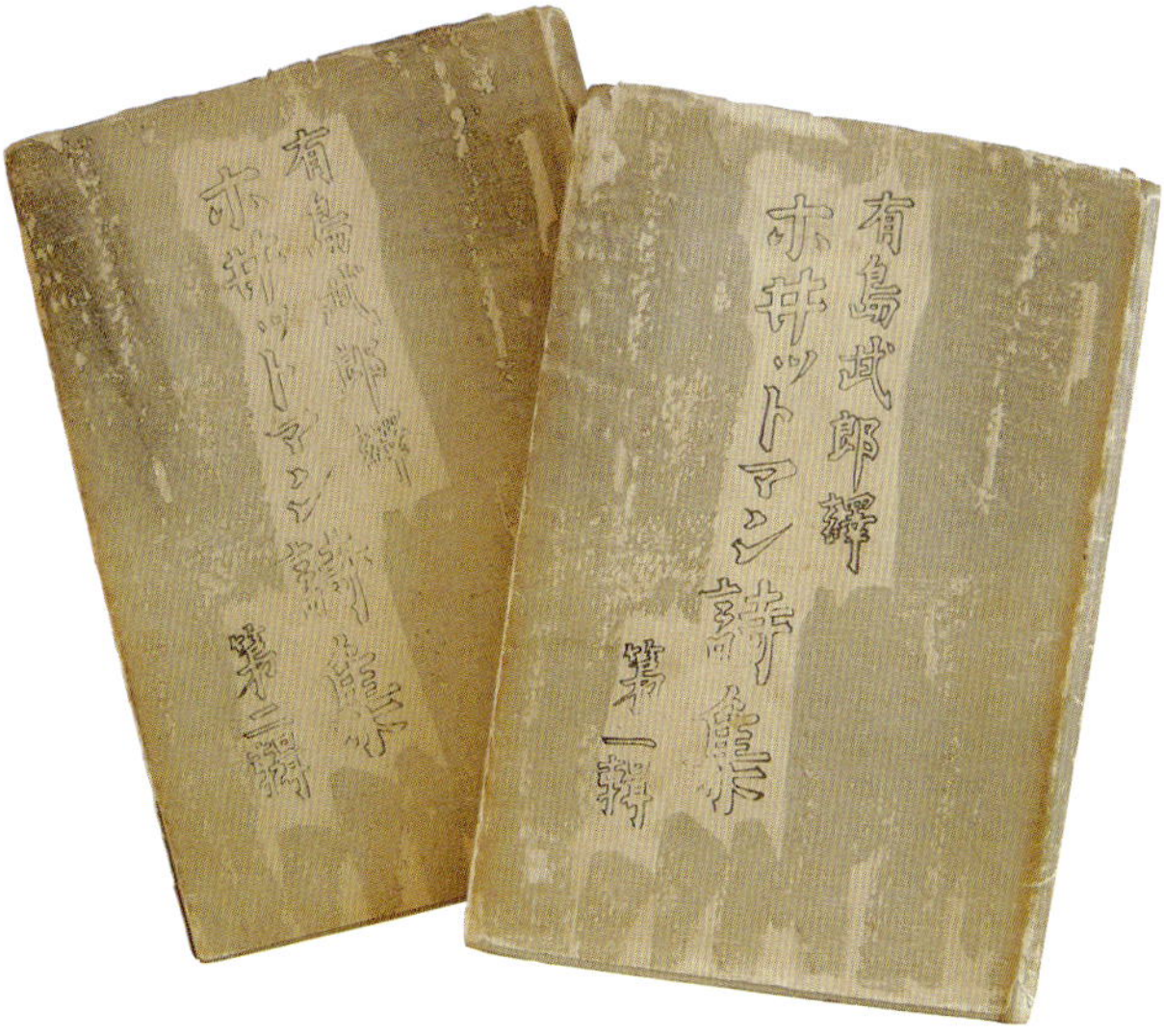

『ホキットマン詩集』第１輯（大正11年９月）・第２輯（大正12年２月）

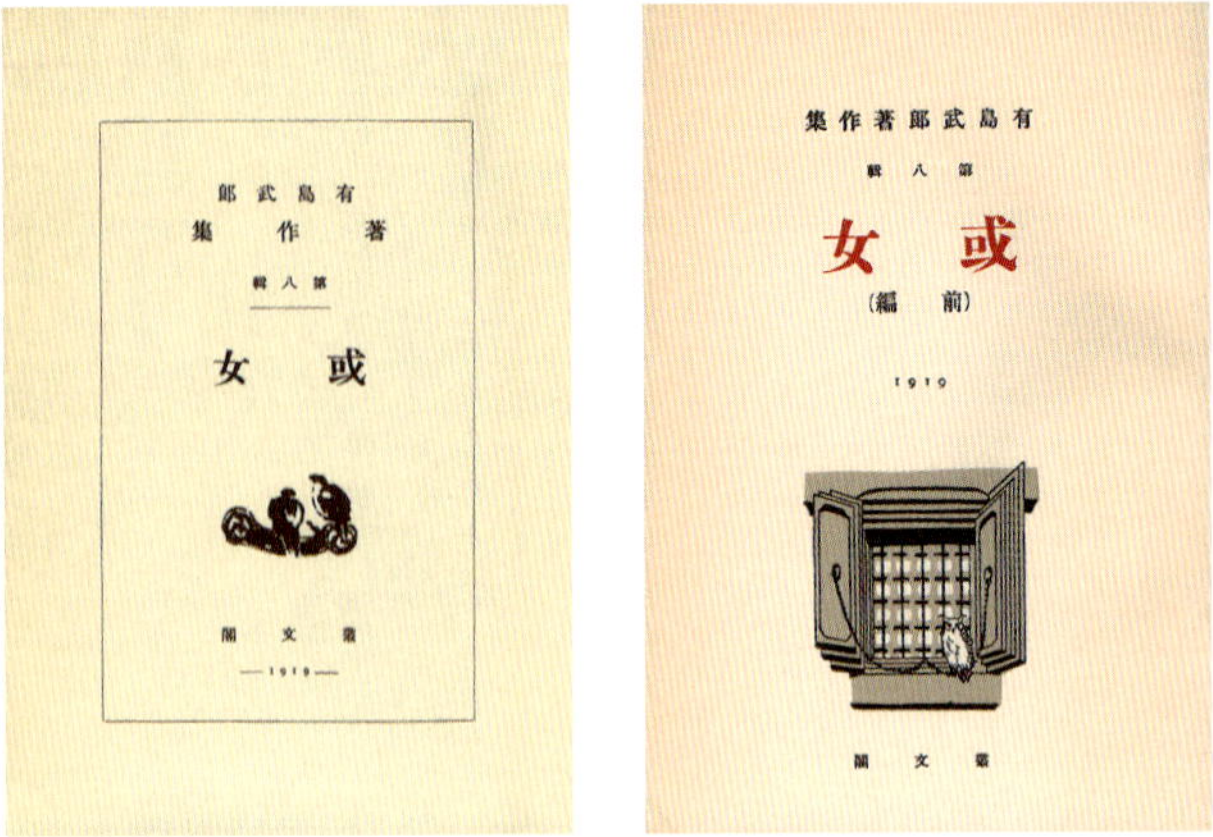

『或女』前編（大正８年３月）
表紙（右）と扉（左）

武郎と三人の子供たち（大正９年６月）
右から敏行，行光（森雅之），行三

序　「本格小説」作家・有島武郎

「本格小説」という言葉が、日本の文学界の一部で取り沙汰されているようだ。そういう題の小説が、ある有力な文学賞を受けもした。この小説の作者によると、日本の近代文学では「私小説」的なものが「真実の力」をもつとして広く受け入れられてきた。「本格小説」とは、しかし、「何はともあれ作り話を指すもの」である。つまりフィクションの面白味をもつものなのだ。それは小説が文学として大成した十九世紀の西洋小説を規範としながら、舞台を日本に移して、日本語で書いてみる試みであった。そのようにして日本近代文学は花開いたのだ。だがいつしか、それは「私小説」的なものに押し流されてしまった。小説『本格小説』の作者は、その押し流された流れを「正統的に継承」しようとして、この作品を書いたと述べている。

この種の実験は常に歓迎すべきものであり、出来上った作品も宣伝文句でいうように「大ロマン」となっている。ただし作者自身が作品中でそっともらしているように、それはエミリ・ブロンテの『嵐が丘』をそっくり日本に移したような物語でもある。作者は実在の人物に取材した「ほんとうにあった話」であることを強調するが、強調すればするほど嘘っぽく聞こえてくる。もちろんその

「嘘」を楽しむことがこういう「小説のような話」の読み方ではあろうけれども。

さて、英米文学や比較文学の研究を職業とする私の友人たち数人が、拙宅でいつものように盃を交わしていたある夕べ、話題はふと、日本の近代文学に「本格小説」はあるかという問題になった。いましがた紹介した作品『本格小説』よりも、もう少し本格的な「本格小説」、つまり西洋小説の模倣や翻案ではなく、もっと内から発してきたものが育ち、花開いて、第一級の西洋小説に十分拮抗できる構想と文章とをもって独自の意味と味わいのある内容を展開して見せる「本格小説」はないものか、というわけだった。

もちろん酔客どもの談議である。あるある、というわけで、いろんな作品の名があがってきた。出席者たちの専門分野からして、夏目漱石の『明暗』がまず最初にあがってきたのは、自然なことであった。が、これ以外の名のあがり方は、実はぽつりぽつりとしていた。島崎藤村の『破戒』、永井荷風の『腕くらべ』、志賀直哉の『暗夜行路』などまでは異論なく賛成されたが、森鷗外『渋江抽斎』となると、もう「小説」性が弱いと斥けられた。夏目漱石でも、『明暗』以外の作品には「本格」性が弱いと難くせがつけられた。いや『明暗』だって未完だぞ、ということにもなってきた。たわいない四方山話もそのようにして果てかけた時、あがってきたのが有島武郎の『或る女』である。誰しも一瞬、びっくりしたように押し黙った。が、すぐに、これぞ「本格」といったふうな溜息がもれ、そうだねえ、ということになってきた。そして反論はついぞ出なかったのである。

『或る女』の名をあげたのは私だった。じつは私は、本当の「本格小説」は何かということが話題になった時、『或る女』こそ日本の近代文学における「本格小説」の代表、あるいはその金字塔に推さるべきものだと、すぐさま思ったのである。だがこの作品、あるいはその作者も、いまでは一般文学読者の意識のはるか片隅に押し込められてしまっている。文学史上の知識としてしか存在しなくなってしまっている。それで、名をあげるのを躊躇したのだった。ではなぜ、結局、名をあげたのか。なぜ、ほかの同席者たちも、いわれてみればそうだとばかりに賛成したのか。その理由を語ることは本書の仕事のかなりの部分を占めることになると思うので、この「序」では遠慮しておこう。ここでは、私の信頼する文学作品の見巧者《みごうしゃ》（英語やフランス語でいえばconnoisseur）の説を紹介しておく方が便利だし、説得力もあろうかと思う。

正宗白鳥の名著といってよい『作家論（二）』（昭和17・1）所収の「有島武郎」の章（昭和二年七月の日付があるので、同月二十五日の『読売新聞』に掲載された「有島武郎の『ある女』」に基づくものであろう）は、『或る女』の評価を一転させた歴史的なエッセイである。『或る女』は大正八（一九一九）年六月に完成出版されたが、初めのうち、世間では背徳小説と受け取られたりし、文壇的にも高い評価を得られなかった。そういう中で、正宗白鳥はこれを、その作者ともども、ほとんど口を極めてほめちぎったのだ。

その豊富なる芸術的天分、弛みのない鍛練された文章、外面的にも内面的にも人間を見る目の微細に的確なところ、日本の作家には類例がないと思ふ。［中略］紅葉、漱石、武郎といふ順序で、明治以来の国民的一般向きの作品が連続してゐると云つてもいゝのだが、紅葉は要するに江戸軟文学の継承者で、その作品は低調卑俗であつた。人間を見る目は常識を出てゐなかつた。漱石は、学殖識見兼ね備はつて人間の心理についても深く索つてゐた人であつたが、その作品には書斎の臭味が強い。〔中略〕しかし武郎氏は如上の二氏とは異つてゐる。少くともこの『或る女』は、書斎の作品ではない。凡庸なる常識の作品ではない。〔下略〕

この小説は写実の妙味が全面に満ち溢れて、端役一人でも、決して漠然あらはれてはゐないで、明晰な形を備へて読者の前に生動してゐるのではあるが、それにかゝはらず、理想化された小説といふ感じが与へられる。ある素材によつて早月葉子といふ人物を作者の狙つた意図にかなふやうに徹底的につくり上げた感じがする。作者は葉子とともに、世間に対して白刃を揮つて真剣勝負を為続けてゐる。

短い中に『或る女』の「本格小説」的な価値を見事に説き明かし、間然する所がない。かりに正宗白鳥を自然主義時代を生き抜いた人とすれば、その一世代後、昭和初年のモダニズム文学時代に創作と批評活動との両面で活躍を始めた伊藤整も、『或る女』を高く評価した人だった。「有島武郎の『或る女』から」（『月刊文章講座』昭和10・8／『私の小説研究』昭和14・10）と題するエッセイで、彼はこう説く――「この『或る女』は、有島武郎の読者の数を大分失はせた作品であつたと言はれてゐるが、今日の文学から見ても、これほど西欧の精神を作家道に生かしたものは、類がないと言つてもいいものである。／明晰にして誤魔化しがなく、徒らに観念的でもない。彼が長く生きてもつと仕事をしたならば、純文学を、伝統的な諦念の無為の世界から切りはなし、それを社会全般のものたらしめうる一つの大きな力であつたと思はれる」とこれまた、『或る女』やその作者を「本格小説」と結びつけて絶讃したものといってよいだろう。もう一人だけ、こんどは戦後文学の雄として活躍した野間宏の「有島武郎」（『婦人公論』昭和33・11）から引用してみたい。

有島武郎の『或る女』を、私は日本の長篇小説のなかの中心的作品の一つと考えている。日本近代文学のなかで長篇小説もすでにかなりの数に上っているが、二葉亭四迷の『浮雲』から島崎藤村の『破戒』『家』、田山花袋の『田舎教師』、夏目漱石の『道草』『明暗』などと数えて来ても、私は有島武郎の『或る女』がやはりそれらのすぐれた作品群のなかでも、一頭地を抜いて、しっかりとその姿をこの日本のなかに示しているのを見るのである。それはがっしりとした、日本の小説にまれな骨格を持っている。しかもその内に日本に存在するすべてのものを燃やし、とかして、もう一度そのなかから新しい存在をつくることのできるほどの熱と炎をもった火を蔵しているのである。［中略］日本に長篇小説の世界を確立することを考えてすすんできている私の眼に、はっきりとして姿を現すのは、この『或る女』だけといってよいかも知れない。

これまた、「本格小説」という言葉こそ用いていないが、『或る女』に最も本格的な「本格小説」を認めて最高の讃辞を与えたものといってよいだろう。

ところで、『或る女』を最高の「本格小説」と認めるconnoisseurたちの先頭を切った正宗白鳥にしてからが、『或る女』を知るまでは、評判の高い有島の作品、「宣言」とか「迷路」とかを読んでも、「知識階級の青年向きの読物として」しか受け止められず、また「頻《しき》りに人道主義を発揮した論文や小説は、私の性に合はなかった」という。

文学作品から離れて、有島の生い立ちや生きた姿を眺めても、彼が庶民から遠い知的で高級な階層の人であった感じは、強くするのでなかろうか。たとえば彼の写真を見るとよい。学習院中等科に入った時の記念写真などから始まって、作家として名をなした晩年の肖像写真にいたるまで、どれも眉目秀麗であることに加えて、いかにも明治の高級官僚の子、あるいはその成長の後らしい、おだやかな品のよさをただよわせている。あまりに品よく整いすぎているため、見ていて落ち着かなくなるほどだ。いやさらに、その揚句の駄目押し的な効果をもつ写真もある。幼い男の子三人が着物姿で並び、そのうしろから武郎が三人を包み込むようにして立つ有名な写真だ(口絵四頁参照)。大正九年六月に撮ったもので、四年前に妻を失い、遺された子供たちへの愛情を確認している趣きの姿だが、これまた親子ともどもあまりのお行儀よい一家ぶりに、見ていてむずむずしてくる思いだ。

もちろん外見だけではない。この最高に整った外見の人が、内村鑑三も自分の後継者に見立てていたほど熱心なキリスト信徒であり、小作人たちのために財産を放棄しようとしたほど誠実な人道主義者であった、というような人格的イメージと合体されて、まことに見事に整った人間像となるのである。三人の子供との写真についても、武郎がこの撮影の少し前に書いた小品「小さき者へ」（『新潮』大正7・1）が思い浮かんでくる。じつはこれ、かなり複雑な内容を盛り込んだ小説的エッセイなのだが、主軸だけをとらえれば、子供たちに向かって、死んだ妻がお前たちをどんなに愛していたかを語りながら、やがては死ぬ私をも乗り越えて進んでほしいと訴える内容で、こんなふうにいうのである。

私はお前たちを愛した。而して永遠に愛する。それはお前たちから親としての報酬を受けるためにいふのではない。お前たちを愛することを教へてくれたお前たちに私の要求するものは、たゞ私の感謝を受取つて貰ひたいといふ事だけだ。〔中略〕お前たちの若々しい力は既に下り坂に向はうとする私などに煩《わずら》はされてゐてはならない。斃れた親を喰ひ尽して力を貯へる獅子の子のやうに、力強く勇ましく私を振り捨てゝ人生に乗り出して行くがいゝ。

なんという正面きったまっとうさ。まさに崇高な愛の表現。非の打ち所のない人道主義の昂揚。しかし写真でむずむずしたように、こういうあまりのまっとうさにもむずむずしてしまう。とくにこのまっとうすぎてバタ臭くも感じられてくる美文に、普通の日本人は「性に合わない」ものを感じてしまうのではないか。

しかも、この飛び抜けた人格的優等生が、大正十二年夏、四十五歳を過ぎた円熟した身で、人妻と心中して一世を驚倒するのである。内村は激怒し、あるいは嘆き悲しんだ余りに、その死を「背教者」の末路と断じた。世間一般はわけが分からず、有島は女を知らなかった、そのため女に死へ引きずり込まれてしまった、といった式の解釈がもてはやされ、ついには『或る女』の評価にも影響を与えた。女を知らない作家が女を描いた小説が、質の高い「本格小説」であるはずがないではないか。

　しかしこういう観察は、すべて外面からのものにすぎない。『或る女』を仮に本物の「本格小説」とするなら、有島の内面には実はそういう文学を生ましめた力――同時代の作家の中でも群を抜いた強い力――が、長い時間をかけてたくわえられ、徐々に盛り上がっていた。単に思想的な成長、円熟のたぐいをいうのではない。文章の力、表現力などについてもいうのである。さらにいえば、そういう力のもとになる人間的な生ま生ましい「生」の力があった。

　正宗白鳥は先の文章で、有島は女を知らないといった田山花袋などを引き合いに出しながら、「女をよく知つてゐる筈の花袋氏がさう断じたのに対して、女をよく知らない私が異議を挟むのは後《うしろ》目たい思ひがされるが、今『或る女』を手にしてゐる私の偽らない感想を躊躇するところなく吐露するならば、『或る女』の作者ほど女をよく知つてゐる作者は、明治以来他になかつたのではあるまいか」（傍点正宗）といってのけ、さらにこの文章をこう結んでみせるのである。

　『或る女』について見ると、あの見かけの柔和な目も、なか〳〵油断がならなかつたのである。［中略］氏が人道主義の聖境に達してゐたにしろ、氏は常人以上に地獄をも煉獄をも見て来た人なのだ。

ここにいう「地獄」「煉獄」は、もちろん文学的表現である。武郎は日常の生活の中で「人道主義の聖境に達し」ようと努めていた。このクソがつく真面目人間は、純粋に崇高な理想を打ち立てると、それをみずから実現、実践することを自分の使命、宿命とした。しかしもちろんそんなことは容易にできない。彼はいったんキリスト信徒となると、その戒律を徹底的に守って清い生活を実行しようとした。そこから、私などが「むずむずする」といったまっとうすぎる有島武郎のイメージが生まれてくるのであるが、その彼もふと我に返れば怠惰とか性欲とか情ない我執とかがつきまとっている。こういう霊と肉との対立、そのための罪の意識に彼は悩み続けるのである。社会主義についても同様だ。この思想に目覚めれば彼はそれをみずから実行しようとする。ところが日本の上流階級に育った彼にとっては、それは身分を捨て、家族を捨て、さらには生活を捨てることをも意味する。そのために果てなく悩むのであるが、そのこと自体が彼を「偽善者」「臆病者」と意識させた。

どんな人間も、みずからに真剣である限り、外見と内実とのギャップに悩む。だが有島武郎の場合、そのギャップは――彼の生の真剣さが度外れていたことに呼応して――度外れて大きかった。彼の生い立ちや生きた時代状況もそれに関係していたかもしれない。ともあれそのギャップを乗り越える努力の過程で、彼は地獄も煉獄もたっぷり見た。そして「本格小説」の土台を築いたのである。

本書で私はそういう有島武郎の文学者としての成長の姿を追跡したいのであるが、とくに関心を集中させたい時期とテーマとがある。時期についていえば、武郎のアメリカ留学の時期がそれだ。正確にいえば明治三十六（一九〇三）年、彼二十五歳から、三十九年、二十八歳までの三年間にすぎない。それまでの彼も、もちろん真剣に生きた青年ではあった。だがあの眉目秀麗の写真が示唆するような品のよい秀才、というより日本国家の優等生であった者が、広いアメリカ大陸をあちこち移動し、学問するかたわら、日本では知らなかった一般庶民に接し、その「生活」体験を積むうちに、地獄も煉獄も見て、とにもかくにも「自己」の立場をつかんでいくのである。こういう体験が、彼が「本格小説」の作家になる基盤をつくった、と私は思う。

有島武郎は帰国後、大学に教職を得、結婚するが、明治四十三年、ついに彼の「聖境」人イメージの中核になっていたキリスト教信仰を棄て、作家として立つことになる。しかし、いかにしてこの作家が「本格」化していったか。私の関心が集中するもう一つのテーマとは、これである。さらにいえば、先に「小さき者へ」の中から引用したようなむずむずする美文を書いていた武郎が、どのようにして「本格小説」の文章を養ったか。そこを検討したい。「本格小説」の中身もじっくり見たいことは、いうまでもないのであるが。

だからこのささやかな評伝は、ラクダの背のように二つのコブが突き出た不恰好な評伝となるだろう。恰好よい伝記は他にまかせたい。私は日本近代文学で「本格小説」の金字塔を打ち立てたと私の思う作家の、文学的な土台と、その「本格」たる所以とを探る仕事を、この伝記を通して試みてみたいのである。

有島武郎——世間に対して真剣勝負をし続けて

目次

序　「本格小説」作家・有島武郎

第一章　アメリカへ……1

1　旅立ち……1
家族との別れ　国土への愛と信仰　世路の痛惨

2　生い立ち……6
留学への思い　明治政府高官の子　日本国家の模範　札幌農学校入学

3　キリスト教入信……12
定山渓での回心　信仰の困難さ

4　ambition の中身……16
本来あるべき自分を探る　内村鑑三の反対　恋愛も断念し

5　「思想」と「感情」……24
『みだれ髪』を読んで　「男の子二十五」

6　留学第二世代……27
国を背負った第一世代　個人に向かう第二世代　「観想録」の成り立ち

第二章　人生の探険 …… 33
1　大陸横断 …… 33
シアトルの魔窟　monster 都市シカゴ　ニューヨークにて
2　ハヴァフォード大学 …… 40
「自分を見窮める」勉強　修士論文「日本文明の発展」
3　フランセスへの愛 …… 45
無邪可憐なるファニー　文学に描かれたファニー
ファニーへの心の揺らぎ
4　フレンド精神病院 …… 53
内村先生に倣って　フォックスの『日記』に感銘　歩むべき「他の道」
5　リリーへの恋 …… 61
美シキ乙女　聖女と肉の女
6　「首途《かどで》」 …… 67
「他の道」への第一歩　「首途」の評価

第三章　「ローファー」の生……73
1　ハーヴァード大学……73
大・大学で学ぶ　コンコード旅行　哲学・文学への関心
社会的関心の拡大　「露国革命党の老女」
2　ホイットマンとの邂逅……81
弁護士ピーボディ　ホイットマンを読誦
3　ローファーの生き方……86
『草の葉』の詩人　日本におけるホイットマン　分裂した自己を救う
ローファーとは
4　ダニエル農場……95
性的な逃げ腰　農民生活の体験
5　宗教から文学へ……98
ワシントン府の図書館通い　「自分といふ迷路」　人間的な「愛」
6　評論と創作への意欲……104
文学的習作　「イブセン雑感」　「かんかん虫」
7　『迷路』の世界……110

長篇小説『迷路』　暗い「性」の彷徨　ローファーたることの困難さ
8　帰国 …… 119
自立の決意　船内日記「ファニーへ」　「悲しい諦らめ」？
第四章　「本格小説」作家への道 …… 125
1　「独立独歩」の実現へ …… 125
再び父の権威　農科大学教授　結婚　独立教会脱会
2　『白樺』創刊に参加 …… 132
『白樺』　「二つの道」　「も一度「二つの道」に就て」
全人的な「自己」の道へ
3　作家の誕生 …… 139
妻との関係とその死　ホイットマン熱の深化　文学的関心の進展
社会主義との関係　大学退職
4　『惜みなく愛は奪ふ』 …… 146
「臆病者」からの脱出　思考の展開　長篇評論『惜みなく愛は奪ふ』
本能的自我主義の系譜　創作との関係

5 小説の発展……153
とっつきにくい有島小説　「かんかん虫」(改作)　「お末の死」
「An Incident」　「宣言」　武郎の「驚異の一年」　「カインの末裔」
「クラ、の出家」　「実験室」　「生れ出づる悩み」
「石にひしがれた雑草」
6 生活の改造……188
神近市子との関係　さまざまなる女性関係　生活改造の困難さ
さらなるホイットマン熱　『有島武郎著作集』

第五章　『或る女』……199
1 『或る女』を書くこと……199
「驚異の八年」　『或る女』完成への意欲
2 「或る女のグリンプス」……202
スキャンダル事件をもとに　反感から共感へ
3 『或る女』(前編)……208
「グリンプス」の書き直し　ヒロインの中にのめり込んで
4 『或る女』(後編)……213

後編の執筆　後編の内容展開　徹底した描写、実感の延長
ヒロインに血肉化した時代と社会

5 『或る女』の評価 …… 223
当初の低い評価　「本格小説」の認識に向けて

第六章　晩年と死 …… 227

1 創作力の「落潮」 …… 227
戯曲と評論　「出来ない」小説

2 ホイットマンの翻訳 …… 231
創作衰退の埋め合わせ　『ホヰットマン詩集』　ホイットマンとの訣別

3 生活の改造（更に） …… 237
「生活を改める」こと　「宣言一つ」

4 有島農場解放 …… 241
最大の生活改造事業　農場解放の北海道旅行　財産放棄の意味

5 個人雑誌『泉』の発行 …… 248
淋しい自分一人の雑誌　「文化の末路」

6 死への逸脱 …… 250

「詩への逸脱」　生からの脱却の歌　波多野秋子との関係　情死
遺書　反響　自由人の死

参考文献　263
あとがき　267
有島武郎略年譜　271
人名・作品・事項索引

図版写真一覧

麴町下六番町の自宅にて（一）（大正六年三月十三日、小川一真撮影、日本近代文学館提供）……カバー写真
麴町下六番町の自宅にて（二）（大正六年三月十三日、小川一真撮影）……口絵1頁
「聖フランセス」（有島武郎画）……口絵2頁上
アーサー・クロウェルの家……口絵2頁下
『リビングストン伝』……口絵3頁上右
ホイットマン像（有島武郎画、日本近代文学館提供）……口絵3頁上左
『ホヰットマン詩集』第一輯・第二輯……口絵3頁下
『或女』（前編）表紙と扉……口絵4頁上
武郎と三人の子供たち……口絵4頁下

有島家系図……xxii
大礼服姿の父・武……8
夜会服姿の母・幸……9
学習院中等科入学の頃……10
札幌農学校予科の頃……11
森本厚吉と……13

河野信子……22
シカゴにて……35
武郎の寄宿舎バークレー・ホール……39
ファニー（フランセス）……47
日記に描かれた人魚……66
フレンド精神病院の庭に立つ武郎……70
エマソン館を訪れた日の日記……76
ニューヨークにて……79
ピーボディの「奴僕」となって住んだアパート……82
ワシントン郊外にて……100
「イブセン雑感」原稿……105
ティルダ・ヘック（図録『いま 見直す 有島武郎の軌跡』ニセコ町・有島記念館、
一九九八年 より）……123
東北帝国大学農科大学講堂……127
結婚記念写真……130
『白樺』創刊号表紙……133
農科大学に辞表を提出して帰京した時のポートレート……141
「かんかん虫」原稿……157
狩太農場事務所より望んだ羊蹄山……174

麴町下六番町有島邸の門……195
足助素一……196
佐々城信子（日本近代文学館提供）……205
鎌倉円覚寺塔頭松嶺院門前にて……214
狩太農場事務所前にて……242
弥照神社……243
波多野秋子……255
軽井沢の別荘・浄月庵……258
『泉』終刊号の表紙……260上
『泉』終刊号の扉……260下

＊特に明記のない図版は、藤田三男編集事務所提供による。
＊「ピーボディの「奴僕」となって住んだアパート」の写真については、所有者が死亡のため、著作権者が不明です。お気づきの場合は、ご一報ください。

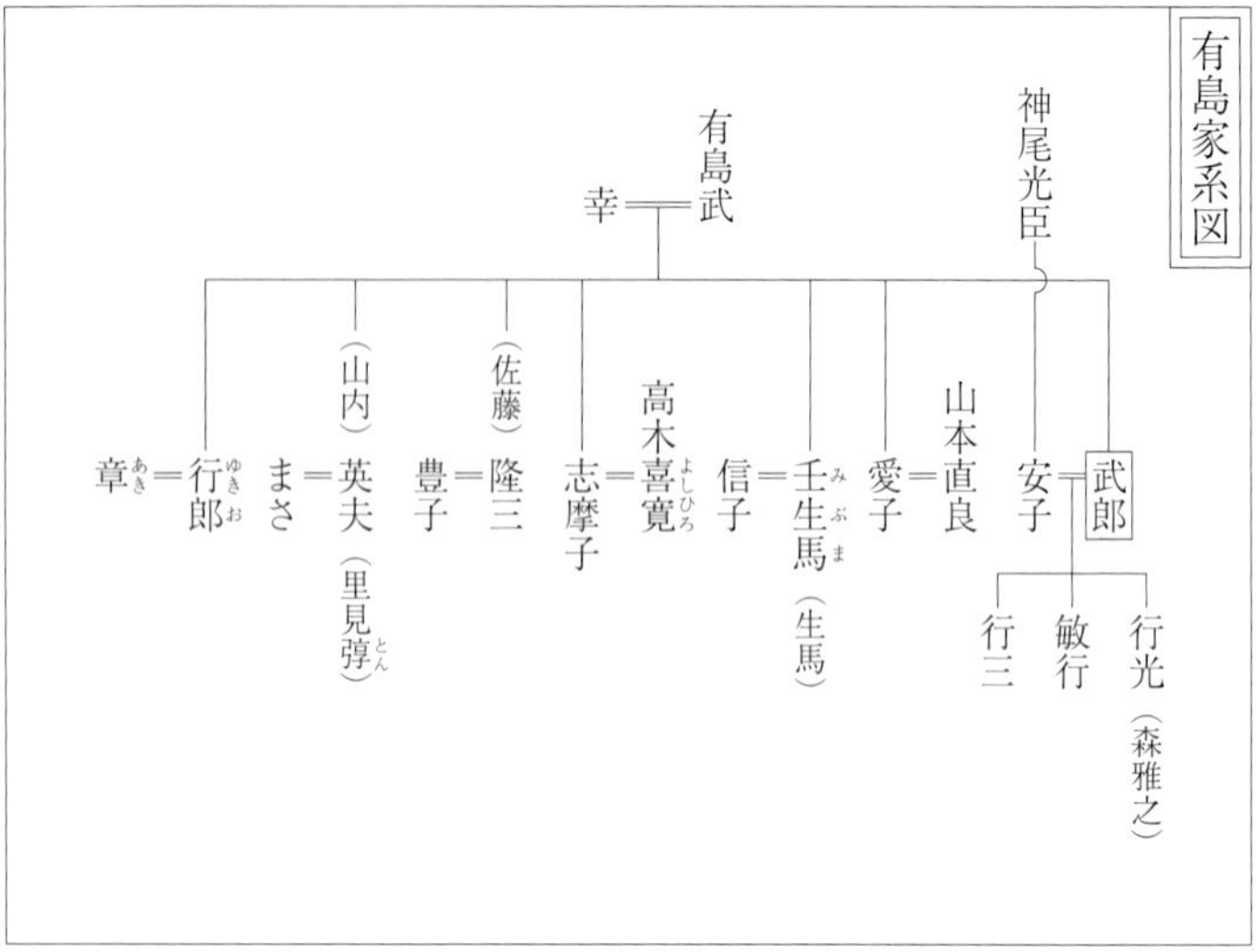

『有島三兄弟――それぞれの青春』（有島記念館）より作成。

凡　例

・有島武郎の著作の引用は、原則として筑摩書房『有島武郎全集』全十五巻・別巻一（昭和54—63）に拠った。
・引用にあたり、漢字は新字体に改めた。また、適宜振り仮名を振った。
・書簡には適宜読点を加えた。

第一章　アメリカへ

1　旅立ち

家族との別れ

明治三十六（一九〇三）年八月二十五日、有島武郎《ありしまたけお》はアメリカにむけて横浜港を旅立ちした。彼は時に満二十五歳と五カ月余り。一年間の軍隊生活をおえてまだ間がないが、眉目ととのい、立ち居おだやかで、一見して貴公子然としたところがあった。が、心の中にはいろんな思いが沸き返っていた。それは、理想に燃える者の快い緊張の表情となっておもてにあらわれていた。

この日、午前十時に、彼は東京麴町下六番町の家を出た。母の幸《さち》は玄関で、こらえにこらえていた涙をついにこぼして別れを告げた。武郎は一滴の涙も見せなかった。自分でも不思議なほどだったが、後から考えれば、この渡航に対して抱くambitionのためかもしれなかった。彼はいつもよりもむしろ快活な態度で家を出ると、途中まず教文館に寄って、新渡戸稲造に頼まれていた用向を果たし、弟の隆三と英夫（後の里見弴《とん》）のために聖書を買い、さらに下の弟の行郎《ゆきお》のために童話を買って、新橋駅にむかった。そこでは父の武《たけし》が見送ってくれた。その白髪を見ると、さすがに胸がせまる思いがした。横浜駅につくと、そこにも見送りの人がいて、駅のレストランでシャンペンを抜いて別れをつげた。

船は日本郵船の伊豫丸といった。すぐ下の妹の愛子と、弟の壬生馬《みぶま》（後の生馬《いくま》）が、先に来てくれていた。この二人は年齢も近いだけに、武郎は別れ難い思いだった。しかし乗船すると、一緒に渡航する親友の森本厚吉とともに甲板に出、見送りの人たちに笑顔で別れを告げた。

予定の午後二時を過ぎて、船は港を出た。しだいに遠くなっていくハンケチや傘や帽子を眺めながら、彼はなおも笑みを浮かべて立っていた――。

さて、横浜旅立ちの日のこういう行動は、すべて有島武郎が日記に書き記していることである。この日記「観想録」については、後にまた語ることもあろうと思う。とにかく武郎は、日記を自己観察、自己反省の手段としたようで、実に熱心に書き続けた。渡米出航の日も例外ではなかった。

国土への愛と信仰

武郎は夕暮まで甲板に立ちつくしていたため、その夜は疲労はなはだしく、キャビンに入るとすぐに寝たというから、日記を書いたのは翌日のことに違いない。しかも書いたのは、いま述べたような行動の事実だけではない。行動に現われない胸の内も、たんねんに記した。自分は今まで、（キリスト信徒として）日本人の一人ひとりに「同情ノ愛」をもつことに努め、かつ祈った。だが日本の国土、国民を祈りの中に加えたことはなかった。ところがいま故国を去ろうとして、その思いがわいてきた。日本の自然は美しく、そこを耕す農民は完全に自然と融合しているのだ。と、このように記してきた後、こう述べるのである。

余ハ今日ニシテ此国土アルガ故ニ此民ヲ、此民アルガ故ニ此国土ヲ愛スルノ情、衷《うち》ニ湧クヲ覚エザル能ハザリキ。余ハ此国土ニ行ハレツ、アル政治ト産業ト宗教ト教育トヲ耻《はじ》トセン。而カモ此国土ニ住ム可キ民ハ今ノ漁人ト農家トニシテ足リテ余《あまり》アリト思フ。

余ノ日本ヲ去ル可キ時ハ来リヌ。深厚ナル摂理ハ此信仰薄ク実行足ラズ主ノ前ニ無ニ等シキ余ヲスラ導キテ茲《ここ》ニ至ラシメヌ。余ハ只々《ただただ》感謝ノ外《ほか》ヲ知ラズ。願クハ此感謝ヲ代ヘテ感激トナシ、此余ガ有《も》テル凡《すべ》テヲ捧ゲ主ノ道ヲ直クセンガ為メニ、希《ねがわ》クハ此短クシテ長キ一生ヲ用ヰシメ給ハン事ヲ。

宗教的情熱に酔うところがあり、おまけに日記の記述だから、理路整然とはいかないが、ここには明治時代に「洋行」しようとした知識人の多くに共通する感情があらわれている。祖国に行われつつある「政治ト産業ト宗教ト教育ト」は恥としながらも、この祖国の自然（国土）と人間を美化し、それを愛する思いの発露である。こういう愛国心の自覚は、有島の場合、「信仰薄ク実行足ラズ主ノ前ニ無ニ等シキ」自分を価値あるものに転換すべきことの自覚と、どこかで結びついていた。

どうやら、信仰心の向上への思いと、祖国の向上に役立とうという思いとが、いま武郎の中に渦巻いているらしい。もともと、こうして渡米を志すにあたって、彼の内で大きな ambition が働いていたことはいうまでもないが、その実体は彼自身にもよく分かっていなかった。しかしいま、旅立ちの興奮はこのひたすら真面目な青年に、いろんな意味での自己の向上こそ ambition の実体と感じさせたようだ。日記の記述は「余ノ心ノ中ニ潜メル ambition（如何ナル ambition ナルカハ余自ラサへ是レヲ知ラズ。唯海外ニ出デ彼所ニテ何者ヲカ得ズンバ止マジト云フ ambition ノミ）」といった思いの表現にいたるのである。

世路の痛惨

では、有島武郎はこれよりアメリカへ渡って、その「何者」が具体的にいかなるものかを、どのようにして把握していくか、といったことに読者は興味をそそられる。これは、本書のテーマに直接つながることであり、これからじっくり語るつもりである。ところで、外遊という「壮挙」にともなう行動と決意とのこういう記述の後に、武郎の日記は不意にこんな記述に移る。一見、旅立ちにともなう単なる感傷の記述にも見える。が、これまた本書のテーマ、「本格小説」作家・有島武郎の形成につながっていく内容なのである。

思ヒ出ツルハ嘗《かつ》テ此《ここ》ニ森ヲ送リシ時ナリ。而シテ信子君ヲ送リシ時ナリ。彼ノ尚《なお》眼ニ見ルガ如クアル一事実ハ宛《さなが》ラ砂上ノ楼閣ノ如ク見ル見ル中《うち》ニ散リクダケテ今ハ空シク回想ノ悲涙ノミヲ残セリ。世路［世渡りの路］ノ痛惨悼《いた》マシカラズヤ。

　ここに森というのは、有島武郎の札幌農学校時代の同級生の森廣《もりひろし》、信子君というのはいったん国木田独歩に嫁したが別れ、森廣と婚約した佐々城信子《ささきのぶこ》のことである。これだけいえば、後の有島武郎の代表作『或る女』のヒロイン葉子と、その婚約者の木村のモデルであることは、もう説明するまでもあるまい。この二人が小説に描かれるように明治三十四年にそれぞれ渡米していたのである。森の方は八月二十一日に横浜から出航し、信子は同じく九月四日に横浜を出航している。『或る女』では、木村（森）の方が葉子（信子）よりずっと早く渡米して、さまざまな「事業」の経験をし、容貌も「見違へる程 refine」されたことになっているが、じっさいの二人は、せいぜいのところ半月程の違いで渡米したようだ。有島はこの二人をそれぞれ横浜港に見送ったらしいのだが、残念ながらその前後の日記が欠落していて、彼がどういう感想をもったかは分からない。

　森は（小説の記述に従えば）実業家として成功する夢を抱いて海を渡り、信子があとを追ってくるのを「一日千秋の思ひ」で待っていたのに、信子は太平洋上で船の事務長と恋に陥り、シアトルまで出迎えに来た森を拒絶、そのまま同じ船で帰国してしまった。有島武郎は二年前のこの事件を、いま思い出しているわけである。そして自分が二度も続けて見送りに行ったこの種の壮挙が、「砂上ノ楼閣ノ如ク見ル見ル中《うち》ニ散リクダケテ」いった事実に、深い感慨をもよおしているのだ。

　もちろんこれは、主として親友の森の運命に同情した上での感慨である。しかしこの「世路ノ痛惨悼マシカラズヤ」といった思いは、自分自身にもむけられていたに違いない。自分の ambition はいったいどうなるのか、といった思いである。あらゆる反省を自分自身にむけるのは、有島武郎の性格の根底をなす特質の一つだった。

キャビンには『新潟日日新聞』の主筆という同室者がいた。室内の雰囲気は当然まだ落着かない。そういう所で書いた日記だから、混乱した記述である。だがいま読み返してみると、この旅立ち第一日の記述に、もう、彼の生涯の大問題となる自分と国家や社会との関係についての考察の萌芽があらわれ、また彼の生涯の代表作のテーマのもとが言及されている。これはまったく偶然というべきかもしれない。しかし有島武郎がいま日本を去るにあたり、自分と自分のまわりの人間や組織との関係をあらためて自覚し直し、なにか積極的な「生」につながるものを獲得したいという思いをたかめていることは確かであろう。そしてこういう思いが、のちの彼の思想や文学につながっていくのである。

2 生い立ち

留学への思い

有島武郎がアメリカ留学をはっきり思い立ったのは、この前年の暮らしい。明治三十五（一九〇二）年十二月三十日、札幌農学校時代からの親友で、武郎をキリスト教に引き入れる中心的な力となり、卒業後は仙台のミッション・スクール、東北学院に勤めていた森本厚吉が上京して彼を訪問、半日、人生の問題について語り合った。その時、森本は「我ト共ニ教育ノ事ニ従事セズヤ」と武郎をそそった。「迷ヘル羊ヲ導ク牧者ノ僕タラン」というのである。「観想録」では曖昧な表現になっているが、そのための準備として、アメリカに留学しようということになったようだ。

武郎の方は、農学校を卒業すると兵役の義務が待っていたので、一年志願兵として麻布の歩兵第三連隊に入り、この年十一月末日に除隊したばかりだった。その経験は、彼を軍隊と国家とへの激しい批判者にしていた。まだ在営中の十一月十五日付の「在営回想録」に、こんな怒りをぶちまけている。

全能ノ主ヨ、爾《なんじ》ハ我独《ひとり》ヲ創リ給ハズ。我ヲシテ愛セシム可ク我ガ隣人ヲ賜ヘリ。而シテ我ハ恩怨両《ふたつなが》ラナキ〔恩も怨みもともにない〕彼ニ対シ矛《ほこ》ヲ取リテ彼ト相敵視セザル可ラズ。握手ニ代ユルノ罵詈《ばり》、接吻ニ代ユルノ争闘、何等ノ矛盾、何等ノ不慈、何等ノ罪悪ゾ。

軍隊や国家への怒りは、個人的体験にもとづくものもあれば思想や感情にもとづくものもあったが、つきつめていえば、彼のキリスト教信仰と軍隊や国家が相容れないという自覚にまで達していた。だが、それでは具体的にどうしたらよいのか、それが分からなかった。なにしろ武郎は国家の恩恵をもろに受ける家に育ったのである。

ここで有島武郎の生い立ちを、ごく大ざっぱにでも眺めておくことが必要になる。

明治政府高官の子

武郎の父、武《たけし》は、薩摩藩主島津氏の支族、本郷《ほんごう》家の重臣の家に生まれ、幕末動乱の中で藩の軍務役などを勤めたが、維新後、大蔵省に出仕し、昇進を重ねて国債局長まで進み、実業界に出た人であ

大礼服姿の父・武

る。背後にはもちろん薩摩閥があって彼の出世を助けたに違いないが、まっ正直で、物事に熱中する情熱があり、しかも同時に新しい時勢に適応するための実際性も備えていたらしい。

ただこういう成功者の常として、武はごく自然に上からの権威を重んじるところがあった。武郎のエッセイ「私の父と母」（『中央公論』大正7・2）によると、根底で「朱子学派の儒学」を重んじ、長男たる武郎には「殊に峻酷な教育」をし、武郎は「少《おさな》い時から父の前で膝を崩す事は許されなかつた」という。また子供が芸術や「軽文学」に携わることを「極端に嫌つ」た。そのくせ、これからは外国語が必要なことをよく認識し、武郎には幼い時から英語を学ばせた。武郎が札幌農学校に入ると、その将来のためを思って、北海道狩太《かりぶと》（現、ニセコ）に広大な開墾地を入手してくれもした。武郎にとって、こういう父の権威も恩情も、重荷となっていくのであるが。

武郎の母、幸《さち》は南部藩江戸留守居役の娘だが、維新で藩が朝敵にまわったために辛酸をなめつくした。その結果、やはり武郎の「私の父と母」によると、自分を抑える理性的な面も育てはしたけれども、想像力に富み、人をのんでかかるようなところがあったという。武郎、壬生馬、英夫の三兄弟の芸術家的素質は、この母の血を受けついでなったものだとよくいわれる。そして事実、武郎は農学校に入っても、芸術家になることへのあこがれは抱いていた。ただ、キリスト教に入信すると、信徒としての使命感と芸術家になる思いとの間で、悩みは深まるのであるが。

アメリカ渡航の前後、武郎は迷い、悩んでいた。父母から受けついだ血のせいか、彼は一面でストイックに自分を抑えながら、他面で空想的な性格を養っていた。そしてその両者を調和できず、絶えず揺らいでいた。だがこういう二つの特質が一つになると、徹底的に自分を抑え、追いつめながら、ぎりぎりのところでその状態からの脱出、飛躍をはかる情熱となる。武郎の場合、彼のキリスト教信仰そのものも、そういう回心の産物であり、またさらに彼を追いつめ、あらたな飛躍をさせる力となった。

夜会服姿の母・幸（明治18年）

日本国家の模範

さて有島武郎はこの両親のもと、明治十一（一八七八）年三月四日、東京小石川水道町（現、文京区水道一丁目）に生まれた。明治十五年、父の勤務の関係で一家は横浜に移り、翌年、五歳の武郎は父の勧めでアメリカ人宣教師セオドア・ギューリックの家に通って英会話を学ばされた。さらに翌十七年にはやはり宣教師の経営する横浜英和学校に入学、三年間学んだ。そして明治二十年、九歳の時、学習院予備科第三級（現在の小学四年に相当）に

学習院中等科入学の頃
（明治23年）

編入学し、その隣りの寄宿舎に入った。もともとは皇族と華族の子弟のための学校の生徒になったわけである。しかも翌二十一年には、当時そこに在学中だった皇太子（後の大正天皇）の学友に選ばれ、毎土曜日、宮中の吹上《ふきあげ》御殿に伺候した。眉目秀いで、成績よく、態度も立派だったからに違いない。武郎は幼にして日本国家の模範となる役を担わされていたのだ。

札幌農学校入学

明治二十三年、武郎は学習院中等科に進み、二十九年、卒業した。二十七、八年頃からは病気のためしばしば休み、成績も下がったらしい。そのため、学習院高等科へ進み帝大を目指すという常識的な進路を取らず、彼は札幌農学校に入った。これについて自伝的著作「『リビングストン伝』の序」（以下この略称で通すが、正しくはその第四版［大正8・6］に付した序言）の中で、武郎は健康上の利点のほかに二つの理由をあげている。一つは「幼稚な時から夢のやうな憧憬を農業に持つてゐた」こと、もう一つは「北海道といふ未開地の新鮮な自由な感じと、私の少年期の伝奇的な夢想と結びつ」いたことである。

ここでいささか複雑なニュアンスを含むのは、後者の理由だろう。「未開地の新鮮な自由の感じ」という言い方には、およそ二十年前、内村鑑三や新渡戸稲造が入学した頃の北海道、あるいは札幌農学校のイメージがまだ生きていたような気がする。日本のフロンティアのイメージだ（だから文学好きな少年の伝奇的な夢想もここにくりひろげることができた）。だが武郎の場合、この「自由」にはもう一つ切実な思いも働いていたのではないか。父の権威、家の権威、ひょっとしたら国家の権威から脱け出したいという思いである。彼のキリスト教への回心も、その思いと結びつく。

札幌農学校行きには、もう一つ別種の誘因もあった。いま名前をあげた新渡戸稲造が、武郎の母と同じ南部藩の名門の出で、有島家とも旧知の関係にあった（稲造の叔父でかつ養父でもあった太田時敏が、武郎の両親の結婚の媒妁をしていた）のである。その新渡戸稲造が当時、札幌農学校の教授をしており、武郎は彼の家に寄寓することにまでなる。その時、武郎は新渡戸に一番好きな学科は何だと問われ、正直に文学と歴史ですと答えると、「それでは此学校は見当違ひだ」といって高笑いされたという（「『リビングストン伝』の序」）。

札幌農学校予科の頃
（明治30年5月3日）

新渡戸の尽力もあって、武郎は農学校予科（五年制）の最上級に編入された。しかしなにしろ学習院出がフロンティアの農業学校にまい込んできたのだから、まわりから違和感をもたれ、淋しい日常だったらしい。武郎は新渡戸の講じる英文学に興味を覚え、また彼のバイブル・スクールにも出たが、キリスト教に強くひかれるということはなかったようだ。新渡戸は温厚な社会人だったし、武郎もすぐに過激な反応をするたちではなかった。「自由」な北海道に来ても、彼はまだ複雑な権威に微妙にかこまれていた。「自由」は遠くにあるままだった。

3 キリスト教入信

定山渓での回心

有島武郎をキリスト教に引き入れたのは、同級生の森本厚吉だった。武郎は家に代々伝わる仏教を、簡単には捨てきれなかった。というより、これこそ家の権威の要《かなめ》であって、目に見えず彼を縛りつけていた。だが森本は、武郎が本質的にもっていた宗教的誠実さを見抜いたのに違いない。「宗教的探求の道連れになれ」と迫ってきた。ついに説得に応じ、聖書を読んで、武郎はキリストの「愛心」にのみは心ひかれたが、森本はさらに、「義を求める力」が彼に不足しているとし、「罪の鋭い自覚」を求めてきた(「『リビングストン伝』の序」)。

森本は早くから内村鑑三に心酔し、内村流の激しさをもってキリスト教に接していた。しかしまたそれだけに、自分が内にもつ非キリスト教的な欲望、最も具体的には性欲に苦しみ、心の動揺にさいなまれ、それを乗り越える方途として、有島武郎を同じ信仰に引き入れようとしたようだ。だがその結果、武郎も森本と同じ不安に巻き込まれていくのである。

明治三十一(一八九八)年の暮、この二人が札幌郊外の、当時はまだ鄙《ひな》びた温泉だった定山渓の宿に泊まり、信仰のことなど語りながら年を越した時、森本は説得の激情のあまり、武郎に対して同性愛的行為に及んだらしい。一月早々にも同様の行為はくり返された。自分を責めることの得意な武郎は、それに対して共犯者のような気持になり、罪悪感に駆られ、ついに死を決意するまでにいたった。現在の第三者には、若く一途な青年の滑稽なまでに感情過多の行為に思える。当時の武郎の「観想録」も、行為の実態はよく分からぬままに、むやみとパセティックな記述にみちている。とにかく武郎は森本に追いつめられ、また自分で自分を追いつめていったようなのだ。そして二度目の定山渓行きで、まさに自殺決行の時になって、ハッと我に返り、「意ヲ決シテ生キザル可ラズ」と感じるのだが、それと同時に、「神ハ万物ニ life ヲ与フルモノナリ」という認識を得、キリスト教への信仰を固めるのである。この時、明治三十二年二月二十一日の日記の最後に、彼はこうしるしている。

森本厚吉（右）と（明治32年6月4日）

今我ガ事《つか》フルモノハ神、交《まじわ》ルモノハ森本君、敬スルモノハ父母弟妹、滅ス可キモノハ悪魔ナリ。我ハ今日ノ此心ヲ何処マデモ失ハザルヲ心掛ケザル可ラズ。神ヨ、我ハ今全《まった》ク我ガ身モ心モ君ニ委《まかせ》セ奉リヌ。願クハ此微衷《びちゅう》ヲ汲ミ給ヒ我ニ男ラシキ勇気ト忍耐トヲ与ヘ給ヘ。ソハ我ガ志ヲ潔《いさぎよ》フス可ク又我ガ敵ト終世相闘フ可ク。

こうして有島武郎は、死というぎりぎりのところで生への回心を得、いわば自分を根底から建設し直すという形でキリスト教に入信した。とはいえ、これによって安心を得たわけでは決してない。武郎はこの記述の少し前に記すように、「断然基督教信者トナルノ許シヲ乞」う手紙を両親宛てに書いたらしい。すると、両親から猛反対の返事が来たのである。父は武郎の「若年の軽率と未熟な決心とを責め」、母は「自分の家から乱臣賊子でも出したやうに悲しみ憤つて来た」(「『リビングストン伝』の序」)。武郎は決心を変えはしなかったけれども、家の重み、国家の重みは、ここまで来ても変わらなかった。

信仰の困難さ

武郎はこの後、信仰の徹底を自分の使命と自覚したようだ。ところが、そうするとかえって、彼は霊的な向上心と、自分の肉なる存在との背反に悩むことになる。森本を苦しめた性欲の悩みが武郎にも植えつけられたわけだが、武郎はこの「霊と肉」の相克を自分の信仰の「不徹底」のゆえと受け止め、その結果、ますます「罪」の意識を深める方向に進んでいった。当時の武郎の考え方をよく示す例として、明治三十四年五月二十六日の日記から引用してみよう。

五月廿三日、余ハ自ラ神ノ御前ニアリ基督我ガ凡テヲ辨《わきま》ヘ給フコトヲ忘レ、己レヲ欺キテ奸淫ノ罪ヲ犯セリ(世ノ人ノ云フ奸淫ノ罪ニアラズ)。余ハ此時ヨリ神ノ前ニ祈禱ヲ捧グル事ヲ得ズナリテ、心中ニハ癒ス可ラザル空虚ヲ感ジタリ。神ノ余ニ与ヘ給フ最モ懼《おそろ》シキ譴責ハ、我ガ祈禱シ得ザルニ至ルコトナリ。我ハ人ノ如ク起キ、人ノ如ク働キ、人ノ如ク息《やす》ミタレドモ、我ニ祈禱ナクシテ我ノ凡テハ無ナリキ。故ニ全ク日記ヲ廃セリ。

この「奸淫」が何を意味するかは分からない。たぶんはマスターベーションといったようなことかと思われる。いずれにしても、それが彼を「無」の存在に追いやり、存在の抹殺、日記の廃止にまでいたらせるのである。ただし彼はその存在を三日後の日記で復活させ、懺悔を経てふたたび祈禱しうるようになったことの喜びの表現につなげている。武郎はこういう種類の自己検討を果てしなく続けていくのであった。

もちろん、キリスト教への入信が、彼の生来もっていた弱者へのsympathy（同情）を宗教的なレベルにまでたかめ、人道主義的な観察と思索をひろめかつ深めていったことも、また事実である。明治三十三年の夏（と思われる）には、アフリカ伝道者で慈善家・探検家として巨大な足跡を残したデヴィッド・リヴィングストンに共鳴、森本と協力して『リビングストン伝』を書き（出版は翌三十四年三月）、南アフリカにおけるイギリスの帝国主義的侵略に対しては、「南阿の国に題す」という詩を書いて「自由」のために戦う人たちに賛同の思いをあらわした（日記、明治33・6・16）。日本国内のことについても、たとえば明治三十四年四月二十一日の「観想録」に、「此夜貧民窟ノ事　愈《いよいよ》胸ニ浮ビ来リテ殆ンド決心セントスルモ今少シ神ニ聞ク可シ」という記入があるのは、彼が貧民救済の事業に乗り出そうとしたことを示すものであろう。その翌二十二日の日記には、信州諏訪の製糸工場の女工たちの怨嗟の歌、「米は南京おかづはあらめ何で糸目が出るものか」以下九篇を写し、「詩人ハ汝ノ口ヲ閉ヂヨ、汝ノ筆ヲ折レヨ。カクテ此大詩才ノ悲歌ニ聞ケヨ」と記している。

ただし、こういう社会的正義心も、それを具体的にあらわす事業ということになると、いったい自分が何をなしうるのか、武郎には分からなかった。先の貧民救済の事業にしても、それが自分の心に「収穫」となることは分かっていても、貧民たち自身に「平安」を与えうるものになるかどうか分からない。要するに自己満足の事業かもしれないのだ。だから「今少シ神ニ聞ク可シ」ということになる。ところがそのことは、武郎自身にとって、また自分の「不徹底」のあらわれとして返ってくる。

明治三十四年七月、札幌農学校を卒業、同年十二月から一年間の軍隊生活を経験し、軍隊や国家の巨大な体制の力を知ったことは、そういう武郎に、信仰を行動に移すことの難しさを、ますます痛感させたに違いない。

4 ambition の中身

本来あるべき自分を探る

さて、有島武郎の渡米留学の決意もまた、キリスト教に回心はしたものの、信仰の思いをたかめればたかめるほど、かえって自分の「不徹底」さの自覚を深めた青年の、人生の方途が決まらぬまま、さらにぎりぎりのところまで自分を追いつめ、「信仰の徹底」を得ようとする気持が働いたところから生まれたものではなかったろうか。一年間の軍務をおえ、およそひと月ほどたった年の暮、その一年のことをふり返って見ると、「汝ノ為セシ所ハ悉ク水泡ノミ」と感じざるをえなかった。現実の生活の空しさと逆に、本来あるべき自分の生き方は、こういう言葉で把握されていた（日記、明治35・12・31）。

我ノ願フ所ハ国民ニ真正ノ趣味ヲ解セシムルニアリ。国民ガ天ト地トノ意ヲ知リ、天ト地トヲ主宰シ給フ神ヲ知リ、我等ガ父ノ前ニ額ヲ垂レテ我等ト子孫ノ未来ノ為メニ正義ノ汎《あまね》キコト水ノ地ヲ蔽《おお》フガ如カランコトヲ祈ルニアリ。哲学ノ深奥モ、美術ノ極致モ、文章ノ大観モ、事業ノ成就モ、一片ノ堅固ナル信仰ノ前ニ何者ゾヤ。

一見して立派な言葉である。だが実質的な中身はきわめて乏しい。武郎自身、そのことは感じとっていた。するとちょうどそこに、森本厚吉からの留学の誘いがあったのである。その誘いは、いま引用した言葉に合わせて、「教育ノ事に従事セズヤ」とか、「迷ヘル羊ヲ導ク牧者ノ僕タラン」といった言葉で把握された。しかしそれは、要するに現在の中途半端な状況を脱して、具体的に、自分を本来あるべき自分へと追いつめていこうという思いがもとになっていた。森本との会見をしるした十二月三十一日の「観想録」にいう「主ヨ、我等ヲシテ真ニ内部ノ深奥ヨリノ声ニ聞キ、我等ガ此世ニ尽ス可キ職務ヲ発見セシメ給へ」という言葉こそ、彼の正直な声であったと思われる。

しかし、こういうはなはだ漠然とした思いも、武郎の自分自身についての真摯さのあらわれだったといえるようだ。彼は自分を追いつめた果てに、やはり回心というか、新しい飛躍の転機をつかんだ。

留学しよう！　そしていったん決心すると、そこから先の彼は、思いのほか実行力に富んでいた。

内村鑑三の反対

明けて明治三十六（一九〇三）年の一月五日、武郎は森本とともに、内村鑑三を訪れた。武郎は最初、森本を介して内村の思想に接近していったと思われるが、やがて自分から積極的に彼の著述に親しみだし、人間的にも魅せられて、とどのつまりは新渡戸よりもむしろ内村をこそ人生と信仰の指導者と仰ぐまでになっていた。彼は表面的な温厚さでは新渡戸の方に近かったが、内面の情熱の激しさでは、どうも内村の方に近かったような気がする。

そして内村鑑三も、十九年前の明治十七年、武郎たちより二歳若い二十三歳の身で、一見したところ武郎たちと同じような ambition をもって、渡米留学していた。内村の有名な精神的自伝『余は如何にして基督信徒となりし乎』（英文、明治28、引用は鈴木俊郎訳）中の言葉を借りれば、彼は「第一に『人』となること、次に『愛国者』となること」を目的として海を渡ったというのだ。自分たちも同じだ、と武郎たちは思い、当然、内村先生に賛成してもらえると思って、留学の意志を述べた。

ところが予期に反して、内村は「盛ニ洋行反対論ヲ主張」したのである。その理由について、内村は当時、武郎たちを自分の後継者と見なしており、手許にとどめておきたかったのではないか、という説がある。だがそのことに関係して興味深いのは、「観想録」の記述だ。内村はこの時まずこう述べたという。

「我今心ニ大問題ヲ持テリ、此ノ溷濁《こんだく》〔混濁〕ノ世ノ中ニアリ蠢々《しゅんしゅん》トシテ〔虫のうごめく如く〕砂上ニ築カレタル城廓ノ修繕ニ急クガ神ノ御旨ナルカ、寧ロ当世ニ超然トシテ深想ノ一端ヲ高キヨリ授クルハ神ノ御旨ナラザルカ、是レナリ」

当然、聞く方は内村が後者の立場を主張するものと期待する。ところが続けて内村は、「嗚呼サレド前者ニ依リテ立ツハ依然トシテ神ノ御旨ニハアラザルナキカ」と述べ、「深刻ナル苦痛」の表情を浮かべたという。つまり時代に超然として高踏的な思想を授けることよりも、濁世の中に生きて目前の社会的不正をただすのが急務だ、という立場を内村はとっているのである。

内村鑑三は激しい信仰の人だったが、その信仰のためとあれば、他を顧みず行動に出る力ももっていた。ちょうどこの明治三十六年頃には、彼は足尾銅山鉱毒問題に打ち込み、理想団を結成して、社会の改良に情熱を燃していた。そして間もなく、迫り来る日露戦争を前にして、非戦論を展開しはじめる。そういう内村にとって、武郎たちが述べる「教育ノ事ニ従事セズヤ」とか「迷ヘル羊ヲ導ク牧者ノ僕タラン」とかといった渡米の目的は、現実逃避の何ものでもなかったに違いない。

実のところ、内村が述べた「人」となること、「愛国者」となることといった渡米の目的も、有島らの目的と比べるとはるかに現実的、具体的な要素を含んでいた。日本の文明開化の手本となった西洋文明は、キリスト教をもとにして発達してきた。とすれば、そのキリスト教のエッセンスを現地で学び取り、日本のために生かせるようにしたい。そういう「自己」を養い確立することが、内村のいう「人」となることであり、そのことはそのまま「愛国者」となることと結びついた。だからこそ内村は四年にわたる留学をすませて帰国後、西洋人宣教師の伝える西洋独善的なキリスト教に反対し、彼のいう「武士道的キリスト教」を展開、その信仰活動を社会活動にも結びつけるべく奮闘したのだった。

これに比べると、有島武郎たちの ambition は、なんともとりとめがなく、実質が稀薄なのだ。しかしまた、この新しい世代は、前の世代の人たちと違う問題、あるいは違う重荷を背負って留学しようとしていた。文明開化時代の終わりから明治二十年代のナショナリズム時代の初めにかけて留学した内村たちと違って、すでに国家という体制の歪みを体験し、また明治社会に生じた面倒な問題も見聞してきた武郎たちには、複雑な心の屈折があった。ついでに付け加えておけば、明治政府の官吏でその政府に乗っかって成功した実業家の子という、いわば明治第二世代の武郎のおかれた状況も、明治第一世代の内村のそれとは違っていた。内村鑑三は、必要とあればすべてのしがらみを捨てて一挙に開き直ることができた。有島武郎は、いずれそれをするにしても、簡単にはできなかった。

さらにまたこの新しい世代は、国家や社会とのギャップを感じ始めてきたことと関係して、より多く個人として生き始め、従ってまたより多く個人の内面の問題をかかえた——あるいはかかえるような気になった。たとえば、早い話が、キリスト教の信仰と性欲との相克に悩むということは、内村にもあったとはしても、おもてには出されないことだった。内村はたぶん武士道的精神やら儒教的教養やらで、それをおさえ込むことができた。だが武郎はそれを自分の人格の大問題として、いわば真っ向からその問題と取り組んだ。そのことを公言する勇気ももっていた。

内村と武郎との間には、もちろん個人的な性格の違いも大きかっただろう。しかし武郎たちのambitionの曖昧さや、さらにさまざまな意味での「不徹底」ぶりは、明治三十年代のなかばに渡米の志を立てた青年のおかれた状況からも生まれており、逆にいえば彼らの存在証明というべき部分もあった。ただ内村鑑三は、彼としてはしごく当然のことながら、そんなことに理解も共感も寄せはしなかったのである。

恋愛も断念し

武郎と森本はあきらめなかった。二日後の一月七日に、こんどは二人して新渡戸稲造を訪れ、渡米の希望を語ると、幸いにして賛成を得た。しかもまことに新渡戸らしく、さっそく武郎にはフィラデルフィアに近いハヴァフォード大学、森本にはニューヨーク州の名門コーネル大学をすすめてくれる手際よさ。これで留学の決意は固まった。

だがその翌朝、新渡戸から呼び出しがあって行ってみると、皇太子（後の大正天皇）の補導役にならないか、という話だった。武郎は学習院時代、皇太子の学友に選ばれていたことがある。こんどは、「我ガ国ノ風俗ハ未ダ上ノ下ヲ化スルモノ多シ。幸ニシテ上改マラバ下ノ徳ニ赴クコト甚易キモノアラン」という、いかにも新渡戸先生らしい理由も述べられた。武郎としても有難く思い、大いに迷った。

しかし、「余ガ地球ニ於ケル我ガ同志等ト離隔セザル可ラザルコト」は苦しかった。「華奢ナル貴族的生活ノ内ニアリテ常ニ不快ノ胸ヲ撫デザル可ラズ」と思うと、嫌気もさした。もちろん利点も考え、虚栄心も動いたが、結局、「真ニ個人ヲ救ヒ得ルモノ豈《あに》国家ヲ救ヒ得ザランヤ。先ツ自個ノ心中ニ経

河野信子

験シテ自己ノ救ハレタルヲ自覚セバ、其思想コソ之レヲ国家ニ与ヘテ国家ヲ救フ可キモノニアラズヤ」という思いに到達した。つまりは、留学をつらぬいて自己を養い、個人を救うことによって国家を救う道をとるべきだと考えたのだ。そして新渡戸先生の話をことわった。前にもちょっと述べたが、武郎はいったん決心すると、頑固に自分の道を進む人だった。

これ以後、武郎は留学のために新渡戸夫人（アメリカ人のメアリー・エルキントン）から英会話や英作文を習い、内外の宗教書、歴史書、文学書などをつぎつぎと読んだ。この間、ひそかな恋愛も体験した。新渡戸の実姉、河野象子《きさこ》は有島家と親しい関係にあったが、武郎は彼女が病いを得て入院した先を見舞ううちに、その娘の信子（当時二十歳）に心ひかれたのである。信子の方も彼を恋していることが、よくわかった。しかし武郎は、たぶん二月十五日頃からその存在を意識しはじめ、四月三日には「恋人」と呼んだ彼女への思いを、五月三日にはもうみずから断ち切ろうとしている。「嗚呼イカナレバ余ハ乙女ヲ恋フルノ心ヲ以テ神ノ水ノ如ク流ル、正義ヲ恋スルコト能ハザルヤ」――彼はどうも、乙女への色欲にみずから驚き、恐れを抱き、それを絶って神への愛に徹しようとつとめたようだ。五月二十二日の日記にも、「余ハ真ニ彼女ノ唇ニ余ノ唇ヲ燃サント希《こいねが》フ」とまでしるしながら、すぐにその欲望を否定、「余ハ人ノ夫タランヨリハ謹テ人ノ僕タラン」と述べている。これはもちろん、

「迷ヘル羊ヲ導ク牧者ノ僕タラン」という思いと重なる表現である。恋愛を絶ち切る決意には、留学への希望が大きく関係していたといってよいだろう。

有島武郎の留学の ambition は、彼自身としては真剣なものであり、またそのために準備を重ねたものであったが、その中身は「牧者ノ僕」などと一見謙虚そうで恰好よかったけれども抽象的で、実体の乏しいものだった。しかしこの曖昧な ambition も、どこかで内村鑑三の留学の目的に通じる「人」たること――「自己」を確立すること、という思いを底流としてもっていたに違いない。札幌では実現しえなかった「自由」が、アメリカというフロンティアの国では見つかるかもしれない、といったような思いである。しかしそれは彼自身が気づかないほどの漠然とした思いであった。ただ、これから三年間ほどのアメリカ生活を通して、しだいに形をなしていくのである。後年の文章「『リビングストン伝』の序」で、その思いは「その事〔渡米〕を決行する動機の最大な原因はこれまで私の身辺に絡《からま》つてゐた凡ての情実から離れて、本当に自分自身の考へで自分をまとめたいといふ心願だつた」という見事な表現になっている。

ただしここではっきりさせておかなければならない。この文章は三年間のアメリカ留学の「結果」から「動機」を説明したものであって、ここにいたるまでに武郎の長い地道な人生の模索が必要だったのだ。この「模索」の意味が分かってはじめて、文学者有島武郎の土台が分かってくるのではなかろうか。

5　「思想」と「感情」

文学者有島武郎の土台にふれたので、ここで少し寄り道し、留学を決定してから武郎が読んだ文学書を覗き見しておきたい。それはシェイクスピアやゲーテから、バイロン、カーライル、テニソンまで、あるいは近松傑作集から一葉全集まで、なかなか多方面にわたっていたが、その中で、彼の思想や感情のこれからの展開に関係してとくに興味をそそられるのは、二年前に出た與謝野晶子の『みだれ髪』も読んでいたことである。渡航の年の四月八日の日記に、こう記している。

『みだれ髪』を読んで

朝夙起《しゅつき》［早起き］セシ時「みだれ髪」ヲ読ム。余ハ到底此思想中ノ人タルコト能ハズ。然リ余ハ多クノ点ニ於テ此思想家ノ如ク放縦ニシテ自我的ナルコト能ハズ。余ハ此思想ノ上ニ余ノ行為ヲ置クコト能ハズ。彼女ノ云フ所ハ余ニ取リテハ一面ヨリハ異邦人ノ声ナリ。而カモ「感ズル」ト云フ方面ヨリスルトキハ、余ハ彼女ニ於テ少ナカラザル感興ヲ受ク。彼女ノ思想ハ余ガ専門的研究ノ参考書ナリ。余ハ彼女ヲ以テ余ガ経行［常の行い］ノ伴侶トナスコト能ハズ。而カモ余ガ苦旅ノ途上時ニ彼女ト相遇フトキ彼女ノ振冠《ふりかぶ》リタル乱髪ノ中ニ云フ可ラザル清純深奥ノ姿アルヲ認メテ、茲《ここ》ニ「新シキ者」ヲ拾ヒ得タルノ感ナクンバアラズ。首《こうべ》ヲ挙ゲテ四［方］ヲ見レバ凡テノモノ皆古シ。

此時ニ当リテ「新シキ者」ノ価何ゾ尊キ。

武郎がここで、「思想」において晶子の「放縦ニシテ自我的」な姿勢にくみしないというのは、彼としてはまことに自然なことであった。河野信子への恋愛をみずから否定したのも、その態度のあらわれにほかならない。ところが彼は、「感ズル」という方面においては、この乱れ髪の女に「清純深奥ノ姿」を、異邦人のようなその声に「新シキ者」を認め、高く評価している。宗教的あるいは道徳的にストイックな「思想」を武郎は奉じていたのであるが、それにそむいて自我を奔出する「感情」にも、彼はここで我知らず共感を示しているわけだ。

「思想」と「感情」とのこの乖離は、やはり明治第二世代の真剣に生きた人たちの特色となるものであろう。武郎はそれを、ここで、一冊の歌集へのひそかな感想としてあらわしているにすぎない。しかしこういう心の揺れは、たとえば森廣と佐々城信子との関係を見る目にも、しだいに反映していくようになるはずである。

「男の子二十五」

與謝野晶子については、留学前の忙しい日々の中で、武郎もさらに思いを深める余裕がなかったようだ。しかしこの「異邦人ノ声」は、彼の心の中にしばらく生きていたように思われる。七月二十四日、雨の降る夜、彼は母の幸《さち》と（たぶんは留学のことなど）「シメヤカニ」語りながら、もう秋の近づいてきたことに感慨をもよおして歌をつくったのだが、それがまぎれもない晶子調なのである。

夏に似しさかりの命おごりあえで
　胸うつまゝに泣く人もなし
いかなればひたすら秋はしたはるゝ
　男の子二十五さてよはいかな

留学へのたかまる思いとともに、こういう寂寥感も彼にはあった。これまた、内村鑑三やその世代の留学を志した人たちからはへだたりのある、「人間的」な感情のあらわれであったといえるように思う。

伊豫丸の甲板上で、いつまでもおだやかに微笑み続けていた有島武郎は、神を敬い、家族を深く愛しながら、何かもやもやした感情をうちにかかえていた。国民の一人ひとりにしろ国家という全体的なものにしろ、それを救う者になりたいという ambition をかみしめながらも、さてみずからの存在そのものがおそろしく不確かだった。神のため人のためとはいっても、窮極的にはいったん自分をこれまでの状況から解き放ち、自分をとらえ直し、それから発展させることが第一の目的である。だがそんなことができるのか。自分とそのまわりの人間や組織との関係は、すでに複雑にからみ合い、自分自身の混乱は深い。だがそういう不安を感じれば感じるほど、彼はますます ambition をたかめていたに違いない。自分を鞭打ち続ける誠実さこそ、彼の精神の身上だった。

6　留学第二世代

有島武郎のアメリカ留学に関連して、私は「明治第一世代」とか「明治第二世代」とかと、おかしな言葉を使った。内村鑑三や新渡戸稲造はこの前者に属し、有島は後者に属する。ここで、もう少しくわしくこの第二世代の中身を見ておきたい。

国を背負った第一世代

有島武郎は明治三十六（一九〇三）年八月、横浜からアメリカ留学に旅立った。そのわずかひと月後の九月には、永井荷風が同じく横浜からアメリカへ渡っている。武郎は満二十五歳、荷風は二十三歳だった。二年半後の明治三十九年二月には、高村光太郎が渡米した。二十三歳になる前の若さだった。

これらの芸術家たちは、渡米前に識り合って打ち合わせなどしたわけではない。踵《きびす》を接するようにして太平洋を渡ったのは、まったくの偶然だった。しかし今からふり返って見ると、彼らの渡米留学には共通点が多々あり、時代の転換（世代の転換）をあらわしていたともいえそうだ。武郎の場合は、すでに述べた内村鑑三のアメリカ留学（明治十七年出発）と比べると、このことがよく分かるだろう。荷風の場合は、彼が後に敬愛することになる森鷗外のドイツ留学（同じく明治十七年出発）と比べるとよい。ついでにもう一人、比較の材料を入れておくと、夏目漱石は明治三十三年、三十三歳でイギリスに留学した。武郎らの留学と年代が近くなり、共通点も出てくるが、やはり性格が違う。

鷗外や漱石は、いうまでもなく政府が派遣した官費留学生である。明治の初期には多くアメリカへ渡った官費留学生も、中期以後はヨーロッパへ向かうのが普通になった。学ぶべき文化は歴史の古いヨーロッパにあると、お偉い人たちは考えるようになったのである。ただ日本文化の主流からはずれたり、在野的な立場にある人たちは、多くアメリカに渡った。内村も新渡戸もそれであった。しかしこの種の私費あるいは無費派を含めても、従来の留学生は、いわば国を背負う気持をもって渡航した。国家の運命を絶えず気にしていた。

個人に向かう第二世代

留学第二世代の武郎や荷風や光太郎は、そういう国の意識を捨てていた――あるいは捨てるようになる。武郎は内村の影響もあり、「迷ヘル羊ヲ導ク牧者ノ僕」たらんという気持をもっていたが、自分が国家や軍隊と相容れないという自覚は得ていた。それでなくても、国家を背に、官僚あるいは実業家として成功した父や父が代表する家の重みは、ひそかに苦痛としていた。彼の場合、表面上は従順な「よい子」であり続けていたけれども。

三人のうち、最も恰好よく振舞い得たのは高村光太郎かもしれぬ。彼の父、高村光雲は江戸時代からの伝統を引き継ぐ職人的な彫り物師といわれるが、西洋風の写実をよく取り入れ、近代彫刻の道を開くことに貢献、東京美術学校教授になった人である。それでもたとえば御前制作で天皇に対する時など、畏れ入って膝の上は見られなかったという。ただその姿勢に呼応するかのように、家庭では家父長として厳然と重きをなしていた。光太郎はその権威に反抗し、芸術表現の自由を活かしながら、個人としての「自己」実現に努めた。

光太郎にとって、アメリカ留学はそのためのほとんど公然たる飛躍台だった。もちろんさまざまな苦悩や辛酸はあっただろう。しかし在米一年半に足らない（その後二年ほどヨーロッパ滞在）にもかかわらず、後年の述懐として、「アメリカで私の得たものは、結局日本的倫理観の解放であったろう」（「父との関係」）と言い切れる直進的な精神の展開があった。彼の彫刻や短歌、詩も、まさにその「解放」感をあらわした。

もう一人の永井荷風は小説家であり、しかもその『腕くらべ』は、私家版としては『或る女』の二年前（大正六年）に出、もちろんまったく違う特色の作品だが、『或る女』同様、日本近代文学を代表する「本格小説」といえる。従って、武郎との比較検討も本来は詳細になすべきところだ。

荷風の父、永井久一郎は愛知県士族の出だが、武郎の父と同様、明治政府の官僚として文部省会計局長まで進み、それから実業界に入った人である。禾原《かげん》などの号をもつ漢詩人でもあった。当然、長男荷風（本名、壮吉）を将来官界、実業界に進めたかったが、荷風は学業をよそに遊蕩にふけり、狭斜の巷を題材とした小説などを書いていた。父はこの息子に更生の機会を与えようと、自身もかつてしたアメリカ留学をさせてくれたのだった。

しかし、息子の方は父の重圧から逃れたい思いと、前からあこがれていた芸術の国フランスへ行く機会がつかめるという思いとから、太平洋を渡った。彼はアメリカへ来て、国家や社会にますます背を向け、「自己」の生を激しく追求する。「愛の福音より外には、人間自然の情に悖《もと》つた面倒な教義《おしえ》は存在して居ない」（『あめりか物語』所収「市俄古《シカゴ》の二日」）アメリカの「自由」の中に飛び込んでいき、単に精神の解放だけでなく、感覚の解放、さらには官能の解放へと突進した。娼婦イデスとの「恋愛」なども、たくましく自己中心に展開した（少なくともそのように彼は語るのだ）。

そしてこの解放は、荷風の「文学」をも解放した。早い話が荷風のアメリカ滞在の成果である短篇小説集『あめりか物語』（明治41）を見るとよい。初めのうちは日本で書いていたゾラ風の（と彼が思っていた）自然主義的描写の延長で、アメリカ生活を傍観者的にスケッチして見せていた小説が、いつしか自分自身を作品の中に生かして、自由な官能の果てのデカダンスの世界をのびやかに、詩情をもって描く小説に変わっていくのだ。『腕くらべ』はこれらとは段違いに奥行きも広がりもあり、文章につやのある長篇だが、この延長線上にとらえることができるであろう。あるいはまた、イデスとの交情をあちこちに散りばめた「西遊日記抄」（『文明』大正6・4―7）は、日記には違いないが、洗練された文章で自由自在に自分の思いをくりひろげ、「亜米利加は全く余をして多感の詩人たらしめし歟《か》」と言い切りもする。誰しもが荷風の最高の文学作品の一つと認める日記「断腸亭日乗」は、この延長線上にあるものであろう。

荷風のアメリカ生活は四年近くに及び、フランス滞在は十カ月にすぎない。彼のアメリカ文明罵倒にもかかわらず、アメリカの「自由」が作家永井荷風の形成に果たした役割は非常に大きかったというべきだろう。

「観想録」の成り立ち

さて、こういう留学第二世代に有島武郎も属していた。だが高村光太郎や永井荷風と比べると、武郎の国家や社会や家からの独立願望は、はなばなしさ、果敢さ、あるいは徹底ぶりに欠けていた。独立願望の実体が曖昧で、むしろ留学の間にその実体を「模索」していく体のものだった。

しかも、このことに付随して、武郎の「自己」の表現にも、光太郎や荷風のような恰好よさはなかった。彼は自分を、あるいは自分と周囲の世界との関係を、二人よりもはるかに着実に観察し、その観察をいつも反省で塗り固めていた。従って武郎の日記「観想録」は、たとえば「西遊日記抄」や「断腸亭日乗」と比べると、歯切れが悪く、ごてごてした記述で、読んでいて苛立つことが多い。

武郎の日記についてもう少し説明を加えておくと、一番最初期のものとして、学習院生徒時代の明治二十四年九月から二十五年三月にかけて書いた「随意録」（三号）が残っており、次いで明治三十一年四月、札幌農学校に入って約半年目頃から、「観想録」が始まる。これは時々の中断をはさみながらも大正五年十一月まで書き続けられ、全十八巻に及んだ。だいたいにおいて横罫のノートに漢字とカタカナで横書きしているが、英語で書いた時期もある（本書での英文からの引用は原則として筑摩書房版全集に収録の邦訳による）。大正六年一月以降は、「Pocket Diary」と称する博文館発行の英文用懐中日記や、それに類する日記帖に短い記述がなされるようになる。

こうして武郎の日記はその書き方自体が読み難いが、中心をなす「観想録」の題が示唆するように、「想《おもい》」を「観《み》」て反省するという意図で成っており、極めて思索的な内容である。私の知る範囲内でいえば、アメリカのピューリタンたちの日記の、自分の日々の生を記録し、自分の信仰についての日々の反省を記録するという姿勢に通じる。いわば信仰の証しとしての日記に近いものなのだ。

武郎の日記、あるいは「観想録」が、荷風の日記とまったく種類が違って比較の対象となりにくいことは、もはや明らかであろう。もし比較しうるものを求めるとすれば、国木田独歩の有名な「欺かざるの記」（出版は明治41―42）があげられよう。独歩は留学こそしなかったが、年齢的に明治第二世代といってよい（第一世代の植村正久から洗礼を受け、『或る女』のヒロインのモデルとなる佐々城信子と結婚したことがある）。「欺かざるの記」は「事実＝感情＝思想史」という副題をつけているように、「観想録」同様、青春の事実も感情も思想もこってり盛り込んでいる。ただし散文詩のようにどんどん改行していく書き方は、断想ののびのびした展開になりやすく、一種の軽快さを味わいながら読むことができる。

武郎の「観想録」は、これと比べると事実の起伏が乏しく、感情は激しくて誠実だがひとりよがりで共感を誘うこと少く、思想は自己反省のくり返しが目立って、読み物としての魅力は「欺かざるの記」に劣るといわざるをえない。

しかしじっくりこれとつき合ううちに、日本近代文学に出会うこと稀れな誠実さに支えられた感情と思考の展開が、まったく派手さのない事実の展開と合わさり、無類に几帳面な文章で綴られていることが分かり、読者を引きつけ始めるのである。一見もたついているようで、そのくせ観察し思索したものごとをそっくり取り込んで描きつくそうとするたぐいの文章が、やがて日本近代文学を代表する「本格小説」の表現力につながっていく――といえるように思う。

第二章　人生の探険

1　大陸横断

シアトルの魔窟

一九〇三（これより、武郎のアメリカ時代の記述には主に西暦を用いるが、日本暦では明治三十六）年九月八日、有島武郎はシアトルに上陸、アメリカ合衆国に足を印した。くり返していうと、彼二十五歳のなかばである。その日、武郎は日本人経営のジャクソン・ホテルに泊まった。ホテルのあるジャクソン通りは、「本市ノ中ニモ劣等ナル所」と日記に記している。翌日、昼間は手紙書きなどの雑用で過ごしたが、夜、武郎は何人かの日本人に連れられて（であろう）宿の近くの「遊ビ所」に行った。「驚ク可キモノ多シ。den of shameトハ之レヲ云フカ」と記している。den of shameとは「魔窟」とでも訳すべき所だろうか。

さらにその翌九日、ホテルの彼の部屋の前の部屋を借りている女性（もちろん日本人であろう）が、

「夕刻ニ至レバ装ヲ凝《こら》シテカノ den of shame ノ方ニ出デ行キ、夜十一時過ギザレバ帰リ来ラズ」、おまけにその部屋に残されていた生まれたばかりと思われる赤ん坊は、老婆によってどこかに連れ去られてしまったらしい。育ちのよいお坊っちゃんだった武郎は、アメリカに来て初めて人生や社会の暗黒面に接するわけだ。この記述に続く「観想録」の文章は、そういう青年の苦悩と、懸命の対応ぶりを示している。

此辺ハ紳士淑女ノ足踏ミ入レヌ所ナリト云フモ、著《いちじる》シク実ニ多クノ罪悪ニテ満チタル様ハ物慣レヌ余ガ眼ニモ著《いちじるし》カリキ。半数ノ人ガ高価ナル生活ヲナサント欲セバ半数ノ人ハ憐ム可キ耻《はじ》多キ生活ヲナサヾル可ラズ。浮世ノ深底何ゾ爾《しか》ク悲惨ナルヤ。余等ノ為ス可キ事業ハ広ク深ク残サレタリ。余ノ信仰足ラズ。是レ凡《すべ》テノナヤミノ nucleus〔核心〕ナリ。

有島武郎はこれから三年間、広大なアメリカ大陸に生きて、日本におけるよりもずっと生まな形で社会の現実に直面し、衝撃を受け続けることになる。しかも「余ノ信仰足ラズ」の思いだけでその衝撃に対応できるわけではない。少しずつ、まことに少しずつ、新しい生き方を探っていくのである。

monster 都市シカゴ

九月十一日、武郎は森本厚吉とともに、グレート・ノーザン鉄道で東に向かった。カスケード山脈を越え、ロッキー山脈を越え、ミシシッピー川に面した都市セント・ポールにいたり、ここでシカゴ・グレート・ウェスタン鉄道に乗り換えた。質朴だった乗客は一変し、「凡テ此辺ノ人間ハ極劣等ニシテ而カモ醜悪ノ容貌ヲ有スルモノ多シ」「若シ此地方ノ住民ガ合衆国全体ノ大部分ヲ占ムルモノナリトスレバ、余ハ最《もっとも》米国ナル国ヲ厭フ」と思うようになる。有島といえども初めて見る国では偏見曲解かくのごとし、なのである。

十四日夜シカゴに着き、十九日まで滞在した。ここで武郎たちは、札幌時代の同級生の森廣に会う。すでに述べたように、『或る女』における木村のモデルである。ヒロインである葉子のモデル、佐々城信子と婚約して渡米したが、後を追って来るはずの信子は太平洋を渡る船の事務長と恋に陥り、シアトルで上陸しないでそのまま帰国してしまった。二年前のこの事件による「大ナル苦痛」をかかえたままの森と、二人の新渡米者は語り合った。森はもはや「恋愛」なるものを信ぜず、信子に「絶交ノ書」を送ったと告げながら、なおかつ自分はいまも「彼女ノ内部ニ潜メル才能」を認めている、もし自分の行為に彼女を苦しめる原因となるものがあったとしたら、それを除去することに努めたい、などと語った。武郎はその「美シキ悟覚」に感動して、日記にこう記している。

シカゴにて（1903年９月18日）
右から森本厚吉，森廣，武郎

余ハ彼ガ何処マデモ彼ノ面目ヲ失フ事ナク其恋ヲ終始セントスルヲ見テ今更ニ云フ可ラ

ザル感慨ニ入ラントスルナリ。嗚呼彼女モ亦人ノ子ナリ。願クハ森ノ祈ル所行フ所彼女ノ堅キ頑《かたく》ナナル皮殻ヲ破リテ中身ニ入リ、彼女ガ聖愛ニヨリテ救ハル、時来ラン事ヲ見ルハ如何ニヨキ事ナル可キゾ。

武郎はこの時点で、森が「恋」に不信を抱きながらもなおそれを貫こうとしていると見て同情し、その「恋」を踏みにじるような信子には批判的であった。しかしこの思いは、『或る女』ではまったく逆になるのである。じつはこの間の武郎の精神や感情、あるいは生き方そのものの転回をたどることが、私の関心の一つの的であるのだが、それはおいおいと語ることになる。

さて、三人の話題は、やがて（当然にも）信仰の問題に移った。武郎は例によって、自分の信仰の未熟を痛感する。森の信仰の固さをいまこのように見せつけられると、自分の信仰など猿真似にすぎなかったと思えてきて、「基督信者ノ当然入リ得可キ信仰ト実行トニ進達シ能ハザル」ことに煩悶を深めるのだ。その思いを日記にえんえんと記している。

それから、武郎は「米国ノ文明ノ最高ナル発展ノ方面」をシカゴに見極めようと思い立ち、シカゴ大学、美術館、デパート、ユニオン家畜置場《ストック・ヤード》、公園、劇場などを見てまわる。彼はこの都市に未曾有の「Energy ノ発展」を見ると同時に、「一種ノ monster」を見る思いだった。しかしこういう観察は、とくに目新しいものではない。多くの日本人が同様に驚嘆しながら、それを罵倒することで心の平衡を保とうとしてきていることは、さまざまな旅行記などによっても明らかである。武郎も「文明」の内部を見通し、それを自分の心で受け止めるまでには、まだ時間が必要だったというべきだろう。

ただ一つ注目しておきたいのは、彼がここの劇場でトルストイの『復活』を観て感激していることだ。小説はすでに読んでいたが、いま芝居で、牢獄におけるカチューシャがネフリュードフの訪問を受け、失われた純潔の問題でさまざまに悩み苦しむところに深く感動したらしい。そのさまを日記にこまかに記している。別に珍しい感想を述べているわけではないが、その記述の仕方には、武郎が性や純潔の問題に強い関心を抱いていたことがうかがわれる。

ニューヨークにて

九月十九日、武郎は森本とシカゴを発し、二十日の午後、ボルティモアに着く。ここで彼はジョーンズ・ホプキンズ大学で学ぶ森本と別れ、「遂ニ孤独ナル東洋ノ行旅〔旅人〕トナリ」、北に向かって、同日の夜ニューヨークに着いた。

ニューヨークでは、幼なじみの親友、増田英一に迎えられ、その下宿に泊めてもらって、翌日、市内を見物した。セントラル・パークの池のほとりのベンチに坐って、それぞれの過去を語り合いもした。増田も大志をもって渡米したのだろうが、さまざまな不幸に会って、「其半生ノ精進ヲ凡テ無ニ葬リ、自ラ世ヲ退キ合衆国ノ南方ニ退キテ一窮農タラントスル」状況にある。「彼ハ今全ク彼レノambition ヲ捨テヌ」と武郎は日記に記した。これはもちろん、武郎自身と対比してのことであろう。

しかし武郎は、増田がこうなったのは自分の責任だと思った。増田はじつは武郎の妹の愛子と愛し合っていた。だが明治三十年十二月、愛子が他に嫁したため、彼は東京専門学校（早稲田大学）を去って京都の同志社に移った。その後、明治三十二年の初め、武郎は森本に引かれてキリスト教に入信した時、いっさいの余分なつき合いを絶とうと決心し、増田を含む親しい友人たちに絶交状を送った。増田は折返し翻意をうながしてきたが、武郎はいわば森本と増田との間の友情に悩みながらも、初志を貫いて絶交した。そんなことから、増田としては再度、友情を裏切られた思いがあったようだ。武郎が「余ハ出来得ル丈ケヲ彼ヨリ奪ヒヌ。今ハ何ヲ以テ彼ニ与ヘ得ンヤ」と日記に記したのは、こういう事情をふまえてのことであろう。

ここには自分が（意図したわけではないが）彼から多くを「奪フ」結果になったことへの反省があり、反対に「与ヘル」ことこそ自分の使命だという自覚がある。これまた、『或る女』と内容的に密接に結びついて彼の評論の代表作となる『惜みなく愛は奪ふ』で逆転してしまう考え方である（信仰のため、あるいは愛のために「奪ふ」のは、悪くないどころかまったく正しい、と彼は考えるようになるのである）。だがこの時点では、彼は自己を「与ヘル」という美徳の思いに酔っているのだ。

翌九月二十二日、武郎は増田と『メアリー・マグダレーン』と題する芝居を観た。原作者は不明だが、当時名優として知られていたフィスク夫人の主演ということに魅かれたようだ。しかしこの芝居で、マグダラのマリアにもまして彼を惹きつけたのは、イスカリオテのユダだった。この劇では、ユダはマリアに恋するが容れられず、深刻な失望を味わい、キリストの行為も彼の理想としてきたことと何の関わりもないことが分かってしまう。「ユダノ心ハ大ニ動キ非常ナル煩悶苦痛ニ陥リ、遂ニ基督ヲ売ルニ至リシマデノ径行ハ誠ニ畏ロシキ計《ばか》リナリキ」。そこでキリスト信徒として、もちろん

「基督ニ対スル無限ノ痛惜」を感じはするのだが、「ユダニ同情ノ一片ヲ寄セザル能ハザル可シ」と彼はいうのだ。

武郎はいまアメリカに来ても、友人の恋愛の悩みを聞けば、「聖愛」によって友人とその女が救われることを願い、また別の友人の人生上の悩みを聞けば、自己を「与ヘル」ことによってこれを救う想像にふける。つまり彼の信仰心なるものも、日常のレベルでは、ごく常識的な価値観に従っていた。

武郎の寄宿舎バークレー・ホール

ただ、『復活』を観、『メアリー・マグダレーン』を観ると、キリスト教の常識では悪とされる行動に人間自然の性《さが》を見て、同情を寄せもするのだ。武郎はこれからアメリカで一人生きる過程で、さまざまに揺れ動きながら、自分の内面を試練にかけ、その世界を拡大していくのである。

九月二十四日、武郎はニューヨークを去り、フィラデルフィアに出た。ここには、新渡戸夫人メアリーの実兄のエルキントン氏が迎えに来てくれており、デパートへ連れられて行くと、メアリーの友人のミス・リッピンコットが待っていて、衣服などを買ってくれた。

目指すハヴァフォード大学は、それよりペンシルヴェニア鉄道で北西に向かい九マイルの所にある。さらに一マイル行くと、ブリンモア大学だ。ブリンモアは有名な女子大だが、一八八〇年創立、ハヴァフォードはそれよりずっと古く一八三三年創立である。学生数二百人ほどの小さな大学だが、オーソドックス・クエーカーの学校で、新渡戸が推薦してくれたのだった。

ハヴァフォードの駅には、三人の学生が迎えに来てくれていた。閑雅な住宅がまだらに並ぶ道を四百メートルほど行くと、大学の門に達する。入ると、見渡す限りの芝生が美しく、樫や楓や柳があちこちに立つ中に石造の寄宿舎バークレー・ホールがあり、その中の十二畳ほどの一室が武郎の部屋だった。

2 ハヴァフォード大学

「自分を見窮める」勉強

有島武郎は札幌農学校ですでに学士号を得ているので、ハヴァフォード大学では大学院に入った。大学院生は彼のほかに三人だけだった。日記によると、武郎はイギリス史、中世史、経済学（労働問題）、およびドイツ語の授業を取った。ただしこれは最初の学期だけのことかもしれない。次の学期に何を取ったかは、よく分からない。いずれにしても、アメリカの大学はたくさんの宿題《アサインメント》を課し、試験やレポートも多い。そのためもあってか、これ以後、武郎の日記の記入はぐっと少なくなる。そして「此後ノ余ハ通常ノ書生ガ為ス如ク毎日教場ニ出席シテ勉強スルヲ以テ専務トナシヌ。格別大事件ハナシ」などと記すのである。

大事件は、むしろ大学の外にあった。翌一九〇四（明治三十七）年二月六日、日本はロシアと断交し、八日、仁川沖でロシア艦隊を攻撃、十日に宣戦布告し、日露戦争が始まったのである。武郎は十日の日記（日本時間だと十一日）に、「高平公使ニ書ヲ発シ余ガ身軍籍ニアル旨ヲ通知ス」と記している。彼はもし召集となれば帰国しようとの決心までした（有島家宛書簡2・28）。日本人としての義務感を感じたのだろう。彼はアメリカまで来ても日本国家の優等生であった。武郎のアメリカ生活中、日露戦争が彼の心に重くのしかかり続けたことはいうまでもないだろう。

しかし、武郎はロシアに対し好戦的な感情にかられたわけでは決してない。むしろ逆だった。この日（二月十日）の日記の大部分を占めるのは、帝笏《ていしゃく》［皇帝の権威］や教権と戦い、いまは「荒寥タル北露ノ麦隴《ばくろう》［麦畑］ニ屹立」している老トルストイへの畏敬と同情である。反体制の姿勢への理解と共鳴とは、彼の中にはっきりと育ちつつあった。

その他、身辺の「小事件」はいろいろあったけれども、それを省略したハヴァフォード大学における一年は、『リビングストン伝』の序」の中で、次のようにまとめられている。


米国での最初の一年間私の学んだ学校はクエカー宗の而かも正統派の機関だつた。そこでは宗教的色彩は極めて濃厚だつたといつてゐ丶。然し幸な事にはこの派には宗旨上の形式は極めて自由だつた。毎週木曜日の午後の宗教的集会には牧師があるでもなく、讃美歌があるでもなく、信条の誦読があるでもなく、会集は唯黙々として静座するだけだつた。而して心の動いたものだけが或は跪いて祈り、立つて談《かた》つた。その数十分の静座は私になつかしいものだつた。私はいつでも席末に独座して勝手な事を思ひ耽つた。［中略］然し私の渡米の最大の目的が自分自身で考へる事にあつた故私は敢て人の心に触れて見ようとは思はなかつた。一人住みの部屋を寄宿舎に与へられたのを幸ひに、私は自分だけの努力をして自分を見窮めようと勉めた。

修士論文「日本文明の発展」

武郎はこうしてハヴァフォードでむしろ孤独に生き、「自分を見窮め」ることに力を注いだ。それでも、この一年足らずの間に、マスター・オブ・アーツ（M・A——つまり修士）論文を書いた。一月から書き始めたが、流感にかかったり、日露戦争による動揺があったりして、「枯木寒巌に倚ると云ふ様な学者的態度」が取れず、一時は十二月まで在学期間をのばそうと決心したが、三月中旬になって思い返し、懸命に筆を進めて、五月十六日に脱稿した。タイプ用紙大の厚紙に手書で二百六十枚余り（全集で九十六頁）の論文である。"Development of Japanese Civilization: From the Mythical Age to the Time of Decline of Shogunal Power"（「日本文明の発展——神話時代から徳川幕府の滅亡まで」）と題する。

武郎は五月二十二日付の家信で、この論文にふれて、こう述べている。

英文の手紙一つ書くにも苦しみ苦しまねばならぬ憐れむ可き英作文の枝倆《ママ》で、是れ丈けの長きものを書いたには他人の知り得ぬ苦心もありました。兎にも角にも当年の本校論文中では最長の論文で内容もそんなに劣つては居ない積り、唯残念な事は文体の拙劣です。

どうも頼りないが、いったいどういう内容か。武郎はまず「文明」の定義から始め、文明に適した「国土」や文明をもちうる「民族」を規定し、日本の国土と民族をそれにあてはめ、以下、その日本文明が、民族固有のものから、中国、インド、後にヨーロッパのカトリック教国などの影響を受けて、いかに発展してきたかを述べる。武郎はもともと歴史好きで、札幌農学校の卒業論文も「鎌倉幕府初代の農政」をテーマとしていた。今回の修士論文のためには、W・G・アストンの *A History of Japanese Literature*, B・H・チェンバレンの *Classical Poetry of the Japanese*, W・E・グリフィスの *The Mikado's Empire*, S・L・ギューリックの *Evolution of the Japanese*, L・ハーンの *Glimpses of Unfamiliar Japan* などから、新渡戸稲造の *The Intercourse between the United States and Japan* や *Bushido*, *The Soul of Japan* まで三十余冊の英書や、竹越與三郎『二千五百年史』、物集高見《もずめたかみ》『日本文明史略』、新井白石『読史余論』、内村鑑三『興国史談』などを利用している。

ただし、この論文は独創的とはとてもいい難い。なにしろ一次資料の調査や検討はほとんどまったくなく、いわば概説書や教養書を中心に勉強した結果をまとめたものなのだ。歴史の各段階の政治・社会的背景から文学・芸術までをつとめて通観して見せ、文化史的な体裁を整えているが、それ以上のものにはなかなかなりえていない。

ただ、外国にあって日本文明の発展を論じるのであるから、当然、世界における日本文明の位置を考えることにはなる。この点で興味深いのは、先の五月二十二日付の家信で、弟の壬生馬への参考として、この論文中の「文学に対する外国文明の感化」を要約して見せているところである。

第一期　純日本想　古事記　萬葉集（勿論多少支那印度の感化はあるも）

第二期　{印度思想に対する日本思想の反争}　源氏物語（仏教思想と感情主義との衝突）

第三期　印度想（日本思想に対する印度思想の勝利）　西行詩集、方丈記（絶対悲観主義）

第四期　{支那思想に対する日本思想の反争}　近松、西鶴　儒教の道義主義階級主義とローマンチシスム平等主義の衝突

第五期　支那想（日本思想に対する支那思想の勝利）　馬琴諸作（絶対道義主義）

これ自体は彼が「自分で作り出した時代の分け方」で、彼みずからいうように「多少の真理が拾ひ得らるゝ」かもしれない。しかしこれまた手紙ですぐ続けていうように、これらに関する書物が手許にないところでの議論であって、思いつきの面白さの段階をあまり出ないのである。

それでも、武郎が「思想」の展開に興味をもち、なかでも「宗教」の問題に心を引かれていたことは十分に想像できる。だが彼はアメリカの大学で初めて歴史、社会の専門的な「学者」に教わり、自分でいうよりもはるかに強く「枯木寒巌に倚ると云ふ様な学者的態度」に縛られてしまった。英語力の問題もあったかもしれぬが、思いつき的発想を発展させることはできず、感情を抑えて客観的らしい記述をすることに努めたように見える。そのことが、論文の内容まで平板にした。

有島武郎は、少し大袈裟にいうならば、ハヴァフォード大学でむしろ自分を殺しながら勉学にいそしんでいた。よくも悪しくも、その成果がこの修士論文であった。だがまたそのことは、彼の中に感情をためていった。それがいつか外部に出てくるのは当然である。

3　フランセスへの愛

無邪可憐なるファニー

ハヴァフォード大学時代の生活で、有島武郎の精神と、たぶんはその後の文学とに大きな意味をもった「大事件」は、「自分を見窮めよう」と努める「隠退せる唖者」のごとき生活の中で、一種独特な激しさをもつ恋を体験したことであろう。この発端は日記に記されていないが、家信に詳細に報告され、後の文学作品の中にも何度か語られる。まずその家信（一九〇三年11・26―28）を見てみよう。

明らかに孤独のうちにある武郎に、朴訥で誠実な人柄のアーサー・クロウェルという学部四年生の学生が好意をもち、親しくなった。そして十一月二十五日から五日間の感謝祭の休日に、フィラデルフィアの西南二十七マイル、汽車で二時間ほどのアヴォンデールという「孤村」の生家に、彼を招待してくれた。同じ大学の学生であるアーサーの弟も同行した。途中で二人の兄も加わり、先方の駅では家族たちも迎えに来ていて、にぎやかにその家に着いた。そしてアーサーの妹で当時十三歳のフランセス（愛称ファニー）を知ったのだった。

ファニーモ其兄ニ似タル顔《かん》バセ美シク無邪可憐ナル其容貌ハ実ニ天国ニモ見マホシキ計《ばか》リニ御座候

ファニーハ真ニモラツテ帰リタキ程可愛キ児ニ候〔中略〕小生彼女ト相遇フハ――此地球ノ上ニテ――此数日ノミナル可ク候　一度彼女ト別レバ再ビ相会フ可キ機会ハ与ヘラレザル可ク候　何トナキ沈想ヲ齎《もたら》スハカク我等ヲ相会セシメタル運命ノ手ニシテ、再ビ会ハザル可ク我等ヲ別ツ運命ノ不思議ナル手ニテ候カナ。

両親家族に宛てた手紙であるから、武郎はここでこれ以上の深入りはしていない。これだけ述べただけでも、思い切ったことだったかもしれない。もっとも、彼はファニーへのこの思いを、恋などとは違う「無邪〔気〕」「可憐」な「児」への至純な感情としてとらえ、しかもこれだけで終る運命のものと受け止めていたので、率直に伝えることができたともいえよう。

だが武郎は、これ以後も何度かアヴォンデールを訪れる機会を得た。春休みにボルティモアの森本を訪れた帰途、一九〇四年四月十九日から二十二日まで立寄り、ファニーとその妹に「花狩り」に連れ出されたりした。「此日は此二少女に私の凡ての自由を売りました」（家信5・22）と彼は述べている。それから、ハヴァフォード大学大学院を卒業した後の六月二十二日から約三週間を、また招かれてここで過ごした。彼はアメリカ農民の忙しく力強い労働ぶりを観察するとともに、またもや「少女等に伴ひ、野生のいちごや桜子《さくらご》〔さくらんぼう〕を取りに森に分け入」るなど、田園生活を楽しんだことを書き記している（家信7・14―15）。

ファニー（フランセス）

文学に描かれたファニー

ところで、こう述べてくると、なんだ、例によって育ちのよいお坊っちゃんの純愛ごっこではないかという印象が生まれるかもしれない。武郎が日本を発つ前、河野信子と愛し合い、「唇ヲ燃サン」という思いを抱きながら、みずからその欲望を否定、いわば霊肉の葛藤の肉を絶ち霊を取ったことはすでに述べた。そしていまアメリカに来て、日本ではちょっと見つけ難い、無垢な愛を単純率直に表現する少女に出会い、その愛からまたもや霊的な「ラヴ」を構築しているともいえそうなのである。

が、そうばかりではない。武郎の気持は、じつはもっと揺らいでいた。あるいは重層的なのだ。そしてそういう揺らぎや重層的な気持が、やがて彼の文学につながっていくのである。

まず、この恋（と一応呼んでおく）にふれた武郎の文学作品を見ることとしよう。これらはもちろんずっと後年に書かれたものであり、いわば時間の濾過を経ているので、そのことを前提として読まなければならない。

最初の作品は「米国の田園生活」と題する。これは武郎が帰国後間もなく、勤務先の東北帝国大学農科大学の校友会雑誌『文武会会報』（明治41・6）に発表したもので、一人前の社会人となった彼の最初の著作の一つである。内容は、彼の最初のアヴォンデール訪問の体験記である。そのことを報じた家信（11・26—28）とほとんど同じだが、かなり大きくフランセスに比重を傾けた記述をしている。感謝祭で招かれてクロウェル家に向かう途中で人数が増えたものだから、先方に着くと一瞬、人々は客の武郎（語り手の「余」）のことを忘れて家の中に駆け入った。が、「一人終りまで余あるを忘れず、自ら最後に残りて余を招じ入れたる少女あり」、それがフランセスだった。「余は直ちに其少女を酷愛しぬ、而て後に其誤たざるを知りき」といった具合だ。ただしこれはほとんど純然たる回想記で、内容に特別の工夫があるわけではない。ただこのテーマが、武郎の心の中で大きな位置を占めるものだったことはよく分かるのである。

このさらに八年後、武郎はすでに円熟した小説家になっていたが、「スケッチ」と銘打った回想記風の小説「フランセスの顔」（『新家庭』大正5・3）を発表した。いま紹介したのと同じ体験をもとにしている。語り手の「私」が初めて訪れた時、ほかの人たちは家の中に駆け入ったのにフランセスだけは私を先に入れてくれたことに感動し、「その瞬間から」彼女を愛した話がまず出てくる。夜、まだ寝ないと言い張ったあげく、お祈りをして寝室へ入っていった彼女と妹カロラインの可愛さ。翌朝早く、窓から眺めていると、霜の降りた中庭で鶏に餌をやり、鶏卵を集める二人の「童女」の姿が見える。ファニーが笑みを浮かべたままの顔を上げて「私」の方を見る。「自然に献《ささ》げた微笑を彼女は人間にも投げてくれた」ように思える。

それから翌年の夏、「私」はまたフランセスの家を訪れ、もう少し長い期間、滞在した（これは家信5・22で報じた訪問を多少フィクション化したものであろう）。やはり田園の中で、この童女と至福の時を過ごす。が、こんなこともある。ファニーとカロラインが、林檎畑で「私」に刺のある大薊《あざみ》の葉を踏ませるといういたずらをして、逃げていった時のことだ。

私はいきなり不思議な衝動に駆られた。森の中に逃げ込むニンフのやうなファニーを追いつめて後ろから抱きすくめた私はバッカスのやうだつた。ファニーは盃に移されたシャンパンが笑ふやうに笑ひつゞけて身もだえした。［中略］私ははつと恥を覚えてファニーを懐から放した。

それから、またその翌年の春、「私」はまたこの家を訪れる（これが大学院卒業直後の長期滞在に相当するのではなかろうか）。この時、ファニーはどこか「堅い握手」をする。髪の毛は二つに分けて組み下げにし、素足は決して見せなくなっている。「私」はファニーとともに、去年までのような遊びに興ずる。森の中で花を摘む。ところが彼女と親しく並んですわった時、ファニーは「今まで遂《つい》ぞ見た事のなかつた人に媚びるやうな表情」を浮かべるのだ。無意識にそうやっているのだが、「私は不快に思はずには居られなかつた」。「私」は彼女に「お前はもう童女ぢやない、処女になつてしまつたんだね」という。彼女は「恥ぢに震へた」。そして「この日から私は童女の清浄と懽喜《かんき》とに燃えた元のやうなファニーの顔を見る事が出来なくなつてしまつた」。

「フランセスの顔」は、だいたいこのようにして終わる。ぜんたいとしては、これもやはり田園牧歌的な雰囲気における無垢な「童女」への愛を綴り、またその「童女」性の永続を願う形のものとなっている。しかしよく読めば、一種の矛盾をはらむ心情の揺らぎもそこには出ているのだ。「私」つまり武郎は、バッカスのように、ファニーを抱きしめる瞬間がある。そしてみずから「はつと恥を覚え」るのだ。ところが逆にファニーの方が「童女」ではなく「処女」らしい仕草をあらわすと、「私」は露骨に顔をしかめ、大袈裟すぎる反応を示して、二人は別れることになる。

武郎が自分の感情をひたすら純化しようとし、それに応えてくれる聖なる女性を求めていたことはよく分かる。しかしそれはどこか身勝手な不自然さを含んでいた。自己の中の「バッカス」をもっと積極的に描けば、この作品は人間の内的なドラマを描く作品になり得たかもしれぬ。しかしその辺をあっさり素通りして、童女から処女への女性の変化を、淡い哀愁をもってスケッチした小篇ということで終わってしまった。

ファニーへの心の揺らぎ

ここで、ちょっと目を「観想録」の方に転じてみよう。武郎の心の揺らぎは、もっと大きな振幅をもっていたように思える。武郎はたぶん大学の勉強に追われて留学最初の一年間は日記を怠っていたが、修士論文を提出するとふたたびこまかに日記を付け出した。その記入は、彼が三度目のアヴォンデール訪問をし、三週間の「楽シカリシ」滞在を終えた明くる日、一九〇四年七月十九日から始まっている。

ところが、楽しさを強調した記述はいきなり一転して、こうなるのだ。

サレドモ一ノ悲シミ残サレヌ。余ガ酷愛セシ彼女ハ既ニ少女ニアラズナリヌ。時トハ如何ニ不可思議ナル力ナルヨ。彼ハ天使ノ如キ単純ナル小児ヲ化シテ地ノ暗影深キ人タラシム。神知リマセリ。余ハ幾度カ彼女ノ上ヲ泣キヌ。サハレコハ人ノ避クベカラザル運命ナリ。彼女ハ依然トシテ余ヲ酷愛セリ。サレドモ悲シキカナ余ノ頑《かたくな》ナル心ハ彼女ノ少女タリシ時ノ回想ノミヲ以テ彼女ノ上ニ熱キ愛情ヲ傾ケ得ルノミ。

いわば淡々たる文章の小説と違って、こちらはたいそう厳しい言葉で――「頑ナル心」をもって――ファニーの「童女」から「処女」への変化を嘆いている。そしてここには、小説で描かれるような武郎の「バッカス」的な心情はまったく出てこない。現実の武郎がバッカス的な衝動に駆られることがあったとしても、いわばその現実をねじ伏せて、「天使ノ如キ単純ナル小児」への思いが強調されている。

こうした姿勢はこの後も続く。七月二十四日、ファニーの十四歳の誕生日に、武郎は「フランセスの顔」で語ることになる彼女の可憐さを示す一つのエピソードを思い出し、「Whittier カ Wordsworth ノ小詩ヲ読ムガ如ク覚エ」るが、その少女が「其裸々タル美シサヲ蔽フニ汚キ虚飾ノ衣ヲ以テスル」ようになる現実を考え、「人ハ悲ミノ世ニ活クルナル」と思ったりする。

武郎のフランセスへの愛は、「観想録」にさらに何度か現われる。八月二日には彼女の夢を見、「彼女の回想」にふけり、「ア、、ア、、ファニー、余ガ生ノ清キ導者」といった嘆声を発している。現実のフランセスの変化への幻滅はすでに消え、回想の中で彼女は純化され美化されているわけだ。

この年九月十六日、次の項で語る精神病院での労働生活を終えて、武郎は四度目のアヴォンデール訪問をした。そしてファニーとの再会を喜び、「余ノ心ハファニーノ夫《そ》レト相合シヌ」と思った。「余ニ取リテハ彼女ハ純潔其者ナリ」とも日記に記した。だがすぐに続けて、彼はこう書くのだ。

嗚呼サハレ時ハ凡テヲ埋メ尽ス可シ。彼女ガ稍《やや》長《た》ケテ其足一度此自然ノ擁籃〔揺籃〕ヲ出デン時、夢ハ vanity ト交換セラル可シ。サハレ是レ抗スル可ラザル人ノ子ノ運命ナリ。世ヨ、汝ノ力ヲ尽シテ彼女ヲ弄セヨ。サハレ天国ハ彼女ヲ拒マザル可シ。彼女ハ美シク造ラレタレバ美シク受ケ入レラル可シ。余ハ墓ノ彼方ヲ思フ。余ハ其所ニ彼女ヲ抱キ接吻シ心ノ限リヲ打明ケナン。

彼女を純化し美化もするのだが、彼女がvanityにとらわれるという現実を前にして、武郎は「墓ノ彼方」で彼女を「抱キ接吻」する思いに耽るというのだ。さらにすぐ続けて、彼はこうも記すのである――「愛ノ語ル可キ時ハ遙カナル未来ナリ。今ノ時ハ、呪《のろい》、叫ビ、虚偽、罵リ、肉慾ノ愛吼ユルノ時ナリ」。

もちろん武郎はこういう「今ノ時」と戦おうという決意を述べるのだが、そこにはかなりのすさまじさをもつ生への欲望の展開があったといわなければならない。武郎のフランセスへの愛をただ純粋な霊的な愛とだけ見なす伝記作家には、これをあの永井荷風が娼婦イデスに対して抱いた肉的な愛と対照して片づける傾きがあるようだが、じつは複雑な要素をうちにかかえ、どろどろと動いていた。そしてこのどろどろした動きが年とともに増幅していくのである。

4　フレンド精神病院

内村先生に倣って

有島武郎は留学して最初の正月を迎えた頃から、ハヴァフォード大学を卒業してもさらに学業を続けたいと思うと同時に、夏休みになったら何か実社会の体験をしてみたいとも思った（自分の人生の探険をしたいと思い、かつ果敢に実行するのは、これからの武郎の生き方に顕著に見られる特色である）。折から全米の耳目を引いていた催しに、セント・ルイス万国博覧会があった。一八〇三年にアメリカ合衆国はミシシッピー川からロッキー山脈までの広大な土地をフランスから買い取って、領土を二倍にした。この途方もない出来事の百周年を記念し、その新領土（いわゆる西部）への入口として発展したセント・ルイスで盛大な博覧会が催されたのである。日本もこれに参加した。

この年（一九〇四年）の秋、永井荷風はタコマにおける一年間の勉学を打ち切って、この万博見物に赴いた。そしていわばその成果として「酔美人」と題するまさに荷風的な耽溺小説を仕上げている（『あめりか物語』所収）。武郎もこの博覧会に心魅かれた。だが彼は、「寧ロ何処カ大ナル慈善的ノ institution ニ入リ精神ト肉体トニ利益ヲ得ル方勝《まさ》リハセズヤ」（家信1・6）と考えた。あくまで真面目なのである。

そして四月二十二日、春休みであの二度目のアヴォンデール訪問をした後、同じペンシルヴェニア州エルウインの「有名な白痴院」を見舞った（家信5・22）。じつは武郎が師と仰ぐ内村鑑三が、一八八四（明治十七）年の渡米直後、ここエルウィンのペンシルヴェニア精神薄弱児養護院 The Pennsylvania Training School for Feeble Minded Children で約七カ月余り、看護人として働いた。その体験は『警世雑著』（明治29）や『余は如何にして基督信徒となりし乎』にくわしく感動的に語られている。それは辛苦の生活であったが、真の信仰にいたる過程として大きな意味があった。武郎はそれを読んでおり、実地訪問をしてみたのだった。たいへん明るい調子で歓迎された。

こんなことが刺戟になったのであろう。武郎は結局、夏休みにペンシルヴェニア州フランクフォードのフレンド精神病院 Friend's Asylum for the Insane で働くことにした（フレンドとはクエーカー派の別名である）。そこはすでに前年の暮、森本と一緒に訪れて、「面白イト思ツタ処」でもあった。もちろん真剣な気持でこの選択をしたのであろうが、家信（7・23）で述べたように「何処カ閑静ナ処デ読書ノ暇ガアツテ併セテ何カ観察ノ出来ル処ニ行キタイ」といった、軽い気持も働いていたかもしれない。食と住との外に、月給十八ドルという安い給与をあてがわれたが、それでもよいという気持が武郎にはあった。

一九〇四年六月十日、ハヴァフォード大学を卒業してM・Aの学位を得、二十二日からの三週間ほどをアヴォンデールのクロウェル家で過ごした後、七月十九日、武郎はいよいよ Asylum に入った。その日からもう仕事を始めている。彼の病棟には、一人の監督のもと、五人の看護人と十四人の患者がいた。仕事はその患者の世話である。部屋の掃除、屋外運動の付添い、食卓の準備、その後始末、入浴の手伝いなどをする。

この種の労働をしたことのない武郎には、仕事は辛かったに違いない。しかし日記にも家信にも、そのことはあまりふれていない。内村鑑三がその誇り高い性格から屈辱感をもらしていたのとはだいぶ違う。監督は威張り、看護人の中には患者をひどく扱ったり、武郎を侮辱したり、仕事を押し付けたりする者もいた（日記7・21、7・30）が、親しい友となる人もいた。患者の中に非常な日本贔屓の人がいたりもした。

フォックスの『日記』に感銘

いずれにしても、武郎の精神は活発に働いていた。「狂癲《きょうてん》ノ人」に日常的に接したことは、「人世トハ煖《あたたか》キヨリモ冷キ所ナリ。冷キヨリモ酷《むご》キ所ナリ。酷キ酷キ所ナリ」ということを彼に痛感させた。が、同時に、そのことは彼に希望を与えもした。「我レ愛シ得」という希望である。「余ハ愛シ得ン事ヲ祈ル。カクテ余ハ世界ノ何者ヨリモ小ナラズ。余ノ小サキ信仰ハ屢《しばしば》戦《おのの》ク。サレドモ神余ガ耳ニ此一大事ヲサ、ヤキ給フヤ、余ノ全身ハ血脈ヲ破ラン計リノ焔ニ満ツ」(日記7・20)。例によって大袈裟な表現だが、武郎としてはこのようにして自分を励ましていたのであろう。

彼は当時、英訳聖書、和訳聖書、英訳のダンテ『神曲』(『地獄篇』と『煉獄篇』)、および英訳のヘーゲル『歴史哲学』の四冊をいつも携えて心読していた。驚嘆するのは、たとえばある日の午後、休暇を得、所用でフィラデルフィアへ出た時も、時間が余ると図書館へ行き、ロセッティの詩集やトルストイの *Teaching of Christianity* を読んでいることだ(日記7・26)。しかも病院に帰るとすぐ『煉獄篇』を読んでいる。なにか遮二無二な感じである。大学での勉強に追われて、ついどこかにかすんでいたあの ambition を、一挙に掻き立てていた趣きもある。

しかし、肉体的な労働や熱心な読書が、「信仰の徹底」を実現したいという彼の願いを満たしたかというと、そうでもない。ダンテを読めば、彼が地獄の亡霊の卑しむべき罪を呪う時の pride に驚嘆するとともに、そういう pride をもてない自分に焦燥した。「神ニ従フモノニシテ此 pride アラズンバ、其ノ人ハ未ダシト云ハザル可ラズ」(日記8・2)というわけだ。

こういう思いは、ジョージ・フォックスの『日記《ジャーナル》』を読んだ時に、さらにたかまった。フォックスは、ハヴァフォード大学もこの精神病院もともに基盤としているフレンド派（クエーカー派）の創設者である。イギリスの職工の子で、靴屋の徒弟となり、放浪の生活の後、一六四〇年代から回心を得て伝道を始めた。形式的な教会儀礼を排し、ひたすら「内なる光」「心の中なるキリスト」のみが救いの道であることを説き、何度か投獄されたがしだいに中下層階級に熱心な信者を得た。武郎はその『日記』に深い感銘を得た。素朴な文章は「試ミニ之レヲ切レバ生血ノ淋漓《りんり》タルヲ見ン」とする思いがし、内容は「世界ノ虚偽ト偽善トニ満チタルニ絶望ニマデ達セントル煩悶ヲ感ジ、遂ニ意ヲ決シテ予言者ノ生涯ニ入ルマデノ辛酸」を綴って、「同情ト感激トニ満タサレ」ざるをえない。だが、ここで武郎は一種開き直るのである。

サレドモ余ハ云ハン、彼ハ彼ニシテ余ハ彼タリ得ズ。彼ハ自己ノ罪悪ニ関シテハ極メテ容易ナル解脱ヲ得タレバナリ。彼ノ日記ヲ見ルニ、一度ダニ彼ハ彼ノ罪ニ就テ苦痛ヲ感ゼシ事ナシ。彼ハ一個宗教的天才ナリ。彼ハ尊ク恵マレシ人ナリ。〔中略〕余ハ幼クシテ純潔ト敬虔トヲ感得セシ如キ経験ナキノミナラズ、幼クシテ余ハ色欲ヲ知リ、盗ム事ヲシ、虚言ヲ吐キ、姑息ニ住ミ、陰言ヲ避ケザリキ。余ガ幼クシテ得タリシ是等ノ慣習ハ今ニ至ルモ未全ク去ラズ。何故ニ余ノ苦心ハカクマデニ無益ナルゾト自ラヲ憐ムノ外ナキ事アリ。カヽル余ハ Fox〔フォックス〕ト同情ノ人タリ能ハザルハ其所ナリ。余ハ彼ノ途ヲ歩ムニフサハズ。神ハ歩ム可ク他ノ道ヲ与ヘ給ヒヌ。余ハ其道ヲ辿

ル可シ。（日記８・29）

つまり武郎は、「自ラヲ憐ム」といいながら、「宗教的天才」ではない普通の人間の道を歩もうといっている。そういう「他ノ道」を「神」は自分に与えたともいう。この「神」は、武郎がいままで求めてきた「神」とはだいぶ違ったものになってきているのではないか。とすれば、これは彼の生き方の一大方向転換の表明だともいえよう。武郎自身そのことは十分意識していた。後年『文武会会報』（明治41・６）に「米国の田園生活」を発表した時、それと併載した「日記より」の中に、この記述をそっくり収めているのだ。

歩むべき「他の道」

だが武郎のこの心の揺らぎは、単にフォックスの日記に触発されて生じただけのものではあるまい。精神病院の体験そのものが、彼の中に変化を生んできたように思われる。たとえば、彼が仕事を始めて間もなく注意をそそられた患者に、ミュラーという人物がいた。誠実で、食堂の仕事なども手伝い、みずから「労働ハ余ガ快楽ナリ」といっている人物である。が、過労のために健康を損い、たぶんは精神的な緊張も過大になって、しょっちゅう自殺の衝動に駆られている。彼を見るうちに、武郎は「余モ亦狂者トナラントスルヲ感」じるようになるのだ（日記７・26）。

それから、ドクター・スコットという患者がいた。みずから医者だが、事業に失敗した弟を適切に救い得ず自殺させてしまったため、神の罰を受けたという思いを抱き、平易な手術にも恐怖を覚えるようになった。教会へ行ったけれども、かえって自殺願望を植え付けられただけだった。武郎はこの人物の告白を聞き、教会への怒りをこうぶちまけている（日記8・16）。

彼ニ此ノ如キ思想ヲ与ヘシハ何者ゾヤ。血ヲ有セザル基督教神学者ナリ。彼ハ科学者ガ試験物ヲtreatスル如クニ罪ヲtreatス。而シテ曰ク、罪ヲ犯ス事一度ナルモノハ救ハレザル可シト。嗚呼災ヒナルカナ汝。汝ハ万人ヲ拉シテguilotineニ至ラシメタルダントン、マラーノ残酷ニ七倍セル残酷ヲ犯シテ而カモ平然ト笑ヘルモノナリ。

もちろん、これをもって武郎の心がキリスト教から離れてしまったわけでは毛頭ない。フォックスの『日記』は読み続けた。そしてドクター・スコットの病いがいよいよ重くなると、彼は自分の信仰が足りないからスコットをこのようにしてしまったのだと思い、「懺悔ノ涙」にくれるのである。（先の話になるが、武郎は九月十六日にこの病院を退き、二十六日、ハーヴァード大学に入るためボストンに向かう。その途中の車内で新聞を読んでいて、ドクター・スコットの自殺を知り、さらに激しい衝撃を受ける。そしてこの人をこんなに苦しめて死に到らしめたキリスト教会の説く「罪」の自覚なるものに、ますます疑問を深めるのである。）

ずっと後年になって、武郎は「『リビングストン伝』の序」で、この病院での生活をふり返り、ここで二カ月間「殆んど考へ通しに考へた」結果を、こうまとめている。

一、私は宇宙の本体なる人格的の神と直接の交感をした事の絶無なのを知った。
二、基督教の罪といふ観念及び之れに付随する贖罪論が全然私の考へと相容れない事を知った。
三、未来観に対して疑問を抱き出した。
四、日露戦争によって基督教国民の裏面を見せられた。

これは、しかし、より正しくは「『リビングストン伝』の序」を書いた一九一九（大正八）年頃の武郎の思想を反映している面が大きい。たとえば「未来観に対して疑問」ということにつき、彼は「私に取ては現世の生活は現世の生活で十分だ」とここではいっているが、精神病院時代を通して、彼が未来の天国的な生を求め続けていたことは、これまでの引用によっても容易に察せられるだろう。ただ、それまで求め続けていた「人格的の神との直接の交感」の可能性に疑いをもち出したこと、「基督教の罪といふ観念」や「贖罪論」にも反発を覚え出したことは、確かだ。しかもその上で、彼はなおも神を求め続けていた。このころ彼が最もよくダンテの『煉獄篇』を読んでいたことはすでに述べたが、このフレンド精神病院そのものが、彼にとって身近の煉獄だったのではなかろうか。

日本で恵まれた状況に育ったお坊っちゃんは、アメリカ大陸へ来て新しく厳しい現実に次々と直面するとともに、みずから進んで煉獄的な体験の中にも跳び込み、誠実に生き抜くことによって自分の「生」を拡大した。精神も肉体も大きく揺らぐのは当然であった。

さて、ここまで有島武郎の生きた姿を追跡してきて、この精神病院における体験のうち極めて重要な「大事件」といえそうなことに、私はふれないできた。武郎自身が自伝的な「『リビングストン伝』の序」で一言もふれておらず、また「フランセスの顔」のような文学作品にすることもなかったので、ほとんど注目されないできているが、ここで彼はもう一つの恋愛を体験していたのである。それはフランセスへの愛と対照的な面を多くもっていた。そして日記などでは、こちらの方にこそ多くの記述をなしている。これを追跡し把握して、有島武郎の生の姿を初めてその全貌をあらわしてくるかもしれないのである。

5　リリーへの恋

美シキ乙女

七月十九日、つまりフレンド精神病院で働き出した最初の日、武郎がはじめて患者たちの昼食の世話をした後、患者とともに芝生に出た時のことだった。

途《みち》ニ突然一ノcottageヨリ少女走《は》セ来リテ何事ヲカロバートニ語リヌ。余ノ眼ハ直チニ彼女ノ面トナヨヤカナル身トニ瀉《そそ》ガレヌ。美シキ乙女ナリ。齢十五ナル可シ。余ノ心ハ躍リヌ。カクテ余ハ自ラ余ノ粗忽《そこつ》ナル心ヲ悲ミヌ。悲シミタレドモ甲斐ナシ。美シキモノハ美シキナリ。是レヲ美シカラズトナスハ偽善者ナリ。白ク塗リタル墓ナリ。

武郎は謹厳な人ではあったが、木石と思ったら大間違いで、とくに「美シキ乙女」には大いに心動かす人だったことは、この日記の書き具合を見ても分かるだろう。彼はそういう心を、一応は「粗忽ナル心」と呼び、「悲しむ」ふりをしながらすぐに開き直って、「美シキモノハ美シキナリ」とうそぶいている。

さて間もなく、この少女は病院の管理人 Mr. Hall の娘で、名前は Edith ということが分かる。だが武郎はそれを Lily と聞き誤っていたので、その名で呼ぶことにした。武郎は百合の花を摘んで彼女の家の入口においておく、というようなことをする。二十六歳の知識人の恋の行為としては、おそろしくナイーヴに思われる。しかしフランセスに対しては「童女」性を求め、自分の中の「バッカス」性も（表向きは）恥じていた青年が、リリーに対しては、性的な愛着を感じ、それにもとづく行動をしても、恥じとしていない――自分の感情や行動が根底で性的なものだとは、まだ気づいていないのかもしれないが。

これ以後、武郎はリリーの姿を見るたびに、「美シキ人ニ遇《あ》フ」と日記に記している。「此院ニアリテ彼女ニ遇フハ荒野ヲ旅スル人ノサ、ヤカニサ、ヤク小川ニ遇ヒシ心地ス」（日記7・27）などとも記す。癒しの存在になったわけだ。

武郎のリリーに対する気持は、急速に恋の感情に近づいていったようだ。患者の中の酒のみで社交的な男がリリーに接近すると、嫉妬の思いから「宛《さなが》ラ桜ノ若樹ニ毛虫ノ集リシガ如シ」（日記7・29）と反発したりする。

八月一日の夜、男女の患者が集まって「サ、ヤカナル社会的ノ快楽ヲナス」集いがあった。武郎はこういう集会を避けていたのだが、この夜はやむを得ぬ事情があって出席した。するとリリーも来て、その連中と「共ニ叫ビ共ニ笑フ」。それを見て武郎は「軽侮ト悲哀」の感じに襲われる。

余ハ今ニ至ルマデ此院ヲ光アル所ト思ヒヌ。ソハ彼女アリタレバナリ。彼女ハ天使ノ如キモノナリト思ヒタレバナリ。而シテ見ヨ、今ハ余ノ心眼ニ黒キ幕落チヌ。余ハ谷底ニ追ヒ落サレタルガ如キ心地シテ彼所ヲ去リヌ。

いままで彼女をただ遠くから眺めて神聖視していたのだが、その彼女がほかの人たちと打ち興ずるのを身近に見ると、その神聖なイメージが崩れたように感じるのだ。これはフランセスが「童女」から「処女」になった時に感じた思いに通じるが、今回、リリーはとっくに「処女」の年齢で「美シイ」ことが強調される人だけに、性的要素がからんで来ざるを得ない。「軽蔑ト悲哀」が嫉妬に由来するものであることは明らかだ。

もっとも、武郎は一人になると、すぐに自分のそういう反応を反省した。日記は前の文に続けて、悪いのはリリーをこのような行動に引き込む世の中だ、「可憐ナル彼女」をこの社会から遠からしめる道はないものだろうか、などと書き記している。まるで自分一人が正義の人であって、彼女を正しく導けるとでもいわんばかりだが、彼女を独占したい思いのあらわれに過ぎない。

武郎がふと昼寝してファニーの夢を見、「ア、、ア、、ファニー、余ガ生ノ清キ導者」と日記に書いたのは、この翌八月二日のことである。だがその翌三日、一日中リリーの姿が見えないと、「余ノ心ハ空シ空シ空シ空シ」という思いを味わう。四日もまた同様で、「一日彼女ヲ思ヒ暮シテ心病マン計リ」であった。そしていまや自分が恋に陥っていることを自覚し、こう記すのである。

余ハ宛《さなが》ラ恋ニアル若者ノ如シ。余歳既ニ二十六ヲ重ネタレドモ未嘗《いまだかつ》テ恋ト云フ事ヲ知ラズ。余ノ交リ少キ生路ニハ余未恋ス可キ程ノ乙女ヲ見ズ。頑《かたくな》ナル余ノ心ヲ余自ラ憐ムノ外ナシ。サレドモ Lily ガ優シキ姿ヲ見ザルハ余ニハコヨナキ苦痛ナリ。彼女ノ微笑ハ真ニ余ヲ生キ還ラシム。

ここに「頑ナル余ノ心」というのは、何のことだろうか。恋する女に自然に近づけないひねくれた心、あるいはへんに気張って道徳家ぶった愚かな心、といったことだろうか。いずれにしても、武郎はようやくそういう自己認識に到達したのである。彼はまことに稚拙に身もだえしている。これがもし日本であったなら、周囲の者たちの気配りとか、自分自身の恰好よがりとか、いろいろによって、こんな恋は簡単に抑えられ、あるいは片付けられたかもしれない。だがいまアメリカの殺伐とした状況の中で、彼はプリミティヴに恋の体験をし、自分自身の生を拡大しているのだ。

さてこの後も、この恋の記述は「観想録」で大きな部分を占め続ける。五日、ふとリリーの姿を見かけると、「余ハ不思立《おもわず》チ上リツ。人ナキヲ幸ニ床上ヲ飛ビ廻リテ小児ノ母ヲ見出テタル如クニ喜ビヌ」と、まことに小児的に大袈裟な記述をなしている。六日、遠くの木蔭のハンモックでリリーが読書していると、「余ハ時ニ彼女ヲ窃《ぬす》ミ見ルヲコヨナキ慰メトセリ」という行為にまでなる。武郎はリリーを通して、その父母から本を借りるようなこともし始めた。そしてホール氏が親切に対応してくれればくれるほど、その令嬢への恋情はつのるのだ。

こういう情況のところへ、河野信子からの手紙が着いた。武郎は彼女のことを忘れるともなく忘れていたことに、慙愧の念に近いものを感じたようだ。しかし、こう記してはばからない――「或時ハホトホト彼女ヲ恋ハントマデセシ事アリキ。サレドモ彼女モ亦余ガ愛スル妹ノミ」（日記8・10）。

武郎はいまや、従来のように肉欲を感じつつもそれを抑圧することに誇りを感じるだけの存在ではなくなってきていた。リリーが肉体的魅力や社交的魅力を発揮する女性だと知っても、それに「軽蔑と悲哀」を覚えるどころか、その魅力に抵抗できない自分を覚らざるを得ないのだ。「或時ハ彼女ヲ卑ム事サヘアリナガラ、彼女此地ニアラザレバ我ガ心ハ悲ミト悶エトニ病ム」と日記（8・12）に記すのである。

しかしこのあくまで真面目なキリスト信徒は、こういう感情をすぐに反省し、リリーを忘れるために労働に没入しようともする（日記8・15）。そしてみずから、リリーへの恋情をフランセスへの愛と比べて、本来の態度に立ち戻ろうと努めもするのである（日記8・30）。

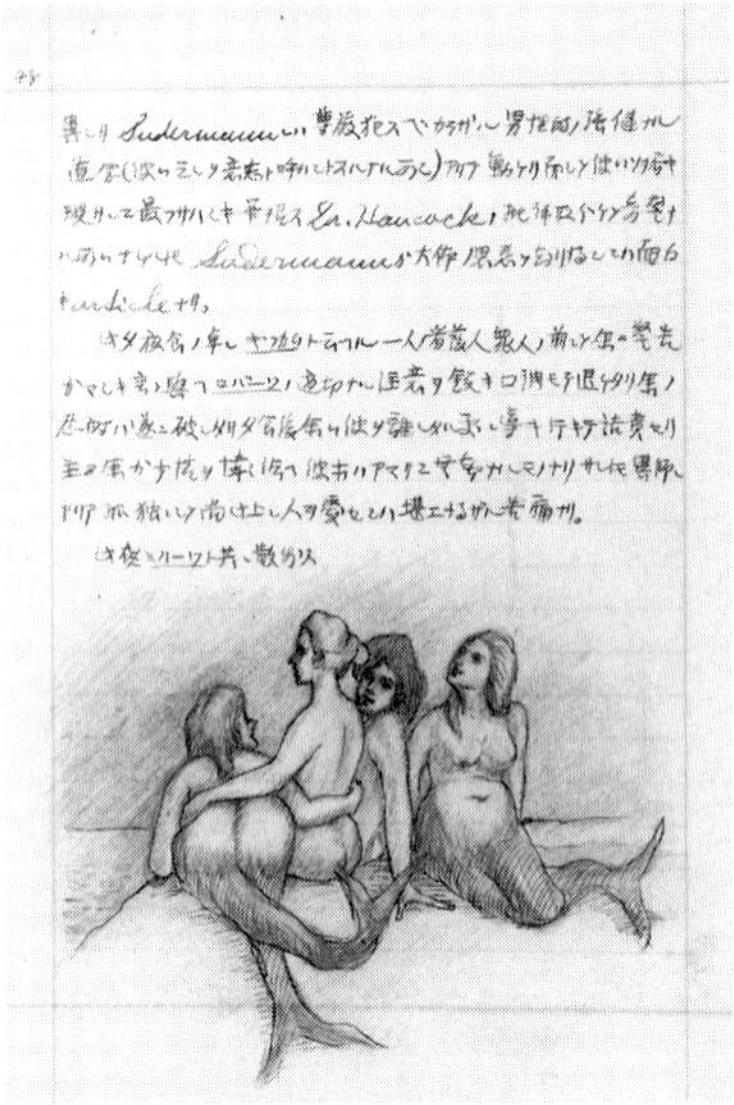

日記に描かれた人魚
（1904年８月18日）

Lily ヲ思フ情ハ今モ聊《いささ》カモ減スル事ナシ。サレドモ同時ニ余ハ彼女ヲ厭フ。余ハ何故ナルカヲ知ラズ。ファニーノ思出デハ余ニ生命ヲ与フ。彼女ヲ思ヒ出ヅル毎《ごと》ニ泌《し》ムガ如キ優シク美シキ軽キ悲ミヲ心ノ最清キ処ニ感ズ。彼女ハ実ニ余ヲ不純ヨリ遠カラシムル天使ナリ。

しかし、リリーをその vanity の故に斥けようとしても、彼女に微笑まれるとたちまち歓喜し救われる、といったことの記述は、日記の中にえんえんと続く。

九月十一日の日曜日、いよいよ武郎の精神病院を去る日が近づいたからだろうか、ホール氏が彼をフランクフォードの信徒集会に伴なってくれることになり、同家を訪れると、「雪白ヲ装ヒタル Lily」が迎えてくれる。彼は記す――「夢ノ郷ニ入リヌル心地トナリテ客間ニ彼女ト無邪気ナル事共語ル。馬車ニハ余彼女ト相ナラベリ。肩ノ相摩スルニ怪シキ戦《おののき》ヲ知ル」。この後の集会の感想は、この戦《おののき》の続きだろうか、それともそれを脱却した後の思いだろうか。こんな信仰の告白になっている。

余ニハソハ［その信徒集会は］最《もっとも》力アル集《あつまり》ナリシ。余ハ約一時間枯禅《こぜん》ノ人ノ如ク黙シテ俯首《ふしゅ》シヌ。主ハ余ニ力ヲ賜ヒヌ。余ノ心ハ確カニ力ヲ感ゼリ。余ノ為シツ、アル所ハヨシトノ conviction ヲ得タリ。余ハ力ヲ得タリ。然リ余ハ活キツ、アル人ノ如ク活ク可シ。主ノ力ヲシテ余ノ凡テヲ支配セシム可シ。

こうして九月十五日、武郎はほぼ二カ月間の精神病院での労働を予定通り終え、ホール氏およびリリーと最後の語らいをし、「彼等ノ深情ニ酬ヒンガ為メニ Dante の Divine Comedy」を贈って別れを告げ、翌十六日朝、この地を去った。そしてあとしばらくの休日をアヴォンデールで過ごしに赴く。するとたちまち、「余ノ心ハファニーノ夫《そ》レト相合シヌ」となるわけである。

6　「首途《かどで》」

「他の道」への第一歩

なかながと述べてきたイーディス・ホール（リリー）なる少女への武郎のこの恋情は、見方によっては、世間知らずのうぶな若者の、生涯で初めてのひと夏の「苦役」の中で、救いを求めるようにして生まれた異性への性的な関心のあらわれ、というべきものだったかもしれぬ。しかし武郎にとっては、自分の中に抑えられていた人間の原初的な欲求を初めて見せつけられた体験といえた。そしてこういう体験を正しく創造的に認識する時、文学者有島武郎は育ち始めたように思える。

しかし武郎は、この時まだ、こういう自然な欲求をキリスト教的な信仰によって克服しようとしていた。フランセスをリリーの上にすえようとする努力は、そのあらわれである。だがまた、彼は一方でフランセスへの精神的な愛を日記中で熱烈に記しながら、同時にリリーへの「罪深い」恋情も熱心に書き記すことをしていた。彼は二カ月の苦しい労働と抑えても抑え切れぬ恋情を通して、自分の信仰を揺るがせ、その揺るぎの中から「他ノ道」の生き方に一歩踏み出しかけていた。フレンド精神病院の生活体験は、「本格小説」作家有島武郎を育てる土壌の、最初の、最も深い所の層をつくったのではないかと私は思う。

有島武郎自身、後年になって、そのことをよく自覚した。ようやく作家として自立した頃の大正五（一九一六）年三月から大正七年一月にかけて、彼は長篇小説『迷路』を書いた。これは世評かんばしくなく、長い間「悪作」「駄作」とされてきたものだが、アメリカ時代の体験をふまえた教養小説《ビルドゥングスロマン》的なところがあり、少なくとも武郎の思想の営みやその展開を知るには極めて重要な作品である。その序篇をなす「首途《かどで》」は、フレンド精神病院における体験をもとにして、日記体で書かれ、とくに自伝的要素の強い内容となっている（武郎はこの体験を作家としての自分の「首途《かどで》」としてとらえていたわけだ。『迷路』はこの序篇に「迷路」「暁闇」と続く全三部作の長篇である）。

「首途」の中心になっているのは、スコット博士のことと、リリーとの関係である。そしてこういう思いが述べられる。

僕は聖者になるには余りに人間の欲情を持ち過ぎるし、凡人になるには余りに潔癖過ぎる。僕の生命は元始的な純一さを持たずに、文明の病毒を受けて何時でも二元に分解されている。これが憤《いきどお》られ、悲しまれる。然し僕は恐れまい。僕は自分の分解を徹底させる。掘り下げて〳〵遂に個性を見失ふか、又はそこに不壊の金剛士を見出すか。二つに一つだ。それが僕の一生の事業であらねばならぬ。

ただし、小説の主人公の「僕」ではなく現実の武郎が、「聖者」と「凡人」、「潔癖」と「人間の欲情」との間の自己の分裂を徹底的に掘り下げて、「不壊の金剛士」のような「個性」に達しようという姿勢を固めるのは、もっとずっと後のこと、まさにこの小説を書いた頃のことである。実際に精神病院にあった頃の武郎は、方向が定まらず揺らぎに揺らいでいたはずだ。

そしてじつのところ、小説「首途」で、スコット博士の「罪」をめぐって「一人の人間を狂気に誘ひこむ」神学への怒りは、よく描かれているが、武郎にとってより切実な面もあった肉欲の悩みは、ほとんど描かれていない。リリーは単純に「何事も知らぬ純潔な」少女にされ、フランセスと重ね合わされ、「僕」の夢の中ではダンテのベアトリーチェになってしまってもいる。つまりこの面での「僕」の悩みは、聖少女に「不純らしい心」を抱くことを責める感情として出ているだけなのだ。現実には、もっと俗っぽい肉なる女性に、そうと知りつつ魅《ひ》かれ、武郎はそのことを通して人間としての自分を発見する「他ノ道」に足を踏み込みつつあったのに。

フレンド精神病院の庭に立つ武郎

「首途」の評価

小説「首途」は、「僕」が精神病院を退き、「僕は是れからは今までのやうにセンチメンタルであつてはならぬ」などと決心しながら、ハーヴァード大学のあるボストンへ移って行くところで終わる。それ以後の記述を含む長篇『迷路』の評価についてここで一言だけ述べておけば、それが当時不評を買ったのは、結局のところ、この作品では思想の営みが後から整理した形で語られていて、生きた人間感が乏しくなっているためではなかろうか。「首途」に対する宮原晃一郎の批判的な感想文を受け取った武郎自身が、日記にこう記している（英文、大正5・3・29）。

僕の「首途」に対する宮原の批評は示唆に富んでいる。満足［納得］した。彼はこの作品は僕自身の「生の」記録としてではなく、知的経過の記録という印象を与える、また作者と患者たちとの関係が曖昧で漠然としているという。作者は貧しい病人たちの生活に立入ることを完全に避けて離れた所に立ち、自分の置かれている環境を無視して好きなことをいっている。まさにその通り！　これこそ僕の弱点を痛烈に衝いたものである。僕は周りの惨めな環境を無視しているのではなく、自分の内面の救いにあまりにも心を奪われすぎていたのだ。

つまり、武郎が日ごと痛切に体験していたあの揺らぎが、この作品では観念的にされ、現実感が稀薄になっているのだ。それにしても、とにかく、有島武郎はいまやようやくお仕着せ的なキリスト教会の服を脱ぎ、生ま身の自分を見つめる態度へと移り始めた。つまり彼自身の「生」の「首途《かどで》」についたといってよい。そしてその先が「迷路」であるにしろ、ないにしろ、彼は内村鑑三や新渡戸稲造の道とは違う「他ノ道」、あるいは永井荷風や高村光太郎とも方向の違う「他ノ道」を歩むことになるのである。

第三章　「ローファー」の生

1　ハーヴァード大学

大・大学で学ぶ

有島武郎はハヴァフォード大学に入って半年ほどたった頃から、ここを出たらハーヴァード大学で学びたいという思いを育てていた。学問的には、この田舎大学に満たされぬ気持があったのであろう。すでに四月一日（一九〇四年）の家信に、ハーヴァードへ転学の希望をあらわしているが、七月十四―十五日の家信ではこう述べている。

本年九月下旬よりマサチューセット州なるハーヴァード大学に移り、茲《ここ》にて一年間撰科を修め度《た》しと存申候。同校は御存じの如く米国二大々学の一にして規模の大と経歴の古きとは一年の遊学に価すと存申候。費用等の点は未充分に取調べず候得共、唯今迄《ま》でとさして変りたる事は有之間敷《これあるまじく》と存申候。此手紙御落掌被下候《くだされ》はゞ何卒可成《なるべく》早く金三百弗御送付為被下候様願度、是を以て本年中を支ゆるに充分なりと存申候（来学年末までの授業料も其中に含み申候）。

九月二十六日、アヴォンデールでフレンド精神病院における労働の疲れを癒し、さらにフィラデルフィアで数日を過ごした後、武郎は汽車でボストンに向かった。車中で、前夜日本人が数人集まって別れを惜しんでくれた有様を思い出すと、悲しくなった。深夜までつまらぬことばかり語り合って、心が「餓エ」たのだ。「余ハ何故ニ一層自己ニ忠実ナル能ハザルヤ。［中略］何故ニ余ハ人ニ事《ツカ》ヘントスルヤ。凡ソ此世ニ活キテ愚ノ極ヲナシツ、アル人ハ、人ニ事ヘツ、アル人ナリ」。

武郎は明らかに、自分中心に生きる決意を固め始めていた。しかし日記の中で決意はできても、それを社会的に実行できるようになるのは、まだずっと先のことである。汽車は夜中にニューヨークのあたりを通り過ぎた。そしてこの車中で、武郎がドクター・スコットの自殺を知り、彼を救い得なかったばかりか、「罪」の意識を押しつけて彼を死へと追いやったキリスト教会への不信を強めたことは、すでに述べた通りである。

こうして、九月二十七日朝七時、ボストンに着く。武郎は知人の知人たちを頼りにして、その日のうちにケンブリッジのカークランド・プレイス十二番地に下宿をとった。ここはハーヴァード大学からほんの数ブロックの位置の袋道にある。武郎は、芝生がひろがり、楡が黄葉し、「何トナク人ニ学問ヲ勧ムル様ナ」大学の雰囲気も、「人ノ往来甚稀」な下宿の周辺の雰囲気も喜んだ。

翌二十八日には、内村鑑三の親友で、かつてここで学んだ植物学者、武郎には札幌農学校での恩師でもある宮部金吾の紹介で、Dr. Goodaleをまず訪れた。恩師のそのまた恩師に会い、両者に共通する情誼に打たれた。そういう種類の新しい人脈開拓はいろいろあった。

翌二十九日、入学の手続をし、次の四課目を取ることにした。

一八一九年以降のヨーロッパの拡張　クーリッジ准教授
中世およびルネッサンスの美術　C・H・ムーア教授
労働問題　リプレー教授
宗教史概論　G・F・ムーア教授

武郎はハヴァフォード大学でも、歴史と労働問題の授業を取っていた。ハーヴァードでは、さらに美術史と宗教史を取っており、この二つについては、最初から「異常ニ興味ヲ以テソヲ聞キヌ」（日記、明治37・9・30）と記している。ただし、宮部先生への手紙に書くように、「此《こ》にては別にdegreeを取らんとの心も御座なく候間《あいだ》、気儘に好める courseを取り居申候」という姿勢であった。自由に自分を養おうという姿勢ともいえよう。

コンコード旅行

ハーヴァード大学は、閑静な小じんまりとした宗教学校であるハヴァフォード大学と違って、さすがに知的刺戟に満ちていた。またケンブリッジ、ボストン、あるいはその周辺にも、いわば文化的な雰囲気がただよっていた。有島武郎は、ここでさまざまな方面に関心を拡大していくことになる。

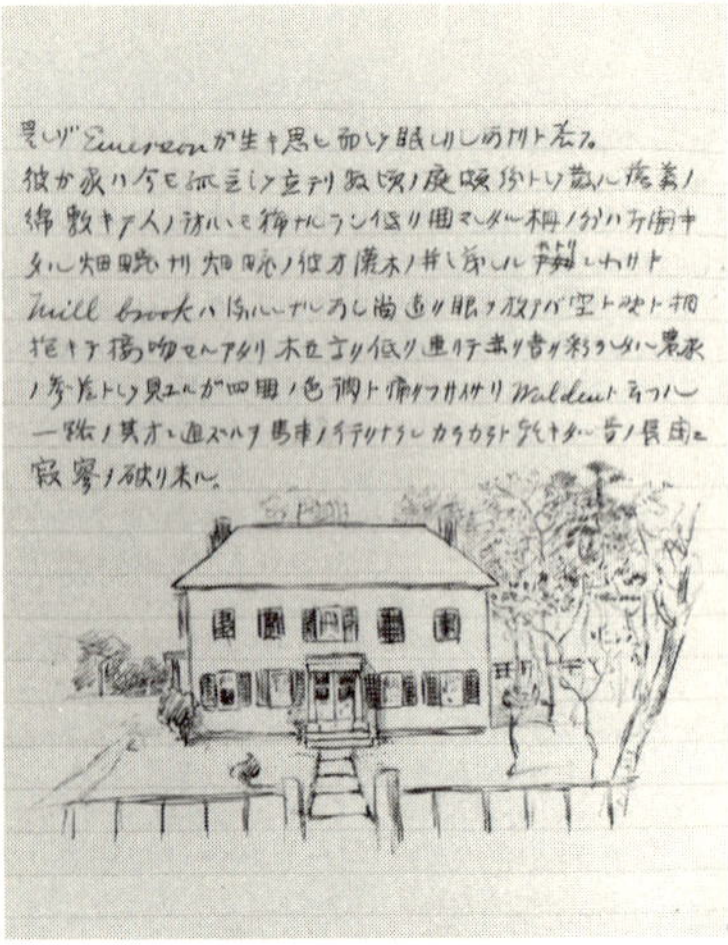

エマソン館を訪れた日の日記
（1904年10月16日）

たとえば十月十六日（日曜日）、彼は錦繍の秋を惜しんで日本人の友人とコンコード見物に行った。アメリカ独立戦争の最初の銃声が響いた古戦場であり、エマソン、ホーソン、ソローらの文人が住んだ旧跡である。「観想録」のこの日の記述は、ジョージ・フォックスの『日記』を読んだ後の感想に続けて、帰国後に発表したエッセイ「日記より」（『文武会会報』明治41・6）に入れられている。思想的にとくに興味ある内容ではないが、途中で出会った建物や人物などの観察のこまやかさは注目に値する。たとえばコンコード行きの汽車に同乗した、年の頃四十ばかりだが白髪のため老いて見える人物について、外見を精密に描写した後、その内面生活の描写に及び、「其子ニ資産ヲ譲リ今ハ読書ニ日ヲ消シテ、家ニアリテハ冷酷ナル後見者、家ヲ出デ、ハ敬シテ遠《とおざ》ケラル、博学家ノ一人ナラズヤ」と皮肉なユーモアを含む想像をめぐらせて見せる。武郎は決して観念で生きていたのではなく、いまや人間と生活の実相を懸命に勉強していた。ただ「日記より」は、この人物の部分を「ソローの悪流か、ホーソンの輩か、我れはコンコードに、かくの如き人ありて住めるを怪まず」と、妙に観念化した文章に改めてしまっている。読者が大学生であることを顧慮して教養本位にしたのであろうが、作家有島のためには後退現象だったといえよう。

余談だが、この日の日記に面白い記述がある。コンコードの「スリーピー・ホロー墓地」の入口に着いた時、「Irving ノ “Sketch Book” 記憶ニ上リテ、故人ニ遇フノ心地ニ微笑面ニ上ル」というのだ。もちろんこれは記憶の戯れで、ワシントン・アーヴィングの『スケッチ・ブック』に収められている有名な短篇小説「スリーピー・ホローの伝説」の舞台は、ニューヨーク州を流れるハドソン川のほとりの村なのだ。ここコンコードのスリーピー・ホローは、エマソン、ホーソン、ソローらが葬られていることで知られる墓地である。武郎も後になって連想の不適切を感じたらしい。「日記より」ではこの記述を削除している。

この頃から、「観想録」はしばしば中断されている。翌年（一九〇五年）一月一日、また熱心に記入が始まり、十四日まで続いたが、次は十九日にとび、二月に二度記入があった後、七月までとんでいる。大学での勉強が忙しかったのであろう。

哲学・文学への関心

この間に、しかし、武郎は哲学や文学への関心を深めていた。一月三日、ゲーテと並ぶドイツの文豪シラーの歿後百年記念の催しがあると知ると、彼は事前に戯曲『マリア・スチュアート』や詩集を図書館から借りて読んだ。『群盗』や『オルレアンの乙女』はすでに読んでいた。彼はシラーの芸術的才能には懐疑的だったが、人間としての「尊厳《ディグニティ》」には深い敬意を抱いた。

それから、土地柄もあるだろう、エマソンを読んだ。一月一日にはジョン・モーレイの評論「エマソン」を読み、七日には「神学校演説」と『自然論』を読み、「二《ふたつなが》ラ彼ガ壮年ノ講演ニカヽル事トテ活気アリテ面白シ」と思った。

エマソンの超絶主義《トランセンデンタリズム》にふれ、教会を斥けて神との直接的接触を説く講演を喜んだからといって、武郎がキリスト教と絶縁したわけでは毛頭ない。聖書は相変わらずよく読んでいた。クエーカーの思想家『ジョン・ウルマンの生涯』も読んだ（日記1・7）。日本から送られてくる『聖書之研究』もよく読み、「先生［内村鑑三］ノ熱執ニハ敬服ノ外ナシ」（1・1）と感じていた。内村の *Diary of a Convert*（つまり『余は如何にして基督信徒となりし乎』）も読んだ（1・19）。

社会的関心の拡大

ただ同時に、武郎は社会的関心をひろめ、日露戦争たけなわという状況にも影響されながら、平和主義、社会主義にひかれていった。一月一日の日記に、「余ガ非国家的思想ハ愈《いよいよ》根底ヲ堅クシ来ルガ如シ」と記す有様だった。とはいえ、この日本国家の優等生は、まだまだ心の大きな動揺を続けるのであるが。

武郎の平和主義は、「非戦論」という言葉を使っているところから見ると、内村鑑三的な絶対的戦争廃止論に近かったと思われる。しかし現に戦争がなされている最中であってみれば、対応の仕方は単純ではなかった。アメリカが日本に同情的な態度を示せば、それはやはり嬉しかった。その同情が「皮相」なものであることに気づいてもである。そういう矛盾を含んだ上で、武郎はとにも角にも平和を絶対視したのだった。一月一日、旅順口が陥落した時も、日記（英文、1・2）にこう書くだけだった。“Peace! Peace! Smile of merciful goddess! Thy kingdom come!”

武郎に社会主義を吹き込んだのは、ハーヴァード大学に在学している金子喜一だった。金子は武郎より三歳年長で、明治学院に学び、一八九九（明治三十二）年の渡米以前からもう社会主義に関心をもっていた。一九〇三年、アメリカ社会民主党員になり、一九〇四年、ハーヴァード大学大学院に入り、翌年、詩人・ジャーナリストのジョゼフィン・コンガーと結婚、アメリカに帰化した。在米社会主義者として日本の『平民新聞』などに寄稿していたが、後には夫人と社会主義の英文雑誌 *The Socialist Women*（改題して *The Progressive Women*）を発行もした。ただ一九〇九年、結核療養のために帰国し、沼津で歿した。

ニューヨークにて（1906年頃）
右から増田英一，金子喜一，武郎

武郎は労働問題の授業に出ていて、この金子と知り合ったのだった。武郎は日本人留学生たちとなるべくつき合わぬようにしていたが、金子とだけは親交を結んだ。その影響もあり社会主義への関心を深めるにつれて、エンゲルスやカウツキーの社会主義を説く理論書を買ってきて読んだ（日記1・8）。武郎のキリスト教信仰は、この面からも揺さぶられたようだ。いま述べた本を読んだ後の感想を、こう記している（自分で自分に問い糺すのだ）。

爾《なんじ》、愛ヲ説クハヨシ。義ヲ語ルハヨシ。サレドモ如何ニシテ愛行ハレ、義汎《あまね》キ事水ノ地ノ面ヲ蔽フガ如キ事ヲ得可シトスルヤ。先ヅ根本的ニ基督教ト矛盾セル国家ヲ除去セヨ。全地球ノ住民ヲシテ一体タラシメヨ。爾ハ現時ノ講壇ニ於テ小ナル愛ヲ教ユル事ヲ得可シ。而カモ如何ニシテ基督ノ愛ヲ教エ得ルヤ。愛国心ト博愛心トヲ一致セシメントスルモノハ、水ト油トヲ一致セシメントスルモノナリ。汝、汝ノ伝説ヲ蟬蛻《せんぜい》セヨ

キリスト教、エマソン主義、平和主義、社会主義と、さまざまな信仰、信念、あるいは主義主張の間で揺れながら、武郎は「伝説」——自分がしがみつきがちな固定観念のようなもの——からの「蟬蛻」を求めていた。

「露国革命党の老女」

二月、武郎は後に「ロシア革命の母」とか「祖母」とかと呼ばれることになる、当時アメリカに亡命中のエカテリーナ・ブレシュコフスカヤ（英語名カサリーン・ブレシコフスキイ）を紹介する文章「露国革命党の老女」を書いて、『平民新聞』に送った。これは『平民新聞』が同年一月二十九日付で廃刊になっていたので、『毎日新聞』（4・5—10）に五回にわたって連載された。武郎は渡米前、同紙社長の島田三郎に会い、「海外通信者」になりたいと希望し、了承を得ていたのである。皇帝の圧政に反抗し、逮捕され、強制労働や流刑の苦難に堪える彼女を讃美する内容で、武郎の家では彼が危険思想に走ったとして憂慮するような事態も生じた。

ただしこの中でも、武郎の思想はいろんな思いが混乱して成り立っている。人道主義が先走ったり

宗教的信念が引っぱったり、理想主義的になったり現実主義的になったりする。後の『或る女』とも関係してとくに興味深いのは、ここに現われた武郎の女性観である。厳しい家庭に育った彼は、女性の役割について、伝統的な観念をごく自然に受け入れ、「女子は家庭の女神」たるべきだと信じていた（だからこそ、フランセス的な純愛を重んじてもいたわけだ）。「女子の独立」というと恰好いいが、それは女子が労働を強いられることであって、「歴史の汚されたる時」の産物だと彼は思った。だから、「女子をして男子と同じき尊厳と祉福《しふく》とを稟《う》けしめよ、されども願くは女子をして其天分を抛《なげう》ちて男子の為すべき労作に従ふの已むを得ざるに至らしむる事勿《なか》れ」というのである。こうして、ブレシコフスキイの一生を讃えるべき文章が、その女性の「天分」から逸脱せざるをえなかったことへの同情の文章となってしまう。彼女の精神や行動を「内から」語れるようになるのは、まだずっと先のことだったのである。

2　ホイットマンとの邂逅

弁護士ピーボディ

有島武郎は、すでに何度か見てきたように、自分の思想のすぐれた実行家だった。あの『ウォールデン』の著者ヘンリー・ソローに似ている。彼が自分を「不徹底」と思い続けたのは、自分の思想を行動によって徹底しなければ満足できなかったからにほかならない。いま社会主義を知り、関心を深めてきてみると、父からの送金によっていわばブルジョ

ピーボディの「奴僕」となって住んだアパート

ア的な生活をしていることは、自分に許せなかった。また「昼夜書物と首引き」の生活に代わる、頭脳以外の生活を求める気持にもなって、「働キ口」を探した（家信、12・13）。

一月五日（一九〇五年）、その口を金子が見つけてきてくれた。翌六日、武郎は金子の紹介によって Mr. Peabody という弁護士を訪れ、その家で働くことにした。「朝ト夜ト cook ヲナス事ニヨリテ室ト食料トヲ得ル」という仕事だった。ピーボディの家はオックスフォード・ストリート百二十四番地にあった。これは表通りに面しているが、やはり大学からは近い。武郎は十日からその家に住み込んだ。

その日の日記に、彼はこう記している。

偖《さ》テ己ガ室ニ入リヌ。二間《けん》四方計《ばか》リナル北向キノ室ナリ。小サキ寝台ハ片隅ニ、二ツノ小サキ椅子処《ところ》定メズ据エラレタリ。洗面台ノ外ニハ机モナシ。余ハ茲《ここ》ニ来《きた》ル可《べ》キ五カ月ノ消光「月日を送ること」ヲナサントス。神凡テヲ祝福シ給フ可シ。願クハ一奴僕トシテモヨキ一奴僕タラシメ給ヘ。

余ガ従来ノ生活ニ比スレバ痛ク劣リテ見ユル此室モ、街路ニ夜ヲ明カス憐ム可キ同胞、戦野ニ眠ル不幸ノ子等ニ比スレバ金殿ト云ハンモ啻《ただ》ナラジ。余ハ安逸ノ生活ヲ送ル可キ望欲ヨリ絶タレタル身ナリ。

たかがアルバイト生活の開始に、「安逸ノ生活」をみずから否定し、「ヨキ一奴僕」たろうと決心するところ、しかもその決心に「神」の祝福を期待するところは、何とも坊っちゃん的である。さてこのピーボディについて、有島は例の「『リビングストン伝』の序」で、こう述べている。

彼は四十恰好の弁護士で、妙に善い事と悪い事とをちやんぽんにやる男だつた。家賃だとか出入商人の月末払いだとかは平気で踏み倒して置きながら、貧乏な人が訴訟沙汰でも起しに田舎から出て来ると、幾日でも自分の家に逗留させておいて、費用も取らずに世話をしてやつたりした。ファビヤン協会風の極く生温い社会主義者で、同時にヘッケルの尊奉者だつた。

武郎は住み込みを始めると、早々《そうそう》に彼と社会主義やカーライルについて語り（1・11）、彼の演説の草稿を読んだりしている（1・12）。うまが合ったのだろう。ところがピーボディは、妻と二人の娘がいるのに別居中で、別の女と関係をもっている。その事実を知ると、潔癖な武郎は堪え難い思いで、「余ハ冷シ果テタル心ヲ以テ彼ヲ watch ス可シ」と日記（1・12）に記している。

しかしまた、彼を「道徳的罪人」ときめつけてしまったわけではけっしてない。むしろ彼の生き方を「最面白キ心霊ノ経験」として観察する態度も示すのである（日記1・12）。

ホイットマンを読誦

ところで、このピーボディが、武郎にホイットマンという詩人を教える——これが有島武郎にとって、その後の運命を変える出来事となった。翌十三日の日記にいう。

Peabody 氏遅ク返ル。夕食後九時頃マデ社会問題及ビ宗教ニ就テ語ル。彼レ Whitman ヨリ所々面白キ節ヲ抄読ス。余ハ黙シテ聞キヌ。余ハ彼ヲ味フ可シ。彼ハ余ガ長ク長ク遙カニ望ミツ、アリシ一ノオアシスナリ。

これはあまりにも短い記述である。じつは武郎自身、この時はこの体験の意味が十分に分かっていなかったのかもしれない。そしてすでに述べたように、この後間もなく日記は中断してしまい、この後の展開は分からない。だが同じようなことは、ピーボディの家でしばしばくり返されたらしい。武郎は後になって、ボストンでの生活をふり返り、こう語っている。

その当時私は、紐育《ニューヨーク》市生れの、放埒な、然し美しい霊魂を持つた一人の弁護士と共同生活を営んでゐたが、学校の講堂から夕暮に送られて帰る私は、ボストンから塵をかぶつて戻つて来るその人と、夕食後ランプを距《へだ》てて坐るのを楽しみとした。彼れは必ず書架から草色の一冊を抜き出して、張りのある感傷的な声を押へつけるやうにして、かの詩この詩と――エマーソンがカアライルに「訳の解《わから》ない怪物（nondescript monster）」と云ひ送つた――ホイットマンの作物を朗誦した。その時の事を今思ひ出しても私は一種の小気味よさを感ずる。

"Out of the rolling ocean, the crowd, came a drop gently to me,
Whispering, *I love you, before long I die,* ......"

といふ宝玉のやうな小唄や、

"Out of the cradle endlessly rocking, ..."

で句を起す海鳥の悲劇や、リンカーンの死を追慕して歌つた死の讃歌や、自分を歌つた太陽のやうに大きな輝いた「ワルト、ホイットマン」や、それ等は読む中に読者を涙ぐまし、私を涙ぐました。弁護士が洟《はな》をかむ時にのみ歌は杜《と》切《ぎ》れた。読誦が終ると二人は何時でも新しい感激に満されて心から感心しながら互に顔を見合はせるのだつた。（「ホイットマンの一断面」後出）

これは何ともはや感動的な記述である（有島の文章にしばしば見られる「涙」の盛り上がりには辟易もするが）。しかし問題は、なぜホイットマンないしホイットマンの詩が、武郎にとって「余ガ長ク長ク遙カニ望ミツ、アリシ一ノオアシス」と感じられ、なぜ「一種の小気味よさ」を生じさせたかということである。この理由の一端は、武郎自身が「『リビングストン伝』の序」の、先に引用したピーボディとの生活を語る文章にすぐ続けて、こう表現している。

私は今でも彼れに二つの事で感謝しなければならぬ。一つはホイットマンの紹介者として。一つは善行悪行の通俗的な見方から私を解放してくれた事に於て。彼れに接してから、人を善人とか悪人とかに片付けて見ないで人として見るやうになつたから。

有島は、ピーボディによって、人を通俗的な善と悪との観念によってでなく、言い換えれば神と人との関係においてでなく、あるがままの「人として」見るようになったという。つまりあの「他の道」を行く実例をピーボディに見て、自己を「解放」されたというわけだ。ここで、ピーボディの生き方をこのように導いた人は、彼が涙ぐみながら朗誦する「草色の一冊」の著者、ホイットマンでなければならない。当然そう感知して、これより有島はホイットマンにのめり込んでいくのである——しかもしだいに全身全霊をもって。

3　ローファーの生き方

『草の葉』の詩人

ウォルト・ホイットマンがアメリカを最もよく代表する詩人であることは、ここであらためて述べるまでもないだろう。しかし彼は有島武郎の生涯にとっても最も重要な文学者となったと思われるので、いささか贅言《ぜいげん》をついやしておきたい。

ホイットマンは一八一九年、ニューヨーク州のロング・アイランドに生まれ、成長後、ニューヨーク市やその郊外都市のブルックリンで、ジャーナリストとして働いた。折からアメリカはデモクラシー熱の盛んだった時期で、彼も民主党員として活躍した。ところが、奴隷制問題をめぐって国内が分裂状態になるにつれ、民主党が党利党略に走るだけでなく、政党政治そのものが堕落と無能を露呈した。ホイットマンは幻滅と失望の底から、いわば人間そのものの再建を志し、アメリカとその真にデモクラティックな人間の理想のヴィジョンを自由な形式で壮大にうたい上げる詩集『草の葉』を書いた。一八五五年の出版である。

この詩集はエマソンやソローなど、自由と個人の尊厳を信奉するごく少数の思想家には高く評価されたが、伝統的な美意識や表現を重んじる人たちからは軽蔑された。それだけではない。デモクラティックな人間とは、いかなる抑圧も斥ける人間である。その理想をうたうことは、自然のままの人間の野性を重んじ、肉体を讃美し、性的な要素もかくすことなく、愛欲も肯定する。つまり人間を形式的な枠から解放して、あるがままに受け止め、たたえようということである。それを行なったこの詩集は、下品、猥褻ということで激しく非難もされた。

ホイットマンは一八六一―六五年の南北戦争中、負傷兵の看護にボランティアで献身し、戦後は合衆国政府の下級官吏になったが、いかがわしい詩集の著者というので、免職になったこともある。詩集が事実上の発禁を蒙ったこともある。しかし彼はめげることなく、『草の葉』を増補拡大し、改版を出し続けた。南北戦争後、急速に資本の支配する産業国家となっていくアメリカの現実に対する絶望は深まるばかりで、自分の身心の衰退もあって、彼の書く詩はしだいに死の影を濃くしたが、それでも彼は人間の生の力をたたえ続けた。そして一八九二年、三百八十三篇の作品を収める大詩集、第九版『草の葉』を残して、七十三歳で歿するのである。

日本における ホイットマン

このホイットマンは、彼の死の年、つまり明治二十五年に、帝国大学英文科の学生だった夏目漱石の論文「文壇に於ける平等主義の代表者『ウォルト、ホイットマン』Walt Whitman の詩について」によって、初めて日本に紹介された。これ以後、明治三十年代に入ると、ホイットマンの精神や表現を日本文学に生かそうという態度の紹介が、ぞくぞくとなされるようになる。高山樗牛は「驕飾偽善の世に是赤条々《せきじょうじょう》の人生を歌ふ」「真率」な詩人として、ホイットマンをたたえ、英米でホイットマンにならった詩風により英語詩人として名を馳せたヨネ・ノグチ（野口米次郎）は、ホイットマンのように「日本を代表する国民詩人出でよ」と叫んだ。ホイットマンの影響は、大正デモクラシーの時代になると、さらに広範でかつ深くなる。

しかしここで、有島武郎に直接関係する重要なホイットマン紹介者の名を一人だけあげるとすれば、誰あろう内村鑑三その人である。内村は明治三十年七月に出した小さな翻訳詩集『愛吟』の銘詞に、初めてホイットマンの次の句を引いて見せた。

For the great Idea,
That, O my Brethren, that is the mission of poets.

そは大なる思想が
アアわが兄弟よ、大なる思想が詩人の天職なり

内村の見るところ、日本の文学は美辞麗句にふけるばかりで、思想性に欠けている。思想を涵養しない限り、日本に世界的な大文学など生まれはしないというのが、彼の信念だった。その観点から、ホイットマンは彼の手本となる詩人だった。明治三十一年初頭、内村は東京神田の基督教青年会館で連続文学講演を行なった。それはやがて『月曜講演』（明治31・4）と題する本になるが、その中の「米国詩人」の章でも、ホイットマンをまさに「大なる思想」と「想を重んじて形を問はず」の二点において、偉大であったと説く。

内村のホイットマンへの言及は時を追ってひんぱんになる。彼はホイットマンを単に文学改革の力とするだけでなく、もっと大きく、精神改革の預言者と見るようになっていった。そして明治四十二年一月、『聖書之研究』を休んで、その代わりに出したパンフレット『櫟林集』に、「詩人ワルト　ホヰットマン」と題する彼のホイットマン論の集大成を発表した。これは詩人の生涯、思想、詩風を総合的に説いた大論文で、日本におけるホイットマンの歴史の上でも金字塔というべきものだが、その中心はやはり彼を現代の堕落した世界（具体的にはアメリカ）を救うべく神が送った預言者だということにあった。アメリカ人は「神の此寵児」を侮辱、嘲笑している。しかし――と内村はこの論文を次のように結んでいる。

然し詩人は国民の理想まで下るべきではない、国民は詩人の理想まで上るべきである、米国人が其詩人ワルト　ホヰットマンの理想に達する時に彼等の中に軍艦増設の声は上らざるべし、異人種排斥の説は立たざるべし、而してミシシピは静かに海に向て流れ、金に代て真《まこと》の神は拝せられ、平和と恩寵とは両洋の間に溢れて、全世界は米国人に由て理想の楽土と成るであらふ。

分裂した自己を救う

有島は尊敬する師のこういう「国民」の「預言者」詩人とまったく違うホイットマン像を思い描き、尊崇することになるのである。彼はまだ日本にいた頃、『月曜講演』によって初めてホイットマンを知った。それから高山樗牛の文章も読んで、軽い好奇心をそそられはした。しかし彼が本当の意味でホイットマンを知ったのは、アメリカで「明かに自己の分解を容赦なく自覚せねばならぬはめにな(つ)た」時だった。ピーボディの『草の葉』朗読を「涙」して聞いていたという先に引用の記述にすぐ続けて、武郎はみずからこう述べている。

私は白状しなければならない。私の心の領土は今でも混乱の限りを尽してゐる。私の内部では正《まさ》しく二つの力が対立してゐる。外部にも内部にも矛盾を極めたこの自分を見ると、我れながら沙汰の限りだと思つてしまふ。然し私は慰藉なしではない。私はまだ移り変るだけの力を持ち続けてゐるからだ。私は今でも偽善者であり偽悪者であるけれども、少しづつでも自分の本質に帰りつゝある事を知つてゐるからだ。如何かしなければならないといふ事をより強く感じ始めたからである。

こんな衝動と慰藉とを感じさせてくれた事を私はホイットマンに感謝しなければならない。

（「ホイットマンの一断面」）

どうも、ホイットマンは分裂状態の自分を「自分の本質」に引き戻す力になってくれる、と感じたようだ。そこで武郎は自分も『草の葉』を手に入れようと思って、ボストンの街を尋ね歩き、「社会主義の書物などを売る薄汚い店」で、ようやくそれを買い求めた。武郎が生涯、持ち歩き愛読することになる草色の表紙のデイヴィッド・マッケイ版『草の葉』（一九〇〇年出版）である。

ここで記述を大幅に先走らせることになる。武郎はこれ以後、『草の葉』を読みふけっただけでなく、ホイットマンについての案内書や研究書もよく読んで、しだいに自分のホイットマン観を形式していった。そして日本帰国後は、熱心にホイットマン熱を人に語り、文章にあらわすようにもなった。いま多くの引用をなしてきた「ホイットマンの一断面」（『文武会会報』大正2・6）は、そのごく初期のエッセイである。その他、彼のホイットマンについての発言や文章は、しだいに文学者となっていく彼の軌跡に合わせておいおい語っていくつもりであるが、ここでは一挙に、彼のホイットマン理解の集大成ともいえる「ホイットマンに就いて」と題する文章にとんでおきたい。これはもと大正九年十月、東京帝国大学のデモクラシーを奉じる学生たちの組織、新人会の学術講演会で行なった講演で、後に単行本『新社会への諸思想』（大正10・2）に収められた、百五十頁に及ぶ長論文である。ホイットマンの全貌とその精神の神髄を伝え、内村鑑三の「詩人ワルト　ホヰットマン」と並んで、日本におけるホイットマンの歴史の金字塔となるものだと私は思う。

しかし、ここに語られるホイットマン観は、内村のそれとはまるで違う。「神の寵児」、「国民」の「預言者」というイメージをまったく否定したわけではない。だが人間の力を超えるようなものではけっしてないのだ。それどころか、「人間」そのものなのである。人間の霊と肉とをもち、善と悪、強さと弱さをもち、分裂し、矛盾に満ちながら、本然の魂に従って生きる者なのである。武郎はそれを「ローファー」loaferという言葉で説明してみせる。

ローファーとは

有島は人間に二つのタイプがあると見た。一つは主義の人または理想家のタイプ、つまり自分の目指すところを定め、「その主張なり目的なりに、自分といふものを遵合《じゅんごう》して一生を賭してかゝる人」である。もう一つがローファーのタイプだ。loafとは「うろつく」の意味で、loaferとは「謂はゞうろついて歩いてゐる人」、つまり自由人である。前者は自分の理想にそって生活の方向を定めるので、その目的のためには既存の制度を容赦なく破壊しようとする。だからその出発点では必ず既存の制度から迫害を受けるのだが、いったん自分の主張を貫くと、こんどは自分が一つの制度を築き上げ、みずから迫害者となる。そのよい例は、迫害されたキリスト教徒がやがて他を迫害する地位に転じた有様に見られよう。それに対してローファーは、制度的なものから離れて立つ。「彼はいつまでもたった一人で歩かうとしてゐる人です。自分が絶対の自由の中に住みたいが故に、他人にも絶対の自由を許さないではゐられない人です」。もちろん彼にも希望や欲求はある。しかし彼は、それを実現しても、その成果に固執しない。だから迫害者に転じることもない。むしろ常習的叛逆者なのだ。

有島の見るところ、キリストはこのローファーだった。彼はキリスト教を始めたけれども、キリスト教会とは無関係である。彼は自分の正しい存在だけを守って、孤独のうちに生をまっとうした。そして武郎の見るところ、ホイットマンもまたローファーだった。彼は「凡ての存在の根底になつてゐる所の個性に対する非常な意識」をもち、「自然な、大きな、こだはりのない」心でもって、のびのびと独立した人格をつらぬいた。

武郎はこういったことを、ホイットマンの生涯や、いろいろと興味深いエピソードに合わせて説いた後、彼の詩をたっぷり引用しながら、さらに肉付けしていく。ここでは、武郎の最も好んだ詩句でその引用を代表させてみよう（訳文は有島武郎訳『ホヰットマン詩集』より）。

I exist as I am — that is enough;
私はありのまゝに存在する——それで沢山だ、

From this hour, freedom!
From this hour I ordain myself loos'd of limits and imaginary lines,
Going where I list, my own master, total and absolute,
Listening to others, and considering well what they say,
Pausing, searching, receiving, contemplating,

Gently, but with undeniable will, divesting myself of the holds that would hold me.

今のこの時から、自由！

今のこの時から私は制約や空想的な境界線から自らを解放することを命ずる、

どこに行かうと、私は全然的に絶対に私自身の主、

他人にも耳かたむけ、そのいふ所をよく思ひめぐらし、

立停り、探り求め、受け入れ、熟慮しはするが、

しとやかに、然し拒み難い意志を以て、私は私を捕へんとする桎梏《しっこく》から私自身を奪ひ返すのだ。

いずれも、力強く自己を宣揚した詩句である。有島自身が、こういうローファー的な自由で自然な自己一元の生き方を、自分の理想としていったことはいうまでもない。そしてじっさい、後からまた詳しく紹介する「二つの道」（明治43・5）から『惜みなく愛は奪ふ』（大正9・6）へといたる評論活動も、『或る女』（大正8・6）で頂点に達する創作活動も、こういうホイットマン主義、あるいはローファー意識の探求や展開と密接に結びついていくのである。

4　ダニエル農場

さて、一九〇五年、ハーヴァード大学で学んでいる有島武郎の現実に戻ろう。彼がホイットマンにならった自己一元のローファー的な生き方を求めて歩み出したとしても、それがすぐに従来のあらゆる桎梏《しっこく》から一挙に脱け出ることを意味したわけではなかった。むしろ、純粋に自己一元になろうとすればするほど、かえって自己の混乱が目立つことになってしまうのである。

性的な逃げ腰

その具体的なあらわれとして、孤独な青年有島に最も切実なのは性と愛の問題であったけれども、これが簡単に自己一元などとはいかないのだ。ホイットマンは自然な人間を全的に肯定する立場から、霊と肉は一つだという信念をもち、性愛を容認、というよりむしろ讃美した。だが武郎にとって、たとえばピーボディ流の男女関係を容認するだけでも、なかなか難しいことだった。彼やその家族を見ると、フランセスを思い出し、「純潔ノ化身ヨ。来リテ余ガ汚濁ノ中ニ囲マレタル霊ヲ擁護セヨ」などと日記に書くのである（1・12）。同じことを二日後の日記（1・14）でもくり返し、自分のフランセスへの恋には性的要素がないことを強調し、それは「最不思議ナル恋ナル可シ」などと書いている。

しかしこの「最不思議ナル恋ナル可シ」などという書き方に、自己欺瞞の自覚がもれ出ているともいえそうだ。あのリリーに対するような恋――性的で肉的な愛――をねじ伏せた上で、純潔で霊的な愛を強調している、その強引さの自覚を多少の照れ気分をもって表現すれば「最不思議ナル恋」になるのではないか。

日記はこのあと一月十九日の記入があるが、二月になると日付なしの記入が一つと、二十五日の記入があるだけで、それも英語の記述になる。この前者に、あの河野信子から武郎への思慕をあらわした手紙が来たこととの記述がある。こういう内容だ。渡米前から信子が自分を愛していることは分かっていたが、当時彼女は innocent and pure（無邪気で純粋）だった。だがいま彼女は眼が開かれ、自分の求めていたものが分かっている。彼女の sad feeling of halfness は、手紙に明かにあらわれている（この部分は現行版全集の訳文で「中途半端な彼女の悲しい心情」となっているが、もっと字義通りに「自分は半分の存在でしかないという悲しい思い」ではないか。つまりあなたと結ばれることによってのみ完全になれるという、性的な思いを秘めた感情の婉曲表現と思われるのだ）。それに対して、自分は沈黙をもって応えよう、と日記は続く。その方が信子にとってもよい、自分はテニソンが詩にうたったイノック・アーデンのように、雄々しく隠れていよう、というのである。なんだか恰好よい記述だが、本当のところ、女性の思いの中の性的な要素に対しては完全に逃げ腰で、結局は自分の中の性的な要素からも逃げている——と私には思える。

この後、日記は途切れてしまう。書簡にも、武郎の生活や思索をうかがわせるような記述は何もない。ただ、様子が分からないだけに、想像をたくましくもさせられる——が、それについてはまた後から述べることにする。

ハーヴァード大学における一年間の学習も、図書館で本を読んだことの外には、結局「得たる所は無御座候《ござなく》」（家信7・2―7）という有様だった。それよりも、ピーボディ家における「労働的生活」が「見聞之知識を増し［中略］望外之幸福」だった（家信同上）と彼はいう。

農民生活の体験

さて、また夏休になるわけで、武郎は新聞広告を出して仕事を探した。やはり活発な生活体験拡大の試みである。そして六月十二日から、東大法科大学出身でやはり留学生の阿部三四と、ボストンの北三十五マイルのニューハンプシャー州グリーンランドという所の、E・S・ダニエルという人の農場で働くことになった。家信（7・2―7）によると、主人夫妻は親切だが、労働はきつく、朝五時半頃から午後二時頃までと、夕方五時から七時半頃まで働き、部屋と食事は向こう持ちで一週間四ドルの給料だった。しかしポーランド系の労働者が毎日バイオリンをかきならし、詩情をそそられもした。なお武郎は、日記の中断後の頁に、フランスの農民画家ジャン・フランソワ・ミレーの、私は自然の風景とそこに働く農民を重んじる、「私は感じたままを語る。私は見たままを画く」云々といった言葉（英文）を長々と書き写している。彼は自分もミレー風に生きようという思いをそそられていたに違いない。

この農場での生活は、しかし、一カ月余りで打ち切られることになった。七月二十四日付の家信によると、先方は是非にと引き止めてくれたが、「共に働きつゝありし友の一方ならず衰弱し、殊に厭はしき事誼《じぎ》其家との間に起り候為め」という。ことの真相は分からない。ただ、阿部三四がダニエル夫人との間に不倫事件を起こしたのではないか、といった憶測があちこちでなされ、何となくうなずかれる節もある。いずれにしろ、じっさいの「肉」の事柄に出会うと、武郎はここでも事実から逃げ出すことに息せき切っている感じなのである。

それはともかくとして、後年の回想で武郎は、「私はそこで確かに普通の労働者だけの労働を本気でやつた。然し悲しい事には、私は弱かつた。自分の家には財産があるといふその心持ちを実行的に去勢する勇気がなかつた。それ故私は自分の労働で如何に油のやうな汗を流して見ても、結局それは飯事《ままごと》に終つてしまつた」(「『リビングストン伝』の序」)と述べている。その通りであっただろう。しかしそれでも、独立して生きよう、ローファーたろうという思いを、とにかく実行に移してみる勇気が武郎にはあった。それはやはり大きなことだったに違いない。

5 宗教から文学へ

ワシントン府の図書館通い

有島武郎は早くから、留学三年目はもう大学で学ぶよりも、ワシントン府の議会図書館で「自学」しようと考えていた（家信7・2—7）。しかしダニエル農場での労働と心労で、彼は四、五キロもやせるほど疲れ果てていた。それでいったんケンブリッジに帰った後、あのクロウェル家の好意で、アヴォンデールに十日ほど滞在、身心を休めた。

武郎の中には、ようやく文学で身を立てる欲求が固まりつつあったようだ。ハーヴァード大学での宗教史の講義も、日曜ごとに大学のチャペルで聞く大説教家の説教も、心の渇えを癒やすものではなかった。自分の中は混乱に混乱を重ねている。芸術、あるいは文学は、そういう自分を何かの価値の創造の方に生かす道ではないか、と考え出したのである。

私は元来芸術に対して心からの憧憬を持つてゐた。自分でそれに没頭したい要求は十二分に持ちながら、一つは自分の力量を疑つたのと、一つは純芸術と基督教との間には横切る事の出来ない鴻《こう》溝《こう》［区別］があると思つたので［中略］私は何んでもかんでもこの衝動を抑制する事に全力を用ひてゐた。然し私はもう我慢が出来なくなつた。破戒僧のやうな稍《しょう》々《しょう》捨鉢な心持ちで次ぎの一年は文学に這入り込んで見ようと決心した。一種絶望的な気分になつてゐた。

（『リビングストン伝』の序」）

これは例によって後年の回想であり、気持を整理しすぎているだろう。迷いはまだまだ大きかったに違いない。しかし、大学などという制度的なものから独立する意欲がたかまっていたことは確かなようだ。

武郎はアヴォンデール滞在の後、八月末からしばらくボルティモアで森本厚吉と共同生活をした後、十一月早々、森本とともに首府のワシントンに出て、「日本にて申す貸長屋」（アパートであろう）の一室を二人で借り、また共同生活をした。森本は講演旅行で生活の資を得るようになっていて不在が多い。武郎は毎日、図書館に通った。夜八時半ないし九時頃まで読書し、帰りがけにコーヒー・ショップでサンドイッチとコーヒーを取り、「腹を作る」という生活だった（有島幸子宛書簡、1・1）。当時を回想して、武郎はいう。

ワシントン郊外にて（1906年5月）

［私は］毎日図書館に通って、餓ゑた者のやうに読みたいと思ふ文学書を順序もなく系統もなく、興味を便りに片端から耽読した。私は忽ちにして自分といふものが——是れまで外界の因縁の為めに四分五裂してゐた自分といふものが寄せ集められて自分に帰って来るのを感じ出した。芸術に対する私の観念が見る〱変つて来た。神の信仰の中に見出し得なかつた本当の自分の姿を人間らしく文豪の作者の中に見出すのを知つた。［中略］私は無我夢中で自分といふ迷路を歩きまはつた。

（『リビングストン伝』の序）

いまここに［中略］とした個所で、武郎はトルストイやイプセンをよく読み、「存分の糧」を得たことを語っている。日記はいぜんとして断続していたが、その記入によると、ツルゲーネフ、ドストエフスキー、ゴーリキー、ハウプトマン、評論ではブランデス（『十九世紀文学主潮』『シェイクスピア』

それにイプセン論）などもよく読んでいた。全体として、社会意識の強い、しかも人道主義的な文学に親しんでいたように見える。「神の信仰」に代わって「文学」を求める者の、自然な傾向だったといえよう。

「自分といふ迷路」

しかし、「自分といふ迷路」は複雑だ。一月十日（一九〇六年）、札幌農学校校長の佐藤昌介から、森本か武郎の一人を教師に雇いたいという手紙が来ると、彼は翌日、辞退の手紙を出した。自分の方向が定めかねていたのであろう。その日の日記（1・11）に、彼は「余ノ頭脳モ心臓モ半バ腐敗セリ。恐クハ世ニ出デタリトテ何ノ役ニモ立タザル可シ。Xty［クリスチャニティ］ノ楽天ナル生活観ハ既ニ余ヲ此地ニツナグニ足ラズ。愈《いよいよ》喰フテ生キル丈ケノ人間ト相場ガキマレバ短銃ノ一発アルノミ」と記している。

神の道を行くことも難しかったが、「他ノ道」つまり人間の道を行くことは、ある意味でさらに難しかった。二月八日の日記には、「我ハ我ガ立ツ所ヲ知ラズ。嘗テ巌《いわお》ノ如シト思ヘル基礎ノ容易ニ壊レ去ル事如何ニ砂上ノ家ノ如キヨ。［中略］暗《やみ》ニアル反逆ノ人ヲ憐レメヨ、我ガ神ヨ」と、暗中模索の思いを記している。

武郎は先に引用した「私は無我夢中で自分といふ迷路を歩きまはつた」という回想文にすぐ続けて、こう述べている。

そこに或る他人に関する恋愛事件が突発して、それに心身を悩ましたのと、滅茶苦茶な勉強とが原因となつて、可なりひどい神経衰弱に陥つてしまつた。而して華盛頓《ワシントン》を逃れてその近郊の百姓家に寄寓した。そこでのや丶四ケ月は私に静思の余裕を与へてくれたやうだつた。

「或る他人に関する恋愛事件」とは、いかなる事件か。恋愛事件の当事者は森本厚吉だと伝えられ、武郎も短銃で生命を脅かされたというが、詳しいことは分からない。前の阿部三四事件も合わせて考えると、外国では男女の愛欲が生まな形で迫ってくることが多く、武郎はそれに巻き込まれたわけだ。ワシントンの近郊とは、市内から電車で四十分ほどのChevy Chaseで、武郎は四月十二日に移った。一週間ほどすると神経衰弱はなおっていった（家信5・13）。

人間的な「愛」

ちょうどその頃、四月十八日の日記（英文）で、武郎は自分が生を呪い、死に憧れる時でも、何かが自分の心のうちに残って自分を生き続けさせる、その何かとは「愛」だといって、さらにその「愛」に次のように呼びかけている。

ああ、僕は久しくお前に抵抗してきたが、無駄だった。僕はお前の軍門に降《くだ》ろう。残酷な「愛」よ、僕から何でも好きなものを奪うがいい。名声か、よかろう。富か、よかろう。人生の楽しみか、それもよかろう。同情か、よし。青春の喜びか、それもまたよし。ああ、何でもいいのだ、何でもいいから奪い給え。僕には自尊心がある、だが、主であり、王であり、暴君であるお前の前では僕は無力だ。

［中略］

「愛」よ、お前は僕を眠らせない。お前のために僕は痩せ細ってしまう。お前は僕を内気にする、お前は僕をおかしなものにする。だがお前が、お前だけが僕をして活気あらしめるのだ。

これは何とも歯の浮くような言葉の連なりである。武郎も英語だからこんな気恥ずかしい言葉遣いができたのだろう。しかし気持としては真剣なのだ。彼は「愛《ラヴ》」が自分を支配するようになったことを表現したかった。その「愛」なるものの実体が彼にもよく分からないのだが、それがもはやキリスト教会が説くような愛でないことは明らかだ。それは生ま身の人間を悩まし、憔悴させる、本然的な欲求のようなものらしい。霊的であると同時に肉的らしい。それは人間からすべてを奪う。しかしそれだけが「人間をしていのちあらしめる」（この最後の文「僕をして活気あらしめる」は、原文 only you make me live で、文字通りに「いのちあらしめる」と強く訳したい）。武郎はいまや、そういう「愛」に身をゆだねようとしているのである。

武郎は「宗教」から「文学」へと入り込むことによって、人間的な「愛」の恐ろしい尊厳に直面したようだ。これはホイットマン的なローファーの生き方にも結びつくであろう。そしてやがて有島武郎の頂点をなす『惜みなく愛は奪ふ』の思想にもなっていくのである。

6　評論と創作への意欲

文学的習作

「文学」意識をたかめた有島武郎は、当然、評論や創作への意欲を燃した。もともとみずからいうように「芸術に対して心からの憧憬」をもっていた武郎である。札幌農学校に入った時、新渡戸稲造に一番好きな学科を聞かれ、文学と歴史と答えて笑われた話は、前に紹介した。学習院中等科時代から、村上浪六《なみろく》に傾倒して時代小説の習作を書いていたし、札幌農学校では兼好法師にならって随想に筆を染め、人生論風のものを学芸会の機関誌に発表したりしていた。そして明治三十二（一八九九）年には森本厚吉と『リビングストン伝』の著述を始め、一年がかりで仕上げている（出版は三十四年）。

札幌農学校を卒業し、アメリカに留学して以後は、日々の生活に追われ、日記「観想録」が文学的意欲の捌け口となっていた観がある。だが「露国革命党の老女」を執筆したこと、そしてそれが『毎日新聞』に掲載されたことは、武郎に新しい刺戟となったのではないか。宗教と文学との間の敷居を思い切って踏み越えたことは、彼の執筆意欲を新たに掻き立てたようだ。

ワシントンおよびチェヴィー・チェイス滞在中に、武郎は少なくとも二篇の作品を書いた。評論「イブセン雑感」と小説「かんかん虫」がそれである。いずれも短いものだが、思いのほか質は高い。そしてなにしろ彼の最初の文学作品だから、ここで内容をうかがっておいてもよいだろう。

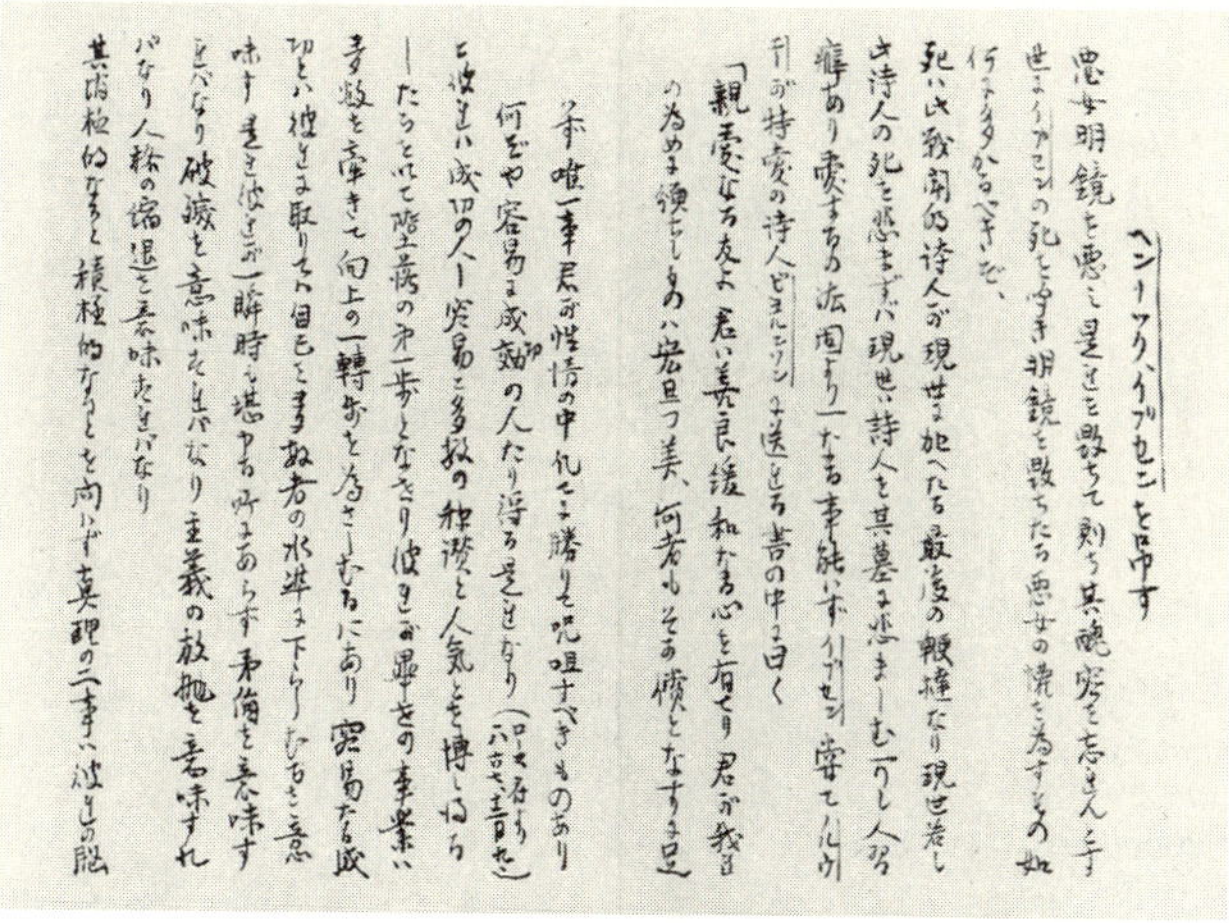
ヘンリク、イブセンを弔す
愚女明鏡を悪こ是れを毀ちて則ち其醜容を忘れんとす
世ニイブセンの死を[illegible]明鏡を毀ちたる愚女の[illegible]を為すもの如
何ぞ其れ多からざるべきぞ、
死ハ此戦闘的詩人が現世に加へたる最後の鞭撻なり 現世若し
此詩人の死を悲まずんバ現世ハ詩人を其墓に悲ましむべし 人[illegible]
癖あり愛する者の[illegible]より一たる事能はず イブセン[illegible]
于が特愛の詩人ビヨルンソンに送れる書の中に曰く
「親愛なる友よ 君は善良温和なる心を有てり 君が我目
の為めに領ちしものハ宏且つ美、何者もその[illegible]となすに足
らず唯一事君が性情の中に在て勝りて呪咀すべきものあり
何ぞや容易に成功の人たり得る是れなり（[illegible]）
と彼れハ成功の人―容易に多数の称讃と人気とを博し得る
―たることを以て堕落の第一歩となせり彼れが畢生の事業ハ
多数を率きて向上の一転機を為さしむるにあり 容易なる成
功とハ彼れに取りてハ自己を多数者の水準に下らしむること意
味す 是れ彼れが一瞬時も堪ゆる所にあらず [illegible]倫を意味す
ればなり 破壊を意味すればなり 主義の放擲を意味すれ
バなり 人格の縮退を意味すればなり
其消極的なることを問はず 真理の二事ハ彼れの脳

「イブセン雑感」原稿
帰国後浄書されたものと思われる

「イブセン雑感」

イブセン（いまは一般にイプセンと表記されるが、ここでは当時普通だった有島の表記に従っておく）はこの年（一九〇六年）五月二十三日に死んだ。有島はその日、ほとんど一カ月ぶりに日記（英文）を書いて彼の業績をたたえ、追悼の思いをあらわしている。同じ思いが、このエッセイを書かせたに違いない。こちらは日本語だが、辞句は一部日記と重なっている。現存する浄書原稿の末尾に「明治三十九年四月」とあるが、「ヘンリック・イブセンを弔《ちょう》す」「弔す」という副題がついているので、五月の間違いだろう。武郎の帰国後、『文武会会報』（明治41・4）に発表された。

この中で武郎は「希臘《ギリシア》人が裸体なる美容を愛したるが如く彼「イブセン」は裸体なる真理を愛しき」ということを強調する。「彼れが創作の生命とする所は読者の前に読者自身とその時世とを赤裸々として示すにあり」というわけだ。そのためにイブセンはごうごうたる非難を蒙ったけれども、動じなかった。そして「或る部分に関する人生の観察の深刻と忠実」の点では、シェイクスピアやゲーテにも譲る所がなかった。イブセンは、「新しき時代の新しき精神」の哄声をもとに、「深刻熱執なる悲劇」を創作した。このように論じて武郎は、疑う者は『ヘダ・ガブラー』を読めという。読者は、「個性発展てふ新しき精神の犠牲となりし一女性が其欠陥と弱点とを以て尚苦悶し奪撃し遂に起たざりし痛惨なる悲劇」を感じるだろう、と。

なにしろ初めての文学的な評論だから、大袈裟な言葉遣いで威勢のよい論調にもかかわらず、内容には一人合点の傾きがある。しかしここにいう「個性発展てふ新しき精神」こそ、武郎が「宗教」から「文学」へと進んできた道の道標であることは、すでに見てきた通りである。そしてこの観点は、後の武郎の本格的な評論の第一作「二つの道」にそのまま受け継がれ、発展させられる。そしてまた、この論文に示された論者の人生態度は、彼のホイットマン主義やローファー意識とそっくり重なり、さらにいえば『或る女』のモチーフともつながっていく。だからこの「イブセン雑感」は、イブセンの追悼から発した短い紹介文にすぎないけれども、もうはっきりと、有島のこれからの文学的努力の方向を示していたといえよう。

「かんかん虫」　小説「かんかん虫」は、この年一月三日の日記に「夜ハ図書館ニ至ル勇気ナク「合《あい》棒《ぼう》」ノ稿ヲ脱ス」と書かれている作品だろうと推定される。現存する原稿は、それを帰国後間もなく改題、浄書したものだろう。末尾に「明治三十九年於米国華盛頓府／明治四十年六月於麹町浄書」と記されている。それがまた改作されたものが、『白樺』（明治43・10）に発表された。この改作の方は、帰国後の武郎を語る時に改めて取り上げることにして、ここではワシントン時代に書いた「合棒」により近い浄書原稿の方をうかがうことにする（現行全集では両作品がそれぞれ別個に収録されている）。

舞台は横浜の港。そこで「かんかん虫」と呼ばれる船の錆落とし労働者である「自分」が、昼食時、大男の合棒の吉と話している。吉はかりにも人間である自分たちが「虫」と呼んでおとしめられていることへの憤懣をぶちまける。そのうちに、やはり合棒の富の話になる。富は吉の娘の里といい仲になっている。ところが会社の会計係（こいつは「人間」だ）の蓮田が里を妾にほしいといってきた。吉は憤慨するが、「人間の持てる金つて奴」を巻き上げてやれと思い返し、了承する。里も三日三晩は泣いていたけれども、一転して「妾になります」という。その輿入れのすんだ晩、富が怒鳴り込んでくる。吉は、娘にきれいな着物を着せたいのが親の人情だ、里を女房にしたけりゃ、金をもって買いに来い、といいながら、「夫《そ》れが出来ざァ、蓮田でもたゝき殺して添ひ遂げねー」と付け加えた。吉はそこまで話し、さらに「富がやらざァ、己らがやらァ」とつぶやく。そんな昼食話のあった午後、錆落としもすんで、蓮田が点検に船へ来た。が、彼が甲板に足をかけた瞬間、鉄材が落ちて来て、彼は大怪我をする。吉がやったか富がやったか分からない。巡査が乗り込んで来たが、どの「かんかん虫」も知らぬ顔だ――というストーリーである。

まず驚くのは、武郎が自分の生まれや育ちとまったくかけ離れた、あるいは対極にあるような港湾労働者の生活を題材に取り上げていることだ。彼は当時、社会主義に傾いていたから、これも当然といえばいえようが、勇気ある姿勢であることに変わりはない（精神病院の看護人や農園の労働者にみずから応募してなった勇気を、彼は作家としても初手から発揮したのである）。しかも「かんかん虫」の生活ぶりを（少なくともある程度は）調べて、再現してみせようとしている。とりわけ大胆なのは、まったく教育のない（多くは字も読めない）彼らの話し言葉を連ねて話を進めていることだ。正確な話し言葉かどうかは別として、この果敢さは――これからの作家有島武郎を計る――重要な手がかりとなるだろう。

さらにテーマについていうと、ここに社会主義的な考えがくり広げられているのはごく自然なこととして、もうひとつ注目したいのは、男女の性の問題がさらに大きなテーマ、あるいはこの作品を支配するともいえそうなテーマとなっている（らしい）ことである。里は富への愛が実らぬことに「三日三晩泣き明か」して、純情娘風だったが、途中で「ガラリと変つて」、自分からすすんで蓮田の妾になるという。婚礼の夜、富は里を門の外まで誘い出し、懸命に再考をうながしたが、里は「泣て取《とり》合《あ》は無《ね》え」。それで富は匕首《ドス》で里の肩先をえぐり、それから里の親の吉のところへ怒鳴り込んで来たのである。そして最後は力づくで愛欲の結着をつけるのだ。ここにはキリスト教的な愛や道徳はまったく無力、というより存在しない。愛も金と力で動かされるのである。そして作者はそういう有様を、そのまま描いて見せているのであって、そこに宗教的、道徳的な判断も批判も下していない。

現実の武郎がこういう愛欲を肯定していたとは思われない。むしろそれを歪みととらえていた。だからこそその実態をあるがままに描き出そうと努めたのだろう。どこか自然主義的でリアリスティックな姿勢だが、俗語的な話し言葉の力を見事に駆使し、全体をドラマチックに構成して、読者を引きつける。幸先よい作家の誕生を見せつけた、といえそうだ。

ただし、よく読むと未熟さも目立つのである。たしかに全体が一幕物の芝居のような面白味はある（武郎は芝居好きで、これから後、かなりの数の戯曲を書くことになる。「本格小説」作家有島武郎に的を絞ろうとする本書では、戯曲作品に立ち入る余裕はないが、有島作品における会話の展開の魅力は、短篇小説である「かんかん虫」にもその片鱗を見ることができる）。ただし、問題は地の文である。それが芝居のト書きのように、状況の説明以上に出ること少なく、しっかりしたこまやかさと深みのある文章になっていない。会話もまた、会話の勢いに流されてしまう個所が少なくない。そのため登場人物たち、とりわけ最も重要な（と私の思う）里の内面が、あまり掘り下げられず、また描写されてもいない。要するに、近代小説にふさわしいリアリティをもった文章を、有島武郎はここでまだ見つけ出していないのである。

じつは、武郎自身がそのことを感じたのではなかろうか。この後、「本格小説」にふさわしい文章の発見、獲得に向けて彼は努力を重ねていく。それに合わせて、里のような女も、もっと中身のある表現を得ていく。あるいはホイットマンのうたった自然のままの人間の愛とからまりながら、ヘダ・ガブラー的な女の生き方、さらには「或る女」の世界の描写へと、有島「文学」の道はつながっていくのである。

7 『迷路』の世界

長篇小説『迷路』

アメリカにおける約三年間の有島武郎の生き方と、思想の営み、および宗教から文学への関心の展開を追いながら、なお私の心にひっかかるのは、先にちょっとふれた、まさにそのアメリカ時代に取材した彼の長篇小説『迷路』の内容である。本来は三部作構成で、大正五（一九一六）年三月の『白樺』に「首途」、翌年十一月の『中央公論』に「迷路」、そしてその翌年一月の『新小説』に「暁闇」と、分けて発表した。が、その年（大正七年）、『有島武郎著作集第五輯　迷路』の形で単行本にする時、「首途」はかなり大幅に改稿して「『迷路』序篇」というサブタイトルをつけ、他の二篇は合わせて『迷路』の本文となった。

序篇の「首途」が日記体でフレンド精神病院での体験を扱い、自伝的要素の強いものであることはすでに述べた。だがもちろん、自伝そのものではない。「観想録」と比べるといくつかの改変があり、とくにあのリリーへの官能的な要素を込めた恋が、純潔な処女へのあこがれにされている。自分自身の「生」の「首途」を描くはずの小説が、逆に「僕」の自己欺瞞を浮き出させているように見える。『迷路』本文に入ると、内容は武郎の伝記的事実からさらにそれることが多いように思われる。つまり創作の度合がいっそう強まるのだ。この作品の記述を、当時の彼の現実を知る材料とすることには、危うさがともなうだろう。

有島武郎は帰国後ほぼ九年を経、いまいよいよ作家として立ち始めている。その時、彼は自分を「文学」に生きる方向に決定づけたアメリカ体験をもう一度ふり返り、その意味を検討し直してみようと思い立ったのではあるまいか。それも単に事実を再確認するだけでなく、事実とはならなかったこと、欲求や妄想、あるいはその禁忌、抑制などをひっくるめた、いわば虚実おりまぜた可能性としての体験を思い描き、それを文章に表現してみた。結果は無惨な出来栄えとなった。悪評嘖々《さくさく》なのもよく分かる。しかもなお、空想的人間記録として、ある種の興味を差し付けてはくるのである。

暗い「性」の彷徨

これは有島武郎の作品としては『或る女』に次ぐ第二の長篇（未完に終わった『星座』とほぼ同じ長さ）だが、たぶん最も読まれていない小説の一つなので、いささか詳しくストーリーを紹介してみよう。序篇をなす「首途」については、すでに述べた通りだ（日記の書き手「僕」は、『白樺』掲載の時はタケオという名だが、単行本ではAになっている。ここにも作品のフィクション化が反映しているかもしれない）。ストーリーとしては、このAが精神病院を去り、大学に向かう途中でスコット博士の縊死を知って、「蹉跌を恐れてはならぬ。善悪醜美——僕のあらゆる力を集めて如実に生活して行かう」と決心するところで終わっている。

本文をなす「迷路」と「暁闇」は普通の叙述体で、Aが主人公になっている。彼はボストンの大学で学びながら、弁護士P（いうまでもなく、ピーボディがモデル）のアパートの雑役をしている。「彼れが択《えら》み取つた信仰の生活も、二カ月の狂癲病院の生活の内に綺麗に崩してしまつ」て、「牢獄からでも来た人のやうに暗」い顔だ。彼はPの別居中の妻から、週末にPを訪れる娘のマーグレットの送り迎えを頼まれる。一方Pは、毎週、別の女を連れ込んでくる。Aは二人の寝室から聞こえる声に欲情をそそられる（「彼れは苦しげに喘ぎながら、ある一事をのみ専念した。欲情の忘我が来た」というのは、自慰にふけったことか）。そして「今まで自分でも知らなかつた醜さをしみぐ〳〵怒つたり恐れたり」する（この「醜さ」は、世の中の醜さであると同時に、自分の醜さであろう）。表現が深刻そうな割に未熟で意をつくさないが、Aの欲情に狂う姿はどす黒く描かれる。

Aは図書館で、日本人留学生のK（モデルは明らかに金子喜一）と知り合う。Kは社会主義者で、演説したり、原稿を書いたりして生活の資を得ているが、貧しく、おまけに結核に侵されている。そのためか虚無的で、露悪的でもあり、Aを連れて支那料理屋の二階で飲み、「僕は自分の主義を働かす代りに、主義に働かされてしまつたんだ。畜生！」とうめきながら、淫売とたわむれ、Aにも淫売を買わせようとする。Aはただ逃げ出すだけだ。

そのうちに、AはP夫人にひかれていく。三十になるかならないかの小柄な女性で、しとやかに美しく見える。そしてある夜、夫人の魅力に抵抗できなくなる。ここでも表現は極めて粗《あら》っぽい――「彼れはもう我れを忘れてゐた。溺れるものが手がかりを求めるやうに、彼れの手はそこいらをわな〳〵と無闇に尋ね廻はつた。火のやうな夫人の手がさはつた。彼れはそれを摧《くだ》けるやうに摑んだ。その後を彼れは知らない」といった具合だ。感情ばかり先走って、肉体は少しも描けていない。

Aは自分が外国人で、秘密を保ちやすいからP夫人に利用されているのだと考え、「そんな屈辱を思ふと彼れは夫人を踏み殺しても飽き足りなかつた」が、それでも毎週末、夫人のもとへ行ってしまう。

そんな風にしてP夫人と会った後、家へ帰ると、Pの友人で「ホイットマン会の会員」であるボストンの医者が来ている。彼はAにこういう――「今夜は如何したといふんだ。君の顔色は大層悪い。然しホイットマンでも「黙つて、考へる」といふやうな時もあつたんぢや。大きく、……大きく人生を見んぢや駄目ですよ」。彼はまたこうも語る――「心と心との喜びに比べれば、どんな社会の秩序も制度もたはけた干からびた邪魔物ぢや。愛をさまたげるもの、あるべき謂はれはないと思ふ」。

Aはその夜(医者に励まされたような気分になって)、PにP夫人との関係を告白する。するとおおかそうに見えていたPは、一転してAに敵意を示す。Aは直ちにPのアパートを引き払い、Kの下宿にころがり込む。そしてP夫人に今後交際を絶つ手紙を出す。

Aは日本の雑誌に発表した論文(「露国革命党の老女」を指す?)で家族や親戚の間に恐惶を来たし、学費まで絶たれてしまう。しかしおかげで親から独立できたわけで、「彼れの自由は逞しく羽を拡げ」、アメリカの新聞雑誌にも寄稿するが、しだいに警戒の目で見られるようになる。そんな中で、彼が助手をしているM教授だけが彼を可愛がってくれる。そして彼は、同じ研究室で働いているM教授の娘のヂュリアにひかれていく。大学の図書館で働くその妹のフロラも可憐な少女で魅力的だが、ヂュリアは積極的に好意を示してくれ、彼は有頂天になる。

だがまさにその時、P夫人から手紙が来て、懐妊したという。Aは仰天し、悩む。が、そのあげくの結論はこうだ――「P夫人の我儘な性慾の衝動の犠牲となつて、そのまゝ小さく朽ち果てゝ、ヂュリアを永久に失ふ事は出来ない。彼れ［A］は利己的かも知れない。然し若い者は利己的である権利を持つてゐる」。彼はP夫人に返事も出さない。

ある時、ヂュリアはAに、妹のフロラが彼を愛していることを告げる。Aは逆に、自分がヂュリアを愛していることを告げる。するとヂュリアは、「あなたは東洋の方ですよ。よござんすか。お忘れになつたんぢやありますまいね」と、彼を冷やかに斥ける。Aの嘆願の涙も無視される。Aは狂気のごとくなって、「俺れはヂュリアのおもちやになつてゐたのだ。俺れは何んたるたはけものだ！」と思う。それから、急にフロラに対して愛を感じ、「ヂュリアは物好きにもあなた［フロラ］と僕が結び付くのを妨げようとしたのだ」と心の中で叫ぶ。そしてヂュリアが自分の悪口をいう前にと思って図書館に走るが、フロラはもう帰宅した後で、どうにもならない。

その夜、Aは泥酔してP夫人を訪れる。「罪の結果であれ何んであれ、彼れにはどうしても踏みにじり切れない執着がP夫人の体に宿つてゐるのを感じた」。そして夫人に「偽善者！」と罵られても、逆に威丈け高になって腹の中の子への「父権」を主張し、その子を生むことを要求する。つまりはただ夫人の弱点につけ入って、復讐しているだけの彼なのである。

その後、Aはボストンから汽車で五十分ほどかかる所の農園に職を得て働くことになる。彼は自分が「いつの間にか国籍のない浮浪人と同様」になっていることに気づく。ある晩、ボストンに帰ってP夫人に会い、胎の中の子への愛着を語り、その子を殺さずに生むことを誓ってくれと訴える。が、そこにWという別の男が訪ねて来て、会見は中断してしまう。そして後から、胎児への自分の愛だけを主張する彼を揶揄するP夫人の手紙を受け取る。

そのようにして農園で働いているうちに、AはKが死の床にあるという知らせを受け取り、仕事を切り上げてボストンに帰る。そしてKから、P夫人の懐妊はでっち上げであり、彼女はもうPとの離婚手続をすませ、Wと新婚旅行に出ていることを教えられる。Kは、「少しは苦しみ甲斐のある事で、苦しみ給へ」と言い残して死んでいく。「黎明はまだ来なかつた。黎明前の闇は真夜中の闇よりも更らに暗かつた」という言葉で、この小説は終わる（いうまでもなく、「暁闇」という第三部の題はここから来ている）。

ローファーたることの困難さ

一読して、ストーリーは、フレンド精神病院以後についても、武郎のハーヴァード時代をかなり如実に反映していることが分かる。ピーボディ家への住み込み、金子喜一との交友、ダニエル農場の労働などはその一部である（金子がボストンで病死するのは、明らかな創作だが）。最大の疑問は、AのP夫人との密通、およびヂュリアやフロラとの関係である。武郎がピーボディ夫人と肉体関係に陥ったという証拠は何もない。これはダニエル農場で彼と一緒に働いた阿部三四（頭文字はやはりA）の「恋愛事件」から取材したものではないかという推測がされており、十分にうなずける。教授の二人の娘との交友となると、日記にも手紙にも言及はなく、その根拠になったことを推測させるような事件も見つかっていない。

だが事実関係はともかくとして、武郎がこれらの恋――というより女性に対する愛欲を、留学生活中の最も重要な体験だったといわんばかりに追跡し、描いていること、そのことが重要であろう。

これは、まことに奇怪な小説である。表現の生まさは、すでに二、三の個所で例示したが、全体として恐ろしく観念的な苦悩が、生まな形で展開する。血肉を備えた肉体が描けず、行動が宙に浮き、状況が捨象され、人間は機械じみている。それはつまり、作者が自分の実際の体験や空想上の体験の意味を整理・考察しようとする気持の強すぎる、あるいは短兵急すぎることによるだろう。だからこれは観念小説の様相をおびる。観念小説といっても、日本の近代文学史で川上眉山や泉鏡花らの特定の小説を指す時のような、社会問題との取り組みが先行する意味においてではない。人間の「生」の観念そのものが、作品中に展開するのだ。しかもここで、その「生」はもちろん宗教問題や社会問題とも関係するが、一番大きくは性的な欲望の形で取り上げられている。性欲の問題をこんなに真向から受け止め、観念化し、検討した小説は、同時代ではほかにちょっと類がないのではないか（いわゆる自然主義作家たちの「性」の扱い方は、みみっちくて、観念化する力もなかった）。有島武郎はこの頃までの日本で最も果敢に「性」と正面から取り組んだ作家の一人といえよう。

ただしこの小説で、主人公は「性」の力に圧倒され、たじろぎ、後退するばかりである。ホイットマン的に「性」の力を自分のものとし、自己をたたえることはできない。その逆の方向にばかり行ってしまうのである。Aは、情事の相手のP夫人を嫌悪し、自分は彼女の「我儘な性慾の衝動の犠牲」だと考える（全体として、読者はむしろP夫人の行動に女の性《さが》の哀れさを感じ、同情を覚えるのではなかろうか）。同様にして、Aはギュリアに愛を拒絶されると、自分は彼女の「おもちゃ」になっていたのだと思う（読者はやはり、異国の留学生に好意を示そうとするヂュリアの方に魅力を感じるのではないか。彼女が「あなたは東洋の方ですよ」といってAを斥ける個所を取り上げ、有島が「アメリカ」の優越の壁にぶち当たったシーンと取るような解釈もあるようだが、これはAの遮二無二な求愛をもてあましたヂュリアが止むを得ず両者のへだたりを示そうとして発した言葉であって、作者もAもそこに特別人種差別的な意味を感じ取っていたようには思えない）。Aはといえば、拒絶に会った直後、こんどはそれまで無視していたフロラの愛をつなぎとめようとして、狂奔し始める。読者はほとんどあっけに取られるはずだ。

作者はどう見ても、主人公のAを真剣に生きようと努める青年として描こうとしている。だから当然、読み進むに従って彼への共感が育つことが期待されるのだが、作品はいっこうにそういう展開をしない。むしろAはその人格的な醜さを、しだいに深刻に露呈していくのだ。AがP夫人の中の胎児（と思ったもの）への愛とか権利とかを主張し出すと、読者はもうその心情が理解できず、その行動に嫌悪すら催すのではなかろうか。本来は真面目な主人公に対してこれだけ反感を育てられる小説も、また珍しいといわなければなるまい。

問題は、Aのこの醜さを、作者は意図的に描いていたかどうかである。むしろ作者としては、主人公を、「生」と「性」の苦悩をしのいで「迷路」を迷い抜く青年として、同情的に描こうとしていたと見てよいだろう。すでに引用した序篇（「首途」）の中の主人公の述懐は、全篇を貫いて生きる思いのはずなのだ――「僕は自分の分解を徹底させる。掘り下げて〳〵遂に個性を見失ふか、又はそこに不壊の金剛士を見出すか。二つに一つだ。それが僕の一生の事業であらねばならぬ」。作者としては、この激しい自己探求の「力」を描こうとしたと思えるのである。

だがそれにもかかわらず、作者は主人公の醜をえぐり出すことになった。読者としてはまさにその点に有島武郎の作家としての資性を見、その表現の徹底ぶりにある種の評価を与えざるをえないのではなかろうか。すでに述べてきたあらゆる欠点にもかかわらず、この作品は自分の「個性」を見出し、それに従って生きること――ホイットマンのローファーのように「大きく人生を見」て生きること――の難しさを、とことんまで追いつめて見せつけるのである。

精神的にふり返って見る時、こういう「生」の認識がアメリカにおける有島武郎の遍歴の到達点だった。しかしまたこういう認識に到達したことこそが、彼をさらに自由な「個性」の追求に駆り立てる力となったともいえる。だからこそ、武郎はいま、小説の創作を通して自身の「生」の展開を回想し、主人公に同情を寄せ、その弱さをあばき立ててもいるのだ。『迷路』におけるAの苦悩は、ほとんど目茶苦茶な感じがする。「少しは苦しみ甲斐のある事で、苦しみ給へ」というKの助言は、当を得ていたというべきだろう。しかしこの苦悩の底に徹底してのめりこんで書いていく態度が、人間の血肉の闘いとして描くにふさわしい対象を得た時、『或る女』は書かれることになったといえる。

8 帰国

自立の決意

一九〇六（明治三十九）年四月五日、ワシントン在住の有島武郎は、父母に宛てて詳細な現状報告の手紙を書いた。留学三年目の終わり近くなって、留学生活の総決算を知らせるものでもあった。その中で彼は「帰朝後之方針」にふれ、自分は「実務的才能」も、「一科学之専攻に一生を費し得る程なる頭脳」も、「政界に雄飛して清濁併せ飲むと云ふ所謂大度」もなく、「他人に稍《やや》超越せりと相恃《たの》み候実力は、兎に角自ら一個の思想を形成する力と、夫れを現示する筆の力に有之候」と述べている。そういう力に頼る生活が世間で注目され高い地位を得ることの難しいことは、彼も十分分かっていた。むしろ両親に、その覚悟をしておいてほしいと訴えている。その上でなお、「筆を取りて世に立つには何人之干渉も受けず独立して公平なる思考を世に給するが何物にも勝りて急務と相信じ申候」と彼はいう。

五月二十日の両親宛ての手紙でも、彼は同じ決心をくり返した。「小子ノ最欠如《けつじょ》致居候ハ実際ノ経験ト、実際ノ経験アル人ガ有セル如キ自己ノ力量ヲ確信スルノ性情ニ有之《これあり》、此悪癖ヲ矯《た》メンニハ一先《ひとまず》準備ヲ結了シ、断然実際的戦闘ノ生涯ニ入リ試ミントノ決心ニ出候次第ニ御座候」と述べ、「自往自立ノ決心」を強調している。

こうして武郎は、父母の了承を得、ヨーロッパに渡り、イタリアで絵画研究を行なっている弟の壬生馬と落ち合い、二人で旅をして帰国することにした。七月一日には、札幌農学校で教えることに決まった森本厚吉の帰国を見送った。その日の（久しぶりに書く）日記（英文）には、「ああ、我が兄弟よ、男らしく真直ぐに立とうではないか、そして俗界のごまかしを嘲笑しよう」と記している。

武郎はなおしばらくチェヴィー・チェイスに留まって、留学をしめくくる仕事に従事したと思われる。そして九月一日、ニューヨーク港からドイツ船プリンツェス・イレーネ号でヨーロッパに向かった。

船内日記「ファニーへ」

この時、武郎の心に最も強く留まっていた人物といえば、やはりあのフランセス（ファニー）だった。彼は船上での日記を、ファニーに語る形で書こうと決めていた（もちろん英文で）。そして上船前の八月三十日から、もうそれを書き始めた――"To Fanny"と献辞して。その内容はおもに船上生活の報告であって、アメリカにおける武郎の体験と精神の展開を追跡してきた私の関心からは、もうはずれることになる。ただ、二つの点にだけはふれておかなければならない。

一つは、武郎がいまファニーと別れ、もう会うこともないだろうと見極めた時、彼女との関係について、相変わらず純潔をもととしながら、官能的でもある夢想を抱き、日記に記していることである（この個所のみ引用は拙訳による）。

僕は君の腕が僕の首に巻きつき、君の唇が僕の唇にふれ、君の胸が僕の胸に鼓動を伝えてくるのを感じる。ああ、これは夢か。幻か。いや！　この世の恐ろしい現実なのだ。［中略］僕は君を狂おしく愛している！
（八月三十日）

もう一つは、武郎が自分のアメリカ体験のまとめをしていることである。

まず第一に言わなければならないのは、この国が、僕に自分を考えさせ、自由に思索するようにしてくれたことです。僕はこの国で子供のように自由に生き、僕の自我と生き方との建設に多くのことをしてくれました。僕にとってこれ以上に有難いことはありません。僕は、ほかの誰とも顔が異なるように、ほかの人と異なる存在になりました。
（九月一日）

こういいながら、彼はさらにこう付け加えている。

しかしファニー、情ないことに、僕にはまだ出来ていないことが一つあります。僕は思想の形成においては独立独歩であろうと努めましたが、行動においてはそうはいかなかった。僕はいぜんとして因襲と伝統の奴隷です。この二つのものを僕は憎み、恐れる。というのも……そう、僕はこの二つにたいそう支配されやすい人間だからです。ああ、自分が思想と同じく行動において独立独歩となる日を、僕はいかなる喜びをもって歓迎することか。その時、その時こそ、僕の目的は達成されたのです。僕は歓喜の法悦をもって泣き出すことでしょう！

（同日）

「悲しい諦め」？

後年の回想（「『リビングストン伝』の序」）で、武郎はアメリカ留学をしめくくる言葉として、「米国に渡つてから三年目の終り、欧洲に旅立つ前に、一人の文学愛好者として、教員でもして一生を過さうといふ決心をした。それは悲しい諦めだつたが、私は貧しい頭脳の自分自らが文学者にならうといふやうな決心には如何してもなれなかつたのだ」と述べている。これは彼一流の謙遜でもあるが、同時に自己弁護の表現でもあろう。彼は帰国後、作家として立つ「行動」に出るまでに、なお八年を要した。そのことが、こういう書き方をさせたのに違いない。事実は、武郎は不安もあったが大きな決意をもって、故国に向かったのである。

ただし、「文学」へのこの決意は、武郎が日本を発つ時に抱いていた「ambition」と比べる時、何と大きく変貌していたことか。あの ambition はたいそう漠然としたものではあったが、いわば国家、同胞を救おうというような、目を外に向けたものだった。それがいまや、自分一個の問題に返ってきた。また武郎は、「迷ヘル羊ヲ導ク牧者ノ僕」たろうとも考えていた。それがいまや、自分自身「迷路」を果てしなく迷う者との自覚に達した。その点からすれば、たしかにいま「悲しい諦め」をもって帰国することにもなる。

しかし、こうして自己に返ったことこそが、これからの武郎のすべての仕事の出発点となるのである。家信で述べた「断然実際的戦闘ノ生涯」に、彼は帰国後、この「自己」をもって入っていく。この「自己」の、彼みずからという不徹底ぶりを知る読者としては、不安を感じながらも、楽しみも覚えつつ追跡することになるのである。

プリンツェス・イレーネ号は、九月十三日、イタリアのナポリに着いた。武郎はそこで壬生馬と再会、二人してヨーロッパ各地を歴訪した。十一月、スイスの古都シャフハウゼンで、ホテルの娘ティルダ・ヘックと知り合い、一週間の滞在中に互いに信愛感情を育てた。これについては甘美なロマンス物語が仕立てられもするが、本書の関心の外にある。ひとつだけいっておけば、武郎はファニーからはっきり離れた後に彼女への愛を大胆に表現し出したように、相手から離れた後で愛を「告白」し出す――そしてその告白にみずから酔う傾きがある。彼のティルダへのいわゆるラブレターも、心して読むべきだろう。

ティルダ・ヘック
（図録『いま 見直す　有島武郎の軌跡』ニセコ町・有島記念館 より）

有島武郎は、翌一九〇七（明治四十）年二月二十三日、壬生馬をヨーロッパに残して、ひとり日本郵船の因幡丸に上船、四月十一日、神戸港に着いた。三年八カ月に及ぶ海外体験は終わり、彼は満二十九歳と一カ月になっていた。

第四章　「本格小説」作家への道

1　「独立独歩」の実現へ

明治四十（一九〇七）年四月十一日、因幡丸が神戸港に着いた時、有島武郎は父が出迎えに来てくれていることにびっくりし、感激した。その日の日記（英文）を、こう結んでいる——「ああ、父上！　歳月と境遇がそのもって生まれた性質を幾分変えたとは言え、あなたはこの地上で最も気高く純粋な人である。僕は父上を誇りとする。父上がなさったと同じように、気高く僕の進路を歩ませ給え」。

再び父の権威

もちろん父との久しぶりの再会の興奮が、こういう表現をさせたのであろう。しかしつき離していえば、三年余りのアメリカ生活によって把握したように見えた「独立独歩」の思想が、彼自身予測していたように、父の権威の前に一挙に崩れていくことをあらわす表現ではないか。この思想が「行動」となるには、さらに多くの試練を経なければならないことを、読者にも予測させるのである。

帰国後の武郎の生活の動きを、大急ぎでスケッチしてみよう。まず興味をそそられるのは、彼がこの年（明治四十年）六月、帰国早々の落ち着かない日常の中で、ツルゲーネフの代表作『父と子』の翻訳に着手していることである。武郎はアメリカでこの小説を読み、「強キ impression ヲ受ケタリ」と日記に記していた（明治39・1・8）。それがどんな impression だったかは分からないが、ごく大まかにいえば貴族的文化に生きる父の世代と、新しい民主的文化を生きようとする子の世代との対立を描くこの作品に、帰国して父の存在の圧力をあらためて痛感した武郎は、文学的野心も重なって、翻訳を試みるまでの感興をそそられたのであろう。そして忙しい生活の間をぬって、ほぼ一年間で訳了している。

九月一日、武郎は予備見習士官としてもう一度歩兵第三連隊に入り、残っていた三カ月の軍務に服した。この時期、日記の記入はなく、手紙も非常に限られていて、軍務への言及はほとんどない。ティルダへの英文の手紙ではかすかにふれているが、中身のある言及ではない。しかしあれだけ軍隊への反感をあらわしていた武郎にとって、この軍務は決して好ましいものではなかっただろう。

農科大学教授

十二月、札幌農学校が昇格したばかりの東北帝国大学農科大学（名前は「東北」といっても、所在は札幌である。大正七年、東北帝国大学から分離独立して北海道帝国大学農科大学となった）の英語講師に任ぜられ、翌年（明治四十一年）早々、札幌に赴任した（そして半年後、予科教授に昇任する）。教師になることはアメリカ留学中から彼が漠然と考えていた将来の道であり、そうなることを「悲しい諦らめ」などと表現してはいたが、母校にその地位を得ることはやはりたいそうな喜びであったに違いない。

札幌では、彼より先に帰国して教授になっていた森本厚吉が待っていて、彼が恵迪寮（寄宿舎）の学生監室に居を定めるまでの約三カ月間、自分の家に住まわせてくれた。そのほかにも、武郎は彼を知る人たちからもとのままの熱心なキリスト信徒として迎えられ、札幌独立基督教会では日曜学校校長、学芸部長に推されたりした。大学では、週十一時間の英語の授業のほかに、学生指導を委ねられ、倫理講和を担当する——というふうだった。大学の外でも、内村鑑三などはひそかに自分の後継者たるべき者として、希望を託していた。

東北帝国大学農科大学講堂

教育活動、宗教的活動に加えて、社会的活動も期待され、武郎は実際それを積極的に果たした。アメリカ留学中に関心を抱き、認識を深めつつあった社会主義の、日本における可能性を追究する姿勢だった。学生たちの社会主義研究会に迎えられ、やがてそのリーダー格として、勉強会などを導くようにもなった。またかつて札幌農学校の学生時代から関係していた貧民子弟のための遠友《えんゆう》夜学校の代表の役を、新渡戸稲造校長に代わって引き受け、週に何回か教えにも出かけた。

八面六臂の活躍である。帰国の旅に出る前にワシントンからの家信で書いた「断然実際的戦闘ノ生涯ニ入リ試ミン」という決意を実行している趣きだ。しかしちょっとその内面をうかがって見ると、アメリカですでにはっきり自覚していたはずのキリスト教信仰との乖離は、どこかにおき去りにされてしまっている。倫理講話についていえば、たとえば「青年期における onanie に就いての苦しい告白」なども行なって、聴講生に深い感銘を与えたりしたらしい（吹田順助『旅人の夜の歌』）。が、本人は自分のしていることの偽善性を意識し、苦悩し続けていた。「余ハ生レテヨリ今ニ至ルマデ嘗テ中心［内なる心］ノ要求ノ為メニ動キタル事ナカリキ。余ハ世間体ノ為メニ動キタリ」（日記、明治41・4・18）といった自己批判――しばしばそのあげくの自己嫌悪と自己憐憫――の記述が、日記やら手紙やらにいつまでもくり返されることは、従来とほとんど変わらないのである。

結婚

生活の動きのスケッチを続けよう。この間に、武郎の結婚の話も進んだ。すでに述べたように、武郎は渡米前、河野信子を「恋人」と意識することがあったけれども、その後、彼女の方から結婚の意志を示してきても、これを避ける態度をとっていた。しかし帰国後間もなく、父から結婚を迫られた時、望ましい相手として信子の名をあげている。だがこんどは父がこの願いを容れなかった。父としては、武郎がこれから生きて行く上での利益を考えてのことであったに違いない。問題は、あれだけ「自己」の「独立独歩」を決意して帰国したはずの武郎が、まるで抵抗らしい抵抗もせずその意志に従ったことである。しかも彼は信子がついに他に嫁いだとか、嫁ぐとかということを耳にすると、またもや大いに自責の念に駆られる。「余ハ其中心ニ於テ一ノ coward ニ過ギザルニアラズヤトノ危懼《きく》［危惧］ハ、余ヲシテ失望ト苦痛ノ淵ニ沈マシム。余若シ一個ノcowardニ過ギザルナラバ余ガ生存ノ意義ハ何処ニアリヤ」（日記、明治41・4・18）云々。なんともはや大袈裟な反省で、反省に陶酔している観さえある。

しかも、こんな反省をしながらも、武郎はこの明治四十一年八月、夏休で東京の親元へ帰省中に、陸軍中将神尾光臣の次女、安子と見合いをし、それまで父から結婚話を持ち出されるのを恐れていたにもかかわらず、たちまち結婚まで進むほどの積極的な反応を示した。「見よ！ 遂に僕は彼女の魅力の虜となったのだ。［中略］彼女の写真を取り出して、熱烈に抱きしめたり、口づけしたりした」（日記、英文、明治41・8・12）。英文のため、日本語で書く時の抑制がなくなるとはいえ、軽薄な感じがするほどのはしゃぎぶりである。

だがこの興奮状態が過ぎた（と思われる）半年後の日記になると、「僕の心は安子に対して最近みじめに［miserably］冷えてきた。あれほど狂気のように彼女に投げかけてきた熱烈な愛情はどこへ行ったのか。今はすべての女性はうとましく、獣じみて、虚栄心と依頼心の結晶のように思われる」（日記、英文、明治42・1・31）という表現に一転している。自分だけは清浄な人間のつもりで、普通の人間の欲望を示す相手をうとましく見ているようだ。

それでも、明治四十二年三月、武郎は安子と結婚する（入籍は四月十三日）。二人の仲は睦まじかった。武郎はいろんな機会にその仲を感傷的な筆致で美しく表現している。ところが結婚後二カ月もたたぬ五月十五日の日記（英文）には、「魑魅《すだま》ぞ駆《か》る家の中を」で始まり、「おそろし むごし」で終わ

結婚記念写真（明治42年３月）

る（意味不明だが）不気味な十行の日本語の詩が挿入されている。この「魍魎」（人面鬼身の怪物）とは、前後事情から推して安子を指すと考えざるをえない。武郎は安子が自分の思っていた人間とは違うことを知るにつれ、これを逆に怪物のように見立てたのだ。婚約の時とその半年後との逆転現象のくり返しである。

この間の事情は、後年の「『リビングストン伝』の序」で、独得の回想となっている。自分は婚約者を得てから「肉慾の要求」は不思議と「浄化」されていたが、「然し結婚は凡てを見事に破壊してしまった。私達は結局天下晴れて肉の楽しみを漁るために、当然それが実現さるべきある期間を、お預けをさせられた犬のやうに辛抱強く素直であった事を覚らねばならなかつた。私達は子孫を設ける為めに、祭壇に捧げ物をするやうな心持で夫婦の交りをしたか。私は断じて否と答へなければならない。この切実な実際の経験が私のやうな遅鈍な頭にも純霊的といふやうな言葉の内容の空虚と虚偽とを十分に示してくれる結果になつた」。

独立教会脱会

要するに、晴れて夫婦になったから、せっせと肉欲にふけったというのだ。そんなことを正直に述べるのは「さすがに」有島というべきだろうが、これにすぐ続けて

「私は苦んだ」といい、さらにこの肉欲行為から自分を救うために、半年程「妻から離れて」みたという（あの「魍魎」の詩はこういう思いの産物だったと思われる）。しかしそんな試みは結局何にもならず、そのため信仰の悩みは深まるばかりだった。アメリカで信仰から離れながら、札幌に来てまた信者に戻っていたけれども、いまや「愈々《いよいよ》自分を明らかにすべき時が来た」ことを痛感し、「ある春私は森本君にも相談せず、妻にも告げずに、突然一枚の退会届を私の霊の誕生地なる独立教会に送ることにした」という。新婚生活の告白から話は一挙に飛躍するようだが、武郎としては積年の思いの積み重ねの結果こうなったといいたいのだろう。明治四十三年五月のことだった。

さて、この教会脱退は、有島武郎の生涯で最も強い決意を必要とした、のるかそるかの行動であったに違いない。だからこそ、黙って退会届を送るだけの、一見事務的なやり方になったのだろう。内村鑑三には長い手紙を書いて事情を報告し、いままでの恩顧への感謝を述べた。内村は翻意をうながしたようだが武郎は意志を変えず、武郎によれば「それではまあ君の思ふ通りやつて見るがいゝだらう」といったという。武郎はこうして教会から離れ、精神的にはまったく孤独となったが、「その時私は始めて自分の眼を裏返して自分といふものを見るやうになつたのだ。私が自分の眼で自分を見たのはこの時が始めてだ」（「『リビングストン伝』の序」）と述べている。

この「自分の眼を裏返して」自分を見るというのは、どういうことだろうか。いままで、自分の目は信仰によって、いわば正面だけを見るように固定され、自分自身を見ることがなかった。その目を逆転させ、自分自身の方に向けて見る、ということだろうか。その結果、初めて自分の目で自分を見るようになった、というわけだ。その時、正面だけを見ている時のような、一種の安心は失われ、自分の孤独を覚えることになる。しかしこういう教会脱退によって、武郎はアメリカで会得した「独立独歩」の思想を、ようやく日本で実現に移すべく足を踏み出したかの観がある。

2 『白樺』創刊に参加

『白樺』

有島武郎のこの「棄教」——つまりキリスト教会からの離脱、ないし独立——が、彼の作家活動の出発と時期を同じくするのは、決して偶然ではない。むしろ、きっちり結びつくことであろう。

時あたかも雑誌『白樺』が創刊されたことも、有島のこの転回と深く結びついていた。『白樺』は明治四十三年四月に創刊した同人雑誌である。学習院出身の武者小路実篤、志賀直哉、木下利玄《としはる》、正親町公和《おおぎまちきんかず》らが中心グループをなし、里見弴、児島喜久雄、柳宗悦《やなぎむねよし》、郡虎彦《こおりとらひこ》らが加わった。文学雑誌ではあるが美術雑誌の趣きも備えている。文壇では自然主義が最盛期を過ぎつつあったとはいえ、その亜流がまだ支配的な勢力であったが、この育ちのよい若者たちはそれぞれ流の理想主義をもって、芥川龍之介のよく知られる表現を借りれば「文壇の天窓を開け放つ」清新な作風を展開し、自然主義にあき足らぬ知識人たちの心をとらえた。

有島武郎は中心メンバーより少くとも五—六歳年長であったが、弟の壬生馬（後に生馬）が志賀直哉と親しかったためにまず志賀と知り合い、志賀を通して武者小路とも知り合った。『白樺』の一番中心は何といっても武者小路だったろうが、「たゞあたりまへの人間」としての自分を全肯定し、そういう「自己を生かす」ことが「人類の意志」と合致するという彼のくり返し表明した考え方は、有島の考え方と通じるところが大きかった。そして結局、有島も『白樺』創刊に同人として加わった。彼は教員として忙しい生活を送っていたが、若者たちが文学にいそしむ姿を親しく見て、自分もあらためて文学への意欲を掻き立てられたのである。

武郎はすでにアメリカ留学中に、「露国革命党の老女」のような紹介文、「イブセン雑感」のような評論、あるいは「合棒」（後の「かんかん虫」）のような小説を書いて、文学への志向をあらわしていた。が、アメリカ留学の成果をみずから総轄した時には、文学で立つ思いはすでに捨て、「一人の文学愛好者として、教員でもして一生を過さう」という「諦らめ」の心境に達していた。

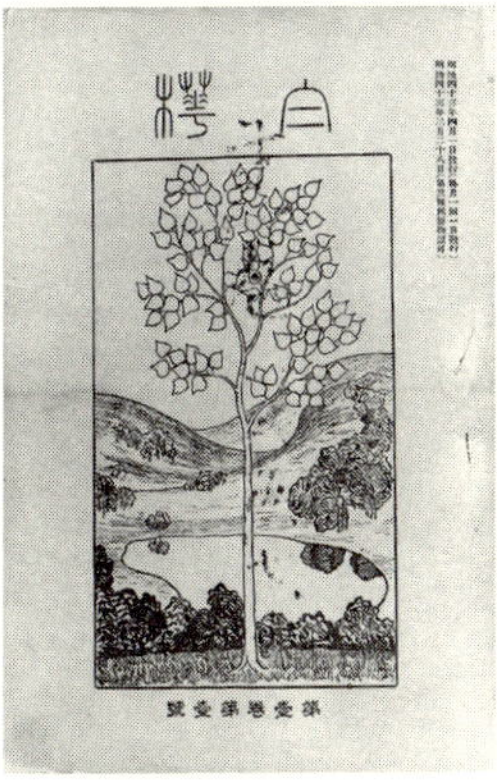

『白樺』創刊号表紙

帰国後、まさにその教員となってから、彼は勤務先の農科大学文武会（学生と教官との研修会）の機関誌『文武会会報』に、先の「イブセン雑感」（明治41・4）や、「観想録」からの抜き書きをもとにしたと思われる「米国の田園生活」（明治41・6）、あるいはイプセンの劇詩を紹介する形で現代のさまざまな政治、社会、思想、宗教問題への問いかけをなす「ブランド」（明治42・6—

45・4）などの文章を発表している。しかしここでも、彼が積極的に文学者として生きようとしていたような気配は見られない。

『白樺』創刊とともに、有島の「文学」活動はようやく本格的に始まったといってよいだろう。ただしその創刊号に彼が寄せた「西方古伝」は、シエンキウヰツチ（シェンキェヴィッチ）の小品の翻訳である（ボストンの季刊文芸誌に載った英訳から重訳したもの）。どうやらヒンズー伝説に仮託して、此方の「命の地」と彼方の「死の地」のどちらが勝れているかを計り、キリスト教の救いの問題にも探りを入れる内容のようだが、とくに深い意味があるとも思えない。文語の美文調で訳しており、留学末期、文学に関心をもった頃の文章修練のための小品に手を入れたものといった感じがする。

しかし、独立教会からの独立と時を同じくして、『白樺』第二号（明治43・5）の巻頭に掲載された評論「二つの道」に来て、俄然、有島武郎ならではの文章が姿を現わすのである。

「二つの道」

「二つの道」は評論といっても、文学論というよりは人生論風の内容である。だがこれからの彼の文学の方向を示唆する、文学者有島武郎の出発宣言のような文章であった。

ただし理路整然と書かれているのではなく、全集で六頁余りの短い文章なのに、人生についての思いを十五節に分けて断想風に綴っていく。ごく大ざっぱに追跡してみると、こういう内容だ。人生には遭遇しなければならない「二つの道」がある。アポロとディオニソス、ヘレニズムとヘブライズム、霊と肉、理想と現実、などとさまざまにそれは呼ばれている。二つをこね合わせた中庸の道というのは、群衆の平和というやつで、沈滞にほかならない。さりとて、二つの道のうちの一方だけを脇目もふらずに突き進む人は、その果てに人でなくなってしまう（釈迦が如来になり、清姫が蛇になったように）。人間は相対界の飯を食っている動物である以上、二つの道のどちらを選ぶかという問題で迷わなければならないのだ。ハムレットがいまもなお深厚な同情をもって読まれるのは、「此ディレンマの上にあつて迷い抜いた」からである。その迷いこそが「人生に対して最も聡明な誠実な態度」の反映なのである（と、ここまできて、迷えるハムレットは有島自身の投影に外ならない、と読者は思う。ところが作者はさらに言葉を続けてこういうのだ）。しかしハムレットの迷いは「理智を通じて」現わされた迷いであって、「未だ人全体即ちテムペラメント其者が動いてはいない」（武郎はここで言葉につまったらしく、テンペラメントなどという言葉を持ち出しているが、理知だけでなく感情も合体した人間の「生」に由来した迷いに、ハムレットの場合はなっていない、というほどの意味ではなかろうか）。しかし「此点に於てヘダ・ガブラーは確かに非常な興味を以て迎へらるべき者であらう」（こちらの場合は、迷いが「生」から発している、ということだろうか）。

「二つの道」はここで不意に終わっていて、極めて舌足らずの観がある。いささか勝手に説明を補ってみると、ヘダ・ガブラーはもちろんイプセンの戯曲『ヘダ・ガブラー』（一八九〇）の女主人公である。武郎は「イブセン研究」（大正9）と題する講演の中で、この人物をこう解説している――「ガブラーは嵐の如きリズムを有《も》つてゐた。彼女はレボルクと云ふ男［壮大な思想をもつ歴史家になる］を愛してゐたが、あまりにレボルクは偉い男なので、これと結婚しては彼女自身と云ふものが潰れてしまふだらう、と恐れて、テスマンと云ふ、立派な好男子〔気の弱い常識人〕と結婚する。イブセンはこの事実、即ちガブラーが真に自己の要求してゐる男に嫁がざりし事を、凡ての悲劇の原因なり、としてゐる」。つまり彼女は結婚相手の選択という「二つの道」にさしかかり、自己を守るという「生」の要求に従って選択したつもりだったが、結果はその逆の悲劇に陥っていた、ということのようだ。たぶんこんな解釈にのっとってであろう、「二つの道」はこういう言葉で結ばれている――「ハムレットである中はいゝ。ヘダになるのは実に厭だ、厭でも仕方がない。智慧の実を味ひ終つた人であって見れば、人として最上の到達はヘダの外にはない様だ」。

「も一度「二つの道」に就て」

評論「二つの道」は、思いが余って言葉が伴わず、空中分解した観がある。しかし武郎は三カ月後の『白樺』巻頭に「も一度「二つの道」に就て」（明治43・8）を書いた。これは「思い」をもっと整理し、もっと明瞭な形で論を進めている。ここでヘダは、「二つの道」に迷うことをハムレットのように恥じないで、それを当然のこととして受け入れた立派な殉教者だ、と彼は説く。結局のところ、有島の主張はこうである。「二つの道」に迷うのは、人間たる以上いたし方ないことだ。とすれば、われわれはこうした矛盾をそのまま受け入れるべきではないか。「即ち矛盾を抱擁した人間全体としての活動、自己の建設と確立、これが我々の勉むべき事業ではないか」。「先ず我々は先祖伝来の絶対観念に暇乞《いとまごい》をして、自己に立ち帰らねばならぬ。而して我々が皆立ち帰る事に於て成功したならば、其の上の要求は其時其処に我々を待つて居るであらう」。

有島武郎は「自己」の確立を目指しながら、挫折し、自分をcowardだと自覚し、反省し、また「自己」確立に努め、また失敗し、またcowardだとの自己認識をあらたにする、といったことを果てしなくくり返しており、私たちはその有様に付き合わされて閉口するほどであった。が、そういう彼に閉口しながらもさらに徹底的に付き合っていたのが、じつは有島自身だったのだ。その徹底ぶりは、日本近代文学の中でも、他に比べられる者がいないくらいに思える。「自己」の確立は、日本近代文学の取り組んだ最も重要な問題の一つであるが、有島は自己の弱さの自覚をもとにして、この問題と最も果敢に取り組んだ作家の一人だった。

全人的な「自己」の道へ

「二つの道」は、そういう自己との付き合い、自己観察の産物であった。それまでの彼の「自己」についての考え方の総決算であったともいえる。そこに何ら新しい思考は加わっていないかのようだが、ただおのずから「自己」の新しい出発の決意のようなものがにじみ出ていて、言葉足らずの論文でありながら、どこかで力強い。これが彼の文学者としての出発宣言になっているといったのは、このためである。

有島が「神」の道から「人」の道へ、あるいは全人間的な「自己」の道へと踏み出したこの宣言は、一見して、『白樺』派の自我一元の思想と通じるものであった。しかし武者小路が代表するように、『白樺』同人は一般的にたいそう楽天的に自我一元の生を宣揚していた。武者小路はその種の文章の一つ「自分の筆でする仕事」（『白樺』明治44・3）で、こんなふうに書いている——「自分にとつて第一なものは自我である。自我の発展である。自我の拡大である。真の意味に於ての自己の一生を充実させることである。〔中略〕自我の要求の強さ、大きさ、深さの程度によつてすべてのもの丶価値は定まるのである。さうしてそれが至当と思ふ」。その「自我」とは何者か、どのように成り立っているか、それを発展、拡大させるとはどういうことか、といったようなことについての面倒な考察は、彼にとって二の次のことであった。しかも彼はこの自我一元の生を、無類のあっけらかんとした率直さで表現することができた。彼はすでに自分の「文体」を見出していたのである。

これに対して有島の自己は、人間の生に関係する矛盾対立する諸要素を「抱擁」した上でようやく成り立つものであって、現実の社会ないし生活において実現するには多くの困難が予想されるものであった。われわれがみな自己に立ち帰った時、「其の上の要求は其時其処に我々を待つて居るであらう」と彼がいうのは、さまざまに困難な要求に出会うことを承知の上でこの道への出発に踏み切った決意の表現であった。彼の言葉は、従って、武者小路のようにあっけらかんとしたものにはなりえなかった。もっと慎重で、まわりくどく、悪くいえばねちねちしている。しかし「二つの道」は、「露国革命党の老女」から「イブセン雑感」を経て「ブランド」にいたる多少とも評論的な文章がほとんど無自覚的に用いていた文語的表現をきれいさっぱり捨て、現代の言葉（素朴な言葉遣い）で、ひとことずつを確めるようにして、思いを綴っている。有島の「文体」も出来つつあったのである。

最後に武郎は、われわれが（ヘダ・ガブラーのような失敗を恐れず）「自己に帰らねばならぬ」と説きながらも、これを「主義」として主張することは斥けた。「主義」は人生観、世界観を限定してしまう。「自己の勢力、自己の確立、自己の発揮と云ふ事が、芸術の第一義として承認され体得されて居る間に、文学は主義の名の下に人生の見方、見るべき人生の範囲を限つて、得々として居るのは何んたる事であらう。自分は主義の争の為めに作家が用ひた努力を、再び作物の方に収めん事を切望する者である」と彼は「も一度「二つの道」に就て」を締めくくる。この表現には、たいそう遠まわしにではあるが、武者小路的なあっけらかんとした自我一元「主義」への批判もこめられているような気がする。『白樺』派同人たちが一般的に弱かった社会的関心を、有島は強くもち、そのために自己の確立に苦しんでいた。彼の場合、「自我への誠実」は「社会への誠実」と結びついていたのである。この結びつきがあって、有島武郎の「本格小説」はやがて形を成してくる（安川定男『有島武郎論』参照）。「二つの道」の正続二論は、そういう作家への方向も漠然とながら示しているように思える。

3　作家の誕生

妻との関係とその死

イプセンのヒロイン、ヘダ・ガブラーを、有島武郎は「自己に帰らねばならぬ」を（結婚の問題で）実践して、失敗した女ととらえ、重視した。彼女の「悲劇」は、『或る女』のヒロイン早月葉子の「悲劇」と似通う。登場人物の配置を少し変えれば、両方の筋立てにも通じるところがある。『或る女』の雛形をなし、ストーリーとしてはこの作品の前半をなす「或る女のグリンプス」が『白樺』に連載され出したのは、「二つの道」発表からわずか半年後、明治四十四（一九一一）年一月のことである。「二つの道」と『或る女』との間に内的なつながりを見出すのは、不自然なことではない。しかし、早月葉子が「本格小説」のヒロインとしての実質を備え、豊かな描写を生むまでには、さらに人間理解やその理解を表現する文章の深化がなされなければならなかった。いや、その前に、有島武郎の作家として立つ自覚の深化がなされなければならなかった。実際、有島はこれ以後、確実に、急速に、そちらへ向けて進むのである。

いささか、伝記的事実によってその跡を追ってみよう。

まず夫婦の確執があった。あれほど甘美な思いで成した結婚が、武郎の方からすると「魍魎《すだま》ぞ駆《かく》る家の中を」の感じのする生活になったことはすでに述べたが、要するに「自己本位」であろうとすると妻はそれを妨げる存在であるわけで、後に書く「小さき者へ」（『新潮』大正7・1）の中の言葉を借りれば、「妻のある為めに後ろに引ずつて行かれねばならぬ重みの幾つかを、何故好んで腰につけたのか」といった思いになる。次々と生まれた三人の子供についても、「何故二人の肉欲の結果を天からの賜物のやうに思はねばならぬのか」などと思ってしまう。

つまらぬことからいさかいが生じ、私小説風の短篇「An Incident」（『白樺』大正3・4）で描くようなこともしばしば起こったに違いない――夜中にいつまでもむずかって眠らぬ子供をめぐって、「彼」と妻はいさかいを始め、「彼」は子供をあまやかす妻を叱りつけるが、本当は妻の仕打ちがむしろ正当に思え、自分の方が「石ころのやうにこちんとした体と心になつて」しまう。そして「全くの孤独に取り残され」て、「後悔しない心、それが欲しい」と思うのである。

ここでついでに述べておけば、大正三年九月、この妻が結核で倒れ、病床に臥《ふ》してしまう。この前後の有様から推測すると、この事態によって夫婦の「危機」は回避され、「小さき者へ」で語られるように、こんどは逆に夫婦愛や家族愛が大いに強調されるもととなった。だが武郎の献身的な看護にもかかわらず、札幌では安子の治癒の見込みが立たず、十一月下旬、一家は札幌を引きあげて帰京した。そして、鎌倉の海岸に近い貸別荘を借りて、そこで安子を療養させた（安子は伝染を恐れ、子供たちには「死ぬとも逢はない」と決意していた）。病状は一進一退をくり返し、翌年二月には平塚の杏雲堂病院に入院させた。が、一時小康を得ることはあっても、結局、翌大正五年八月、安子は二十七歳の若さで息を引き取る。

こうして武郎の妻との関係は、比較的短い期間（知り合ってから安子の死までで八年ほど）だったが、大きな（武郎の性格のゆえに深刻な）揺れ方をもって揺れ、武郎に人間、および人間の生と死、愛と憎の身近な観察をさせ、彼の文学の本格化をうながす力の一つとなったのである。

大正４年３月29日，農科大学に辞表を提出して帰京した時のポートレート

ホイットマン熱の深化

この間、武郎の思想の営みももちろん進展していた。武郎を自己本位に導いた思想、というよりもそういう生き方の大立者、ホイットマンの研究に、彼は精力的に取り組んだ。その有様を、私はかつて『近代文学におけるホイットマンの運命』（昭和45）という本で詳しく追跡してみたことがある。ここではごく

大ざっぱに眺めることにとどめよう。

有島は自己の「弱さ」を意識することが強かっただけに、ホイットマンの「強さ」は彼の心に強烈に響き、"I exist as I am — that is enough" というその生き方は、彼の生き方の手本ともなった。武郎は大学における授業で、しばしばホイットマンを講じた。そのことは「観想録」で如実に知ることができる。が、大学の外でもホイットマンを熱心に講じていた。明治四十四年五月、札幌に有島を訪ねた武者小路は、彼からホイットマン熱をたきつけられ、自分もホイットマンを讃美する詩を書いて『白樺』(明治44・7)に発表する有様だった。

武郎はとうとうホイットマン研究の成果を、「ワルト・ホイットマンの一断面」(『文武会会報』大正2・6)、「『草の葉』(ホイットマンに関する考察)」(『白樺』大正2・7)などの論文にして発表した。ただし研究の成果といっても、前者はホイットマン略伝が中心で、「ホイットマンの思想に避くべき何者もない。生活の充実した部分で彼に触れて見給へ、彼位生きた膚触りを与へるものは又とあるまい」という訴えで結び、後者はむしろホイットマンを触媒として武郎自身の自己または自己の魂についての考察をくりひろげたものである。

文学的関心の進展

もちろん、ホイットマン以外にも、武郎はさまざまな文学に積極的な関心をもっていた。イプセンへの傾倒はすでに見た通りだが、もっと広く北欧文学一般についてもなみなみならぬ関心を抱き、またツルゲーネフ、トルストイ、ゴーリキーなど、ロシア文学も熱心に読んでいた。しかしここではもうそれらに深入りすることはよそうと思う。それらの読後感などを見ても、武郎が文学の表面的な技巧や美的効果ではなく、生活、思想、人間の真実などの根源の表現を求めていたことは明らかである。

武郎は同時代の日本の文学には、あまり関心を示していないが、それはまさにそういう根源の表現を見出しえないように思っていたからだろう。『或る女』のモデルにも関係する人物なので、彼がほとんど例外的に高い評価を与えていた作家、国木田独歩についての記述をここに引いておこう（日記、英文、明治41・7・21）。

> 独歩の『病床録』〔明治41・7刊〕と『国木田独歩』〔『独歩集』のことか、それとも『新潮』明治41・7「国木田独歩号」のたぐいか、詳細不明〕を買う。我々は彼のうちに世界人としての最初の文学者を得たのである。僕が彼に感心するのは全く自分自身の確信に従って人生を生きている度量の大きい態度である。彼は便宜的かつ習慣的な人生訓をすべて無視して、自分自身の原則を創ろうとする。〔中略〕今日のような混沌の時代には、彼と同じような、しかしもっと成功しそうで合理性を持った人生観を抱くべきであろう。第一に我々は勇気がなくてはならない。他人の噂や意見に負けてはならないのだ。

この国木田独歩は明治四十一年六月に死んでおり（従っていろんな雑誌が追悼特集号を出した）、武郎のこの文章は亡くなったばかりの人を美化する気持がまじっているかもしれない。しかしより多く彼自身の「生」への思いも表現していることは間違いない。

社会主義との関係

家庭の営み、思想の営みに加えて、もう一つ社会的な営みも見ておきたい。この面で最も注目したいのは、武郎の社会主義との関係であろう。単に知識人としてこの思想に関心をもち、いささかの勉強会を主催したり、「露国革命党の老女」のような文章を書いたりするだけなら、「本格小説」と表面的なつながりはできたにしても深く内面的なつながりは生じなかっただろう。ところが武郎はみずから社会主義を実践しなければ、自分の「生」は欺瞞になると信じていた。そして自分の生活の最も痛切に感じられる部分で、その実践をしようとしたのである。

武郎の父はすでに明治三十二年、明治政府の高官だったことにも助けられて、「北海道国有未開地処分法」により、北海道胆振国虻田郡マッカリベツ原野（現、ニセコ町）の貸下げ（後に無償付与）を得、ここに広大な「有島農場」（または「狩太農場」）を開拓・経営してきた。武郎の小説の出世作といえる「カインの末裔」の舞台である。武郎は留学から帰国後間もない明治四十年の八月初め（軍務に服する前）、父に伴われこの農場を訪れている（父としては、いずれ相続させる土地をこの長男に見せておきたかったのに違いない）。その時のことを描いたと思われる晩年の小品「親子」（『泉』大正12・5）によると、武郎は小作人たちの貧しい生活に驚き、父の経営ぶりに反発を覚えたが、何もできない。

明治四十一年三月、この農場は有島武郎名義に変更され、武郎は不在地主になった。武郎は、この状態をみずから是正しなければ、何の社会主義ぞ、ということになる。しかしそれをするには、父の善意を裏切り、父家長制度にそむかなければならない。この問題は彼の思想に大きなトゲのごとく突きささり、大正五年十二月（妻の死の四カ月後）、父が死ぬと、さらに厳しく彼に解決を迫ってきた。が、結局、大正十一年七月、後から述べるように彼が有島農場に赴き、農地解放を実行するまで、トゲは抜けないのである。

こういうトゲの痛みに加えて、社会主義の研究そのものにも、大学内で反対ないし弾圧が加えられてきた。明治四十一年十月、武郎は札幌農学校時代の指導教官であった高岡熊雄教授に呼び出され、厳しい注意を受けた（らしい）のである。十月五日の「観想録」に、高岡教授を訪れ、「研究の真の精神を虐げる」思いを味わされ「官立の大学で教えるのがいやになった」（英文）というのは、このことを指すに違いない。この教授の背後に大学や北海道庁の動きがあったことは、想像に難くない（大逆事件の社会主義大検挙が始まるのは、わずか一年半後の明治四十三年五月である）。それでも武郎は、その年に道庁の介入を受けるまで、社会主義研究会を続けた。

大学退職

こうしてこのcoward（「臆病者」）は、いぜんとして一見おずおずとだが、「自己本位」を日本の現実の中で実現する方向に、少しずつ執念深く進んでいた。そして大正四年二月、妻の安子を平塚の病院に入れたのを機に、三月、札幌に戻って農科大学に辞表を提出、家財をまとめて帰京した。この六年前、明治四十三年の武郎の札幌独立基督教会からの脱会を、私は彼の精神的独立の行為として重要視したが、この大学辞職は、彼の「生」の独立行為として、同様に重視すべきものだろう。大学側は休職扱いにしてくれたが、武郎に復職の意志はなく、大正六年三月、正式に退職となった。この間、彼は妻の看病に没頭しながら、作家として立つ意志を固めていった。そして五年八月に妻、同年十二月に父が相ついで死去したことは、武郎にとって「大転期」となるのである。彼は後年、みずから振り返っていう（「『リビングストン伝』の序」）。

何時までもい、加減に自分をごまかしてゐられないと思つた。私は思ひ切つて自分を主にする生活に這入るやうになった。もう義理もへちまもない。私は私自身を一番大切にしよう。一番可愛がらう。私は私を一番優れた立派なものに仕立て上げる事に全力を尽さう、さうしつかり腹を決めてしまつた。

こうして有島武郎は、ようやく「本格作家」への道を歩み出したのだった。

4 『惜みなく愛は奪ふ』

「臆病者」からの脱出

私はいまや有島武郎の作家としての進展の跡を追いたくてうずうずしているのだが、その前にもう一ふんばり、『惜みなく愛は奪ふ』にいたる彼の思想の進展の跡を眺めておきたい。この長篇評論は、『或る女』と車の両輪のようになって、作家有島武郎を推し進める力となるのである（最終的な執筆も本の形の出版も、評論の方が小説の後になるのだが）。

大正五年の妻と父の死による「大転期」を語りながら、「私は私自身を一番大切にしよう」と述べたあの引用の後で、武郎はさらにこう述べていた――「その後の私の生活は失敗にせよ、成功にせよ、この一念で貫かれている」と。あれだけ「臆病者」らしくいじいじした表現をくり返していた武郎が、自分の信念と実際の行動とを、ここでは一転して思い切ったふうに、堂々と述べている。それから彼はさらに続けて、この後の自分の考えは『惜みなく愛は奪ふ』という標題の下に、まとめて一冊の書物にする積りだと述べていた。実際その通りになる。この作品は「臆病者」を脱して「私自身」になった有島武郎の、堂々たる信念の集成なのである。

もちろん、武郎の思想の営みは、最も具体的には評論活動の形で着実な展開を見せた。その活動は、当然、幅広いものとなった。とくに作家としての名声が高まるとともに、人生や文明についての誠実な思索家としての信望もひろまり、多方面からの原稿依頼があり、そのため彼はじつに多方面の執筆をしている（とくに美術批評が目立つが、それも彼の活動の一端にすぎない）。しかしここでは彼の思想活動の中心をなしたと思われる部分を追跡してみたい。すると、まことに首尾一貫してただ一つの道を彼が進んでいたことが分かる。

思考の展開

「内部生活の現象」（『小樽新聞』大正3・7―8）は、札幌基督教青年会（YMCA）での講演原稿をもとにしたものだが、私の内なる魂が私に向かって「お前」と呼びかけながら語りかける内容になっている。「魂に立ち帰れ。お前の今までの名誉と功績と誇りとの凡てを持つて魂に立ち帰れ」といった調子だ。この「魂」は内なる「個性」に同じであろう。そしてこの末尾でホイットマンの詩「大道の歌」を引用しながら、私（魂）とお前とが一体となって（ということは充実した「個性」となって）、「健全で自由で世界を眼の前に据えて」闊歩する姿を高唱するのである。「惜しみなく愛は奪ふ」（『新潮』大正6・6）――これは本の形にまとめられる長篇『惜みなく愛は奪ふ』の雛形となる短い評論なので、力のこもった内容ではあるが、ここでは飛ばしていっていいだろう。なおこの直後に発表された“Love the Plunderer”（『新東洋』*The New East* 大正6・8）は、この「惜しみなく愛は奪ふ」を有島自身が英訳したものらしい。多少の簡略化や補筆もあるが、ほぼ同じ内容である。

「芸術を生む胎」（『新潮』大正6・10）は、「芸術を生むものは愛である」という言葉で始まる短いエッセイで、「惜しみなく愛は奪ふ」の延長線上の思索を述べたもの。

「自己の考察」（旧全集では「自我の考察」）（『北海タイムス』大正6・11―12）は、農科大学での講演をもとにしたもので、やはり「惜しみなく愛は奪ふ」や「芸術を生む胎」の延長線上に、芸術創造の根源を語ろうとしている。

「自己と世界」（『新小説』大正7・8）は、折からの世界戦争（第一次）についての感想を求められたことに対する答えの文章だが、「私は断言する。自己のない所には世界はない。〔中略〕世界を創造するもの、単位であり同時に総和であるものは自己だ。」「先づ自分自らを偽らざる自己に帰れ。これが為めには一国一家の運命も亦賭すべし。かゝる自己の態度の上にのみ、たゞその上にのみ、世界は力を受けて若々しく生れ出るだらう」という調子で、世界の問題を考えるにも「自己」を中心とする考えをくりひろげている。

長篇評論『惜みなく愛は奪ふ』

こんないわば執念深い思考のくり返し、よりよくいえば積み重ねの上に、大正九年六月、武郎は長篇評論『惜みなく愛は奪ふ』を出版したのだった。雑誌などに掲載された同書の「広告文」で、武郎は「少くとも五年以上の歳月を折りたゝんで築き上げたこの論文は、私にある深い自信と愛着とを持たせずにおきません」と述べている。「少くとも五年以上」というのは、大学をやめ作家として立つ生活に入って以後の歳月を指すととってよいだろう。つまりこの論文は、作家としての有島武郎がすべての歳月を注ぎ、いわば存在を賭けた仕事といえた。

そこでこの論文については、いささかきちんと内容を紹介しておくべきだろう。ところが、こまかく紹介し出すと、いままで紹介してきた武郎の思想の表現のまさに「くり返し」が多くなってしまう。それで、いわば論文の中心的な大筋だけを紹介する方がよいかもしれない。その観点から見ると、これは武郎のいままで歩いてきた「魂」――つまり自己の内なる「個性」――の道を徹底して押し進めたものである。「個性の完全な飽満と緊張」――これのみが生の目的である。それは現実においてははなはだ実現が困難だ。そういう個性の生長と完成の道を歩ませるのは、自然に由来する本能にほかならない。「愛」とは「人間に現はれた純粋な本能の働き」である。それが惜みなく与えるもののように見えるのは、外面的なあらわれにすぎなく、「愛の本体は惜みなく奪ふ」ものである。それによって「個性」の成長は完成するのだ。たとえば一羽の小鳥を愛するとする。その愛のゆえに小鳥に籠や餌や愛撫を与えるのは、外面の様相にすぎない。本当は、私はその小鳥を愛すれば愛するほど、その小鳥を私の手に摂取し、私に同化してしまう。小鳥はより多く私そのものになる。こうして私の個性は成長し、飽満するのである。ホイットマンもかつて可憐な即興詩でうたったではないか——「自分は嘗て愛した。その愛は酬いられなかつた。私の愛は無益に終つたらうか。否。私はそれによつて詩を生んだ」と（この詩は『惜みなく愛は奪ふ』の巻頭にエピグラフとして原文で引用されてもいる）。

ここでは、かつて武郎を苦しめたキリスト教的犠牲とか献身とかの思想はくつがえされ、自己中心におきかえられている。そして彼が悩んできた「二つの道」の間で分裂状態にされた者の二元的矛盾は乗り越えられ、彼は自己一元の存在を信じる徹底した「人生の肯定者」となりえているのである。

なおこの趣旨を別の面から説明すると、武郎はこの論文で人生の三つのあり方を語っている。一つは外界の刺戟をそのまま受け入れる「習性的生活」（habitual life）である。これは人の生活が最も緩慢な所ではいつでも現われる現象だ。それは個性の意識がまだ働いていない無元的生活ともいえる。次は「智的生活」（intellectual life）である。ここにおいて個性は独立の存在を明らかにするが、外界と個性が互いにせめぎ合っている。つまりこれは「二つの道」の二元的生活である。しかし第三に、個性が外界の刺戟によらず自己必然の衝動によって生きる時、「本能的生活」（impulsive life）が生まれる。これはつまり個性一元の生活であり、「人間の意志の絶対自由」の生活であり、「本当の生命の赤裸々な表現」がここに実現する。ホイットマンが『草の葉』の中の「アダムの子等」のセクションで、「性欲を歌ひ、大自然の雄々しい裸かな姿を髣髴《ほうふつ》させるやうな瞬間を讃美した」のは、この例である。またその素朴な実例は、「無邪気な小児の熱中した遊戯」の中にも見出されるだろう。「愛の生活」とは、つまりこの本能的生活に外ならない。惜みなく奪って自己を押し拡げ、個性を完成させる行為なのだ。

本能的自我主義の系譜

いうまでもなく有島は、世間一般(あるいはその知識人たち)が奉ずる智的生活よりも、本能的生活の方が上にあると考えていた。それで、自己一元の生活の正当さ、内的な豊かさを、えんえんと論じ来たり、論じ去っているのである。こういう本能的生活論は、もちろん有島一人のものではない。彼の心読したホイットマンが、まずその偉大な先駆だった。そして武郎の所説の最も直接的な淵源ともなっていたことは、これまでの本書中の記述からもすでに明らかであろう。武郎自身、本論中でしばしばホイットマンからの引用をして、自説の支えとしている。だが日本の近代文学中にも、これに近い思想はまるで見事な系譜を形成するように、展開してきている。文学は実利を求めるものではなく、霊世界にかかわるものだとして、「人間の根本の生命」すなわち「内部の生命《インナー・ライフ》」を宣揚し、個人の自我の自覚を説いた北村透谷の「内部生命論」(『文学界』明治26・5)あたりから始まって、道学先生説くところの「虚偽の生活」を斥け、「本能」すなわち「人性本然の要求」を満足せしめる生活を説いた高山樗牛の「美的生活を論ず」(『太陽』明治34・8)などを経、人間の霊肉一如の絶対的な自我主義をもとにして、神の権威に対峙する人間主義を打ち立てようとした岩野泡鳴の『神秘的半獣主義』(明治39)へとつながる思想の流れである。

このうち透谷はエマソンの超絶主義思想を吸収し、樗牛は直接的にはニーチェの個人主義をもととし、泡鳴の論はエマソンから多くを学びながらもエマソンの肉体より精神を重んじる態度にあき足らず、霊肉一如、自我の全体的肯定を求める点でホイットマンに近づいていた。これに対して有島武郎は、彼らよりも深く自我以外のもの、神の道や社会の道の泥沼に足をふみ込んでいたので、彼らよりもっと追いつめられた形で、従ってまた彼らよりもっと執念深く、本能的生活の力を把握し、それを自分のものにしようとした。そして彼らよりもっと周到に、本能主義の論を展開した。こうして『惜みなく愛は奪ふ』は、日本近代文学における自我主義の表現の頂点をなすものとなったのだった。

創作との関係

以上が『惜みなく愛は奪ふ』の概要であるが、この論が仕上がる頃、有島武郎はもう『或る女』を仕上げていた。そのためであろう、論が進むにつれて、主張の内容が直接的あるいは間接的に文学の創作と結びつけて論じられる節が見られるようになる。たとえば、本能的生活が芸術創造のもとにあるべきだとして、このように述べるのである――「詩人とは、その表現の材料を、即ち言葉を智的生活の桎梏から極度にまで解放し、それによって内的生命の発現を端的にしようとする人である」。

それから、論の最後に来て、男女関係と家庭生活とについての考察がなされ、「今男女の関係はある狂ひを持つてゐる」という見解がくりひろげられる。それは「人間がその本能的要求を智的要求にまで引き下げた」ことから生じた狂いである。つまり、家族制度が「個性の要求及びその完成」を妨げ、「不自然な結果を生ずる」のだ。「愛のある所には常に家族を成立せしめよ。愛のない所には必ず家族を分散せしめよ。この自由が許されることによつてのみ、男女の生活はその忌むべき虚偽から解放され得る。自由恋愛から自由結婚へ」。

これは、人の生き方についての哲学的考察というよりも、自分の信念の直接的表出の趣きが強い。

実際、『惜みなく愛は奪ふ』は、静かな論が展開するかと思うと、感情的あるいは感傷的な昂揚が抑え切れずに現われて来るといったふうで、文章も起伏に富んでいる。そして最後には、まるで『或る女』について作者自身の注解を聞くような、個人的あるいは人間的な響きをもって終わるのである。

5 小説の発展

さて、本書もようやく、本来の目当てとしていた小説家、有島武郎の進展の姿を追う仕事に入りたい。もっと具体的には、日本近代文学における「本格小説」の金字塔、『或る女』の誕生のもとを探りながら、この作品が開花、結実するまでのプロセスを確めていきたいのだ。

とっつきにくい有島小説

『或る女』は別として、有島の中篇・短篇小説の注目作ないし傑作とされるものの標題をちょっと連ねてみると、「宣言」「首途」「迷路」「生れ出づる悩み」「石にひしがれた雑草」「運命の訴へ」といったふうに、テーマがそのまま標題になった作品が多く、しかもそのテーマがどうやら人生の岐路《クライシス》にさしかかった人間の情念や行動を直接的に扱っているようで、なんだか「小説」としては生真面目すぎて重苦しすぎるような気がする。あるいはまた「カインの末裔」とか「クラ、の出家」とかと、なんだかキリスト教的な臭いがして、これまた小説の面白味からかけ離れた内容の作品ではないかと思ってしまうものが多い。

また、別の観点からいうと、「宣言」を筆頭にして、有島には書簡体の小説が多い。「平凡人の手紙」はもちろんだが、「生れ出づる悩み」も「石にひしがれた雑草」も、「僕」が「君」に訴え続ける点で書簡体にほかならない。「小さき者へ」は小説といえるかどうか疑問だが、作品全体が父親から子供たちへの手紙である。日記体小説もある。「首途」はそれだが、「宣言」も書簡の一つ一つは日記体の調子が強い。これまでの伝記的な検討でもくり返し現われていた武郎のまるで執念のような告白や反省の習性が、小説になっても、手紙による訴えや日記による自己省察の表現を好ませたのではないか、と思えてくる。

こうして見ると、武郎の小説は、テーマからしても、表現形態からしても、小説とは人情や世態風俗を主体とし、しみじみとした語りでもって読者の情感に訴えるものといった、坪内逍遙以来の日本近代小説の常道からはずれる道をたどっていた。当然、彼の小説の文体も問題になる。よくいわれるように、おそろしく「生ま」な言葉があふれていて、「翻訳調」であったり、ひどく「センチメンタル」に聞こえたりする（とくに書簡体では、この二つがともに氾濫しやすい）。彼の小説は、文体の面でも野暮だったり、抹香くさかったり、あるいはむやみと理屈ばっていたりして、いわゆる芸術味には欠けるような感じがする。それでこの面でも、長い間、日本近代小説の歴史の中にうまく組み入れ難かったのであろう。

ところがじつは、そういう表面の下で、有島は途方もない表現力を養っていた。彼が同時代で類のない理想の追求者だったことはすでにさんざん語ってきたところだが、その理想をみずから実現ないし体現しえないことについての告白や反省を執念深くくり返す過程で、人生や社会の現実を観察し、真実を見通し、それを表現する術を着実に育てていたのだ。それは同時代のいわゆる自然主義の作家たちにいささかもひけを取らぬ表現力だった。たとえば書簡体というわれわれにいささかなじみにくい小説形態も、そのなじみにくさを突き破る、内からあふれ出る力があれば、読者に直接的に強く訴えかける表現を展開する文学となりえた。同様にして日記体小説も、心の動きをまさに如実に展開しうるのだ。

「生ま」な言葉を臆せず使うということは、武郎が表現をごまかし飾ることをしなかったということである。それはそれなりに内なる力をもち、読者に迫ってくる。そしてついに文学として「生きた」言葉になるのである。武郎ほど生きた真実の言葉を奔出させることのできた作家が、同時代にどれだけいたか。そしてその言葉が彼の生涯かけて追究した人間の「生」についての思い、人間と社会との関係についての思いと結びついた時、『或る女』という（これだけは）単純化の極みの標題の「本格小説」を生むことになったのである。

それが生まれるまでの有様を、有島武郎の短篇あるいは中篇小説の発展の跡を追いかけながら、眺めてみよう。それぞれがいかにも有島武郎の味を備えた作品である。

「かんかん虫」（改作）

明治四十三年五月、有島武郎は前の月に創刊されたばかりの雑誌『白樺』に「二つの道」を発表して、文学者として出発する自分の決意のようなものを述べた。その二カ月後の同誌に、こんどは戯曲「老船長の幻覚」を発表する。これは、周囲の反対を押し切って「海図《チャート》には出てゐない」西の方へ船出しようとする老船長を描いた一幕物で、評論「二つの道」に対応して新しい出発への決意や不安を表現しようとした作品だといわれる。しかし作品全体が幻覚的なのはよいとしても、表現がそれにともなわず、作者の一人よがりで終わった印象を受ける。これと同様に短い作品だが、三カ月後の『白樺』（明治43・10）に発表した小説「かんかん虫」こそ、有島武郎の作家としての出発をしるした記念すべき作品といいたい気がする。

この作品は、武郎がアメリカ留学最後の年、明治三十九年一月頃にまず「合棒」という題で書き、帰国後間のない明治四十年六月に浄書して「かんかん虫」と改題し、そのまま篋底《きょうてい》に秘めていた元原稿を、さらに改作して『白樺』に寄せたと思われる。小説家たろうとした彼の最初の実作品で、それなりの意欲作と見て間違いないだろう。その元原稿の内容は、アメリカ時代の武郎を語る章ですでに紹介したので、ここでくり返す必要はあるまい。問題は、浄書以来すでに三年以上たって、彼がそれをどう改作したかである。

まず目を見張らされるのは、作品の舞台が横浜港から黒海沿岸ドゥニパー湾のケルソン港に移されていることである。当然、それに合わせて登場人物の名前も、日本人から現地人風に変わる。語り手（「私」）の合棒の吉はヤコフ・イリイッチ、その仲間の富はイフヒム、吉の娘で富といい仲の里はカチャ、船会社の会計係（つまり「かんかん虫」ではなく「人間」）で里を妾にしようとする蓮田はグリゴリー・ペトニコフといった具合だ。また当然、彼らの風貌や仕事も現地風になる。

すでに述べたように、武郎はもともと自分の生まれや育ちとかけ離れた状況に身をおいてみようと

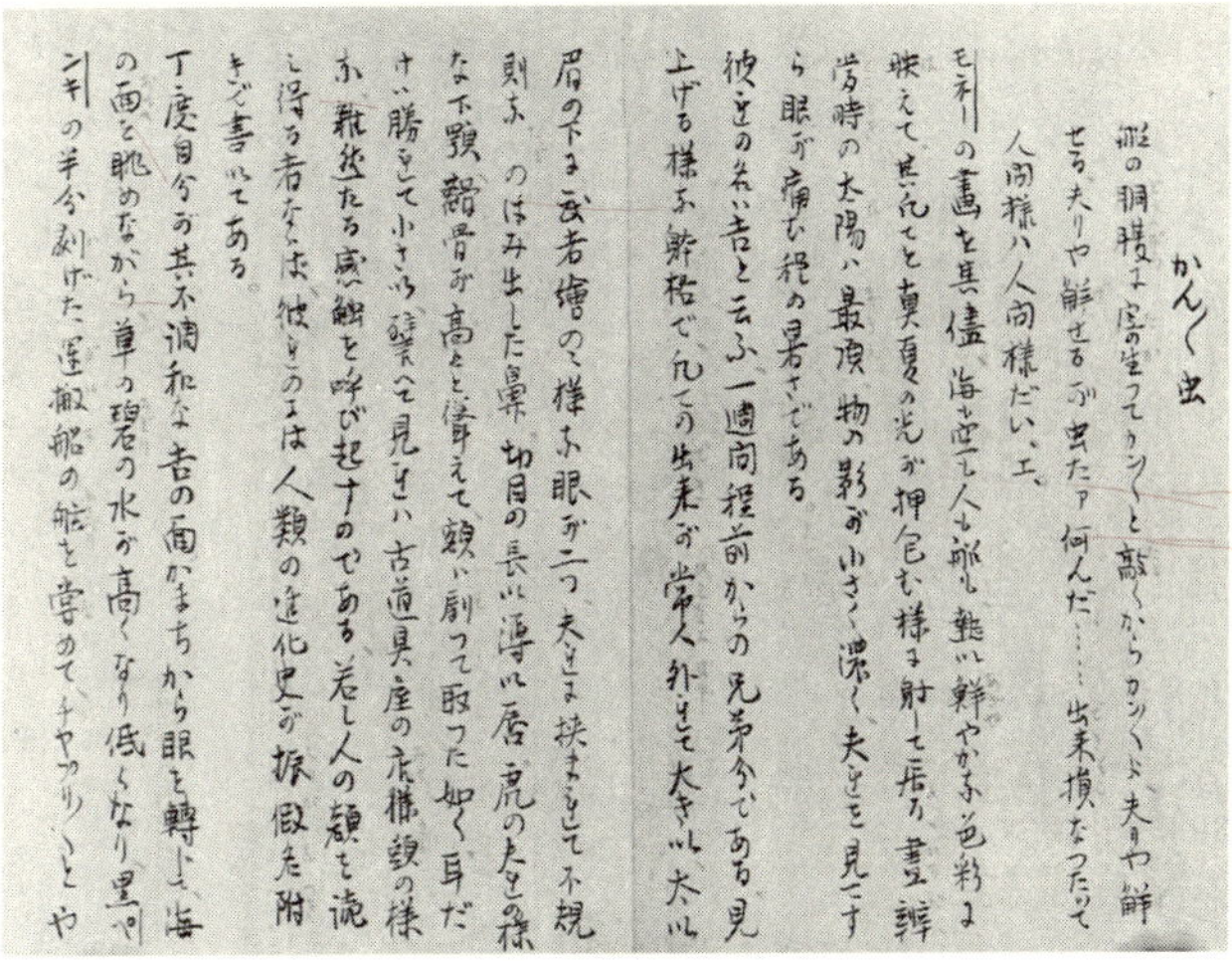
かんく虫
「船の胴腹に穴空ってカン〳〵と敲くからカン〳〵よ夫りや解
せる夫りや解せるが虫たア何んだ……出来損なったって
人間様は人間様だい、エ、
モネリの畫を其儘海と空と人と船と艶い鮮やかな色彩に
映えて其れを真夏の光が押包む様子射して居る晝辨
当時の太陽は最頂物の影が小さく濃く夫れを見下す
ら眼が痛む程の暑さである
彼等の若い者と云ふ一週間程前からの兄弟分である見
上げる様な軀格で凡ての出来が常人外れて大きい太い
眉の下に武者繪の様な眼が二つ夫れを挟まれて不規
則なのはみ出した鼻切目の長い薄い唇凡の夫れの様
な不顕顴骨が高くと聳えて頬は削って取った如く耳だ
けは勝れて小さい譬へて見れば古道具屋の店棚頭の様
な雑然たる感触を呼び起すのである若し人の顔を説
き得る者ならば彼等のは人類の進化史が振假名附
きで書いてある
丁度自分が其不調和な者の面を正面から眼を轉じて海
の面を眺めながら草の碧の水が高くなり低くなり黒い
ンキの半分剥げた運搬船の舷を啻めてチヤプリ〳〵とや

「かんかん虫」原稿
帰国後浄書したもの

する冒険心の持ち主だったが、この元原稿も「かんかん虫」と呼ばれる貧しい港湾労働者の生活や考え方を題材としていた。それをこの改正稿では、距離的にももっとかけ離れた所に設定し直したのである。なぜこんなことをしたのか。思い切って自分らしからぬ状況に身をおき、また思い切ってそういう者の言葉で、自分の考える真実を表現してみる——そういう文学的実験を試みたかったからにほかなるまい。しかもその冒険を、武郎は誠実にやってのけたのである。

その結果と、さらにかんかん「虫」が「人間」に反抗するというテーマもあいまって、この作品はどこかでロシアのマクシム・ゴーリキーの初期短篇を思わせる。それでこれを「ゴーリキーの亜流」として一蹴する批評家もいれば、武郎自身が批評家に「ゴーリキーの翻訳に違いない」といわせたくて書いた悪戯《いたずら》だという意見もある。だが前者はともかく、後者の意見についていえば、初めて小説を書く人がそんな手の込んだ（しかも意味のない）計画を立てるものかどうか、極めて疑わしい。もしわざとゴーリキー張りの小説を作ったとするなら、その冒険心をこそ評価すべきだろう。

この小説における労働者の俗語使用の果敢さについても、元原稿に即してすでに述べた通りである。全体が一幕物の芝居のような面白さをもつこの作品は、ほとんどそういう俗語の会話（語り）によって進行するのだ。ただし、会話を支えるべき地の文が、元原稿ではまるで芝居のト書きのように状況説明をするだけで、こまやかさや深みのある文章になっていないという不満を私は述べた。会話の文章にしても、思い切った俗語を派手にくりひろげる面白味はあるが、多くは上っ面の饒舌に終わりがちだったように思う。その辺がこの改作ではどうなったか。

冒頭の港の情景の描写を見てみよう。

モネーの画を其儘、海も空も人も船も、熱い鮮《あざ》やかな色彩に映えて、其凡てを真夏の光が押包む様に射して居る、昼弁当時《ひるべんとうどき》の大陽《ひ》は最頂《まうえ》、物の影が小さく濃く、夫れを見てすら眼が痛む程の暑さである。（元原稿）

ドゥニパー湾の水は、照り続く八月の熱で煮え立つて、凡ての濁つた複色の彩は影を潜め、モネーの画に見る様な、強烈な単色ばかりが、海と空と船と人とを、めまぐるしい迄にあざやかに染めて、其の凡てを真夏の光が、押し包む様に射して居る、丁度昼弁当時で太陽《ひ》は最頂《まうえ》、物の影が煎りつく様に小さく濃く、夫れを見てすら、ぎら〳〵と眼が痛む程の暑さであった。（改正稿）

改正稿は字数が倍近くなっているから、それだけこまかな描写ができるのは当然のことであるが、最初の文章で場所と季節をきっちり説明し、それから絵具をこってりとぬるようにして、色彩感豊かに、港の真昼時の暑気を強烈に描き出していく。じつに生真面目で正当的な描写になっているといってよい。

こういうふうに地の文の綿密度を増す一方で、物語を進展させながらも饒舌に流れてしまった会話文（語り）は、あちこちで削除し、内容をひきしめている。逆に、新しい会話文（語り）を入れて内容に深みを加えた個所も多い。カチャがグリゴリー・ペトニコフ（会社側の「人間」）の妾になると聞いて、イフヒムがこういったとヤコフ・イリイッチが伝える個所は、その例である。

イフヒムの云ふにや其、人間つて獣にしみ〴〵愛想が尽きたと云ふんだ。人間つて奴は何んの事は無え、贅沢三昧をしに生れて来やがつて、不足の云ひ様は無い筈なのに、物好きにも事を欠いて、虫手合［つまり「かんかん虫」仲間］の内懐《うちぶところ》まで手を入れやがる。何が面白くつて今日々々を暮して居るんだ。虫虫つて云はれて居ながら、夫れでも偶《たま》にや気儘な夢でも見ればこそぢや無えか……畜生。

ここに語られる「虫」の「人間」への対抗心には、単に階級闘争的な意識だけではなく、自分たちの「気儘な夢」(女)までも奪われることへの怒りといった性的な意識も織り込まれている。こういうある種の人間性洞察の表現が、改作稿にはずっと増えているように思える。

この改作稿にも欠陥は少なくない。「私」の一番の合棒であるヤコフ・イリイッチの俗語の語りは、地の文とも混じり合って見事に展開していくのだが、途中でその調子が持続しなくなり、登場人物としての存在感も失っていく。それとともに作品はただ筋を追うのが主となり、一種下降《デクレセンドー》的になって終わる。また、作者自身を思わせる「私」も、その他の登場人物たちも、いかにもこしらえ者くさくて、互いに創造的にからみ合わない。

しかしこの作品はなんとまあ新鮮であったことか。武郎自身と対極の状況において、対極の人間たちの対極の言葉をくりひろげながら、社会の問題、人間の問題を、遠慮会釈なく抉り出そうとする。同時代の自然主義小説と共通するところはあるが、はるかに大胆な文学的実験性に富んでいる。貧しい庶民の現実を描くだけでなく、人間性の根本に迫ろうとしている。もっともその実験性、大胆さは、作品が一般的な評価を得ることを妨げ、作者自身もこれを自分の著作集に収めることなく終わってしまったのであるが。

「お末の死」

この翌年、つまり明治四十四年一月から、武郎は「或る女のグリンプス」を『白樺』に発表し始めた。これは大正二年三月まで、二年三カ月かけて十六回、断続的に連載し、一応完結している。だがその後ほぼ六年たって、大正八年二月にこれを改作し、『或る女』前編として刊行、続いて六月、後編を出版。非常に長い歳月をかけての完成となったわけだ。この間、武郎はほかに何もしなかったわけではない。さまざまな作品をぞくぞくと発表している。そしてそれらの作品のいろんな要素が、直接的・間接的に『或る女』に吸収されるのである。しかしもちろん、それぞれの作品が独自の価値を主張し、作家有島武郎の発展の姿を見せつけもする。それらのうち、本書の観点から興味をそそる作品を取り上げて、いささかの検討を加えていくことにしよう。

「かんかん虫」の後、武郎は「或る女のグリンプス」の執筆に精力を傾注したためであろう、連載中はほかに小説を発表することがなかったが、連載完結後の大正三年一月、『白樺』に「お末の死」を載せた。「かんかん虫」のように文学的意欲をぎらつかせてはいない。連載を終えて、ほっとして生み出した副産物のように見える短篇である。

主人公のお末は、武郎が深く関係していた札幌の遠友夜学校の生徒、瀬川末（昼間はビール会社に勤めていた薄幸の少女で、大正二年の秋頃に自殺した）をモデルにしているといわれる。そのじつ、作品中のお末の身の上が事実とかなり違うので、着想やイメージを借りただけかもしれない――武郎がこの女性に会ったことがあり、pity を感じていたことは日記（英文、明治41・2・1）からも明らかだが。ストーリーをごく簡単に紹介するとこうだ。

舞台は札幌（であろう）の貧民街。お末の家は床屋を営み、近所では羨まれる存在だが、それでも貧しく、十四歳のお末は「不景気」という言葉を覚えてしまって、意味が分からぬままに口ぐせとしている。家は不幸続きで、四月から九月にかけて、長わずらいしていた父と、いつも弱々しくひっそりと生きていた二番目の兄が相ついで死に、さらにお末が子守役をしている弟と、姉の赤ん坊とが、拾ってきた胡瓜《きゅうり》を（お末が強くとめなかったままに）食べて、赤痢で相ついで死んだ。四つも葬式を出して家の中はぎくしゃくし、母は皆に（とりわけお末に）じゃけんに当たり、お末はひそかな自責の念もあって、「死んでしまはう」という気分にまで追いつめられ、いとも簡単に床屋の商売用の劇薬である昇汞《しょうこう》をのんで、苦しんだあげくに死んでしまう。しかし世の中は何事もなかったかのように、雪が降り続けている。

これは黒海沿岸の港湾労働者の話ではなく、武郎には地元といってよい札幌での話である。しかし身分や生活状況は武郎からいぜんとしてはるかに遠く貧しい床屋の娘の話だ。武郎の関心はやはり、外なる者を自分の内に（文学世界に）取り込むことに向けられていた。これも文学的実験の一つのあり方である。登場人物の話し言葉は、前の作品と比べればかなり標準語に近い。そして地の文は、言葉を入念に積み重ね絵具をぬりたくるような綿密さは薄れ、はるかに日常的な文章になっている。ストーリーにも強烈さがなく、なんとなく軽く書いたような印象を与える。

しかしよく読めば、作者は自分と遠いはずの貧しい床屋一家の生活、行動、人々の心理まで、たんねんに描いている。貧しさに押しつぶされながらもにじみ出る家族愛、それぞれの人物の人間味といったものもよく描き出している。標準語に近づいているといった話し言葉にも、やはりこの階級の人たちの俗語は積極的に取り入れられ、効果をあげている。たとえばお末の弟の力三が死んだ後、母親はお末にこのように毒づいて、やり場のないうさをはらそうとするのだ——「生きて居ばい、力三は死んで、くたばつても大事ない手前べのさばりくさる。手前に用は無え出てうせべし」。

武郎のここでの実験は、人工的な凝った「文学」性から脱け出して、自然な内容と文章に近づくことだっただろう。足助素一《あすけそいち》宛の書簡（大正3・1・10）によると、武郎はこの作品執筆中のある夜、朝方の三時頃に「恐ろしい様な淋しさに襲はれてハンケチがずぶ濡れになる程すゝり泣いた」という。また例のお涙病かと思えていやになる程だが、作品は見事に感傷性を抑えて、お末の死の状況など、むしろ冷静な描写が冴えている。同じ書簡で武郎は「花袋がかの作を見て災厄といふものの不思議な道行《みちゆき》が自然に暗示せられて居ると云つてくれたのは嬉しい評の一つだと思つた」と述べているが、まさしくたいていの自然主義作家の作品よりも、人生の災厄を描いても内容表現ともにもっと「自然」に展開し、しかも奥行きのある佳品となっている。

「An Incident」

武郎はこの三カ月後、『白樺』四月号に「An Incident」を発表した。こんどはもっと身近の、というより自分自身のまったく日常の出来事を綴った、短篇小説というより小品と呼びたいくらいの作品である（遠くから出発した彼の作品の世界が、急速に身辺に接近してきたことにも注目しておきたい）。内容はすでに簡単にふれた通りだが、もう少し丁寧に見てみよう。

主人公は「彼」となっている（現実の武郎と同じく、大学教授のような職業の人らしい）。夜中に子供が泣いて止まぬので、彼は妻を起こすが、妻があやすと子供はますます駄々をこねる。彼が近づいて見ると、子供はいっそう暴れて彼を押しのける――「数え年の四つにしかならない子供の腕にも、こんな時には癪にさはる程意地悪い力が籠つてゐた」。彼はいらいらし、「苦い敵愾心《てきがいしん》」まで生じてくる。

そのあげく、冷静にふるまって子供を守ろうとする妻との対立になり、「妻の眼の前で子供をつるし切りにして見せてやりたい程荒《すさ》んだ気分」になる。が、「考へたゞけでも厭やな後悔の前徴が心の隅に頭を擡《もた》げ始め」もする。こうして子供や妻との確執が続き、「彼は石ころのやうにこちんとした体と心とになつて自分の床に帰つた」。しかし「妻が心の中で泣きながら口惜しがつてゐる」のがはっきりと感じられる。やがてかすかに妻の寝息が聞こえるようになると、彼は「とう〳〵全くの孤独に取り残された」思いにとりつかれる。そして作品はこういう一節で終わる。

後悔しない心、それが欲しいのだ。色々と思ひまはした末に茲《ここ》まで来ると、彼れはそこに生甲斐のない自分を見出した。敗北の苦がい淋しさが、彼れを石の枕でもしてゐるやうに思はせた。彼れの心は本統《ほんとう》に石ころのやうに冷たく、冷えこむ冬の夜寒の中にこちんとしてゐた。

まさに日々の生活によくある出来事のスケッチであって、それ以上でも以下でもない。しかもこういう自己の精神的な弱さ、醜さと、それへの反省の思いの表現は、彼の日記や書簡を通してすでに何度か見てきた通りであり、またかという思いにさせられる読者も多いだろう。いま引用した「敗北の苦い淋しさ」をもらすあたりには、武郎の自己憐憫が、どこかでそれを正当化するように現われていて、嫌な気持に誘われもする。が、ほんの数頁の中に、一人の人間の心の動きが執拗に追跡され、生き生きと描き出されている。その追跡の執拗さは、そのまま文学的実験性につながっているといえそうだ。そして武郎の描写力、表現力の充実に目を見張らされるのである。

なぜ「An Incident」などと英語の題をつけたのか（おかげでこれが『白樺』に載った時、目次で「An Incidet」と誤植するおまけがつくのだ）。「或る女のグリンプス」もタイトルに英語を入れている。武郎の特徴的なタイトルのつけ方についてはすでにちょっとふれたが、こういう一般には嫌味ないし気障《きざ》と思われることをしたのは、どういう意図があってのことか。英語が得意だからだけではあるまい。よその言葉を持ち込むことによって、ごく日常的な「ある出来事」の表現に、ごく微妙な異常性を持ち込もうとしたのではないか、と思ったりもする。ともあれ、ここでも文学的実験性が暗示されているような気がするのである。次の作品「宣言」となると、タイトルはさらに伝統的なつつしみから掛け離れて、内容や表現の独自さを主張しているように思える。

じっさい、「宣言」は武郎の創作への野心をあらわにした実験意欲みなぎる小説だった。

「宣言」

いままで紹介してきたような試作品を世に出した後、大正三年九月に妻安子の発病があり、十一月に一家は札幌を引きあげて帰京、両親の家に同居しながら安子を鎌倉や平塚に転地療養させ、武郎自身は翌大正四年三月、農科大学教授を辞して「文学」で立つ決意を固めたことは、すでに述べた通りである。この鎌倉看病のかたわら、武郎は「宣言」を書き進め、大学辞職後、『白樺』の七月、十月、十一月、十二月号に発表した。身辺多事のため、いったん中断の上の連載となったが、書簡体という形を利用して思いの丈《た》けをあらわした中篇の力作である。

作品は、東京の大学で生物学を専攻するAと、那須温泉で療養中のその友人の学生Bとが、一九一二（大正元）年九月十五日から一九一四（大正三）年二月二十三日にいたる足かけ三年間に交わす往復書簡と、二人がともに愛してしまうY子の手記とで構成される。Aは母と北海道の登別温泉に行った際、少女Y子を見そめる。Bは偶然、前からそのY子を知っており、AはBの仲介によって東京のキリスト教会で彼女と再会、Y子の方も彼に好意をもっていることを知って、婚約にいたる。だがその直後、Bは論文が評価されて東京に出て来たのに反し、Aは父が死んで郷里の仙台に戻り、小さな製粉所で苦労しなければならなくなる。家の没落とともにY子の母はAをうとんじ出すが、AはBに頼んで、Y子の家に下宿して病弱な婚約者を見守ってもらう。ところがいつしかY子とBは愛し合うようになっていくのだ。それを察してもだえるA、Aの愛の成就を願いながらもY子を愛せずにはいられないB、Aを尊敬するかたわらBに惹かれていくY子。Y子は「苦しまぎれに」BにAの妹のN子と結婚することをすすめ、Bもいったんはその気になる。しかしY子は、自分の態度が真実の心を偽ったものであることを自覚し直すと、病身をおして仙台に赴き、したためていった「手記」とともに、Aにいっさいを告白する。Aは衝撃を受けるが、苦悩に堪えて、Y子をBのもとに返す。物語はBからAに寄せた次のような「宣言」でもって終わる――「裸かなる真実、いつはらざる誠実を三人は知つた。不倶戴天の敵であり、同時に情を等しうする殉教者たる三人は、誤たず躊《ため》らはず各《おのおの》の道を行かねばならぬ。／君の敗北の上に祝福あれ。／Y子の甦生《そせい》の上に同情あれ。／僕の勝利の上に悲涙あれ。／［中略］／僕はY子と共に、来るべき凡ての戦を雄々しく戦ひ、回避する事なしに戦ふ事を誓ふ――僕等二人の為めに、君の為めに、而して僕等の哺育し行くべき人生の為めに」。

ストーリーはまことに簡単、いささか陳腐でもある。多少のひねりは入れていても、ほとんどお涙頂戴式の友情物語、愛情物語ではないか。しかも、Aの恋した少女を親友のBがすでに知っていたなど、現実離れもしており、こしらえものくさい。登場人物にはモデルがあるらしく、いろいろと詮索もなされているが、武郎がそのモデルとされる女性への手紙で「事件の内容、人物の性質等は全然モデルと異り居候」（佐藤しげゐ宛、大正5・9・21）と述べている通りで、別にモデルなどなくとも設定できるたぐいの登場人物であり、また状況なのだ。ただ作者が、そういう人物や状況に自分の情念をそそぎ込んで、物語りをこしらえたことは間違いない。

単純な内容にもかかわらず、読んでいて圧倒的に迫ってくるのは、書簡体を利用した登場人物の告白の連続である。それも大形《おおぎょう》な言葉遣いで、感情過多、あるいは感傷的な表現が恥ずかしげもなくなされる。たとえばAは、Y子を恋するようになった思いを、Bにこのように伝える。

僕の恋がきつと成就する運命にあるといふ事は、はつきりと黙示されてゐる。この絶大な特権に報謝するためには、僕は凡ての人を愛しようと思ふ。と、いふよりは、苦し過ぎる程止度《とめど》なく湧き溢れる愛欲は、やがて僕の恋の成就を裏書きするものだ。今日まで力を尽して神聖に保つた僕の心と肉とを、全部彼女に与へる時、僕に飽和した彼女の全体を、僕の掌に摑む時、人類の喘ぎ求めてゐた幸福は、僕等二人の上に完全に成就するだらう。而して僕等は新しい力となつて、新しい人文の建設に全力を注ぐだらう。

もちろん武郎は若者特有の文体を再現するように努めているのであろうが、これは彼が「観想録」などでえんえんと書き連ねてきた告白調を大幅に美文化したものでもあって、自己陶酔があきれるほど誇大化し大袈裟な表現になっている。先に引用した、作品の結びをなすBの「宣言」となると、その思いはますます強い。

ただし、こういう表現の連なる中で目を見張らされるのは、甘美な恋愛感情に自己陶酔しながら、主人公が自分の性欲（「苦し過ぎる程止度なく湧き溢れる愛欲」）なども大胆率直に表現していることだ。しかも他方で、彼は自分の純潔（童貞）も強調している（「今日まで力を尽して神聖に保つた僕の心と肉」）。だがそれからまた転じて、Y子への欲情にもだえる自分をこのように描いても見せる。

［前略］僕は、その晩容易に寝つかれないで、喘ぐやうに肉を思つた。僕は妄想の中に、かの恐れと悪しみに燃えた少女の顔を両手で押つぶさんばかりに抱きしめてゐた。その少女はどうかすると彼女［Y子］にもなつた。僕は野獣のやうに寝床の中でのたうつた。而して夜の白むまで、あらゆる汚穢《おわい》、あらゆる破廉恥、あらゆる暴虐の限りを尽した。而して白痴同様に頭の働きが鈍り切つてから、疲労の極暗黒な眠りの底に陥つてゐた。

これは青年の性的妄想の表現だろうが、自慰に耽ったことの表現であることも間違いない。しかしいやはや、笑いたくなるほどの誇張表現である。しかも、これと関係してやはり目を見張らされるのは、こういう悩んだり陶酔したりの青年たちを尻目に、Y子がはっきりした自己観察をし、その結果を率直明快に表現していることである。彼女の「手記」は文章が抑制され、記述もしっかりしている。おまけに自分の性欲もあけすけに語っている。たとえば婚約して一週間のうちに、自分がAに「吸い込まれて」いった感情を述べながら、このようにいうのだ。

その時私の心の中に、始めて性の欲望も目醒めまして、一人では如何しても満す事の出来ない淋しさと苦しさと悲しさとを深く〳〵味ひ始めましたので、私の心は上の棚から急に下の棚におろされたやうに、深く暗くなりまさりました。私は神の御前に身も世もあられぬ程恥じ苦しみ、而して又故《もと》のやうな私になりたいと泣いて祈つた事も御座いましたが、それぱかりは如何する事も出来ないで、夫れからは裏表のある心になりました。

しかしBを知り、彼をこそ本当に恋するようになった後の自分を、彼女はこう表現して見せる。

B様のお話が身にしめばしむ程、私は紙をはがすやうに快く、自分の目醒めて行くのが判りました。B様をお知り申すやうになつてから、私の心に起こる性欲にも、不思議に自然な感じが添つて後ろめたさを覚えなくなりました。私の信仰なぞも、戸板を裏がへすやうに変つてしまひました。世の中の嘘いつはりと、本当とが、はつきり眼にうつるやうになりました。

私には、小説の最終部分に現われる「Y子の手記」こそが本作品中の白眉であり、Y子こそが本書の本当の主人公だといえるような気さえする。それかあらぬか、武郎自身が「現代作家の取扱う小説中の女性」（『読売新聞』大正8・3・3）と題する談話の中で、「「宣言」では、新しい自分といふものと、新しい女の意識に目覚めて行く一人の処女——そして其等に対して可成勇敢な処女を書きたいと思ひました」と述べている。いまや誰の目にも明らかであろう——Y子は『或る女』のヒロインにつながっていくのである。

「宣言」は、内容にも文章にもさまざまな欠陥が現われていて、読者をいらつかせる傾きもある。しかし、主人公たちの知的でしかもひたむきな恋愛感情と友情との交錯が終始、直截的で高揚した言葉で綴られていて、しかも書簡体に助けられた告白調が内省的でかつ良心的な基調をくりひろげ、自然主義の泥くささにあき足らず文学に精神性を求める若い読者の心に訴えたようだ。「宣言」は有島の作品中で最も多くの読者を獲得した作品の一つとなり、武郎は人道主義文学の旗手とも目されるようになった。

武郎の「驚異の一年」

「宣言」の連載を終えた翌大正五年三月、武郎は小説「首途《かどで》」を『白樺』に発表した。これはアメリカ時代の自伝的要素の強い長篇『迷路』の序篇となるものであった。武郎は同時に「フランセスの顔」を「新家庭」に発表する。これもアメリカ時代に知り合った、というよりたいそう愛した少女を描いたもの。副題でいうように「スケッチ」であって、創作性は乏しい。さらにいくつかの戯曲や評論も発表しているのだが、ここでは「本格小説」作家の形成に焦点を当てているので、深入りしないことにしよう。

この年八月、安子が永眠し、十二月、父が逝去、武郎がいよいよ本格的な作家生活に入ったことは、すでに述べた通りである。

翌大正六年、武郎の創作（評論を含む）活動は一挙に花開くこととなった。武郎自身、この年をふり返って「嘗てない多作をした年」（『新潮』大正6・12）と題する記事で、驚きや新たな決意を表明している。この記事で注目しておきたいのは、一般向きの文芸雑誌にも彼の作品が載るようになったけれども、武郎としてはあくまでも自分の「少数の読者」を大事にし、その人たちに向けて自分の著作集にのみ作品を発表するようになりたい、と述べていることである。この独自路線をそのまま貫くことはできなかったけれども、その年から彼の作品はほとんどすべてが『有島武郎著作集』（最初は新潮社、後に叢文閣刊）という本にまとめて刊行されることになる。この著作集は、「大正年間を通じてベストセラーかつロングセラー」であったという（『有島武郎事典』参照）。

これ以後、有島武郎はその思想性や道徳性のゆえに、夏目漱石の後継者と見なされることが多くなる。しかし作家としての発展の有様にも、両者には共通点が見られるのである。夏目漱石は英文学者（大学教師）として長い雌伏の後に、明治三十八年、三十八歳の時、『吾輩は猫である』を『ホトトギス』に掲載した後、多彩な内容と表現の短篇を次々と発表、「驚異の一年」を実現して、流行作家に躍り出た。『猫』とそれに続く「坊っちゃん」（明治39・4）は平俗なべらんめえ調で斬新な諧謔をまきちらしていたが、『漾虚集《ようきょ》』（明治39・5）にまとめられる七篇の短篇は、凝りに凝った擬古文の駆使による「一心不乱」の情念の物語から俗の俗というべき現代文による知的怪談まで、濃厚な描写がくりひろげられる中世絵巻から神韻縹渺《ひょうびょう》たる散文詩的な一夜のスケッチまで、多方面に果敢な文学的実験を展開して、文字通り目を見張らせた。有島武郎は、雌伏の期間こそ漱石より短いというべきかもしれないが、漱石の二年間の英国留学より長い三年間のアメリカ留学をし、この間に漱石よりもはるかに厳しい現地の生活体験を重ね、帰国すると漱石同様に大学教授となって思索を練り、いま(大正六年)三十九歳、ようやく作家となって「驚異の一年」を実現するのである。彼はこれまでにも、思いのほか果敢に文学的実験を試みていた。それをこの年、あるいはそれ以後も、さらに大胆にくり返していく。そして気ままな「実験」性を乗り越えて、「本格的」な小説に近づいていくのである。

「カインの末裔」

大正六年七月、武郎は「宣言」と並んで彼の出世作とされる「カインの末裔」を『新小説』に発表した。『新小説』は春陽堂から出ていた当時の代表的な文芸雑誌で、武郎も同人雑誌の『白樺』などに対するのと違う心構えで執筆したのでなかろうか。テーマはようやく「二つの道」などでなした主張にはっきり結びつき、しかもその思いが作品の内からあふれ出るものとなっている。

舞台は「蝦夷《えぞ》富士と云はれるマッカリヌプリの麓に続く胆振《いふり》の大草原」に開かれた松川農場(モデルは有島農場)。そこへ痩馬の手綱をとった無一文の男が、みすぼらしい妻と赤ん坊を従えて現われ、小作人に雇われるところから作品は始まる。男の名は広岡仁右衛門。彼は「野獣」のような男で、「人間の顔［中略］を見ると彼の心はすぐ不貞腐《ふてくさ》れる」ほどに「自然」そのままである。ことあるごとに唾や痰を所かまわず吐きちらす。近所の小作人たちと喧嘩ばかりしながら、そのうちの一人、佐藤の妻を強引に自分の情婦にしてしまう。それでも懸命に働き、根雪の冬には木樵《きこり》に出かけ、雪解け頃には鰊《にしん》場稼ぎもし、たちまち一頭の馬と農具や種子を買い整えるまでになる。有能な働き手ではあるのだ。ところが赤ん坊が赤痢にかかって死んでから、彼は農場一の金持で物識り（つまり彼の「敵」だ）の笠井の呪いでこうなったと思い込み、その狂暴さは手がつけられなくなる。村の競馬で彼の馬が前脚を折って倒れると、彼は見物人の中にいた笠井の娘のせいだときめつけて凌辱する。秋の収穫時になっても彼は一文の小作料も納めず、農場を出ることを要求されても応じない。村中のつまはじきになり、「仁右衛門には人間がよつてたかつて彼れ一人を敵にまはしてゐるやうに見えた」。冬の深まりとともに彼は食うにも困るようになり、使い物にならなくなっている馬を殺そうとしたが、それはどうしてもできない。とうとう彼は函館にいる農場主を訪れ、小作料の軽減を交渉しようと思う。だが「大火鉢に手をかざして安坐《あぐら》をかいて」いる農場主の前に出ると、彼は何もいえなくて退散してしまう。「何んといふ暮しの違いだ。何んといふ人間の違ひだ。親方が人間なら俺れは人間ぢやない。俺れが人間なら親方は人間ぢやない。彼れはさう思つた。而して唯呆れて黙つて考へこんでしまつた」。農場に引き返すと、彼は馬を殺し、その皮をはいで荷造りし、小屋に火を放つと、妻と二人して去っていく。「二人がこの村に這入った時は一頭の馬も持つてゐた。一人の赤坊もゐた。二人はそれらのものすら自然から奪ひ去られてしまつたのだ」という言葉で作品は終わる。

タイトルに「カインの末裔」という。有島によくある西洋仕立ての題で、嫌味を感じる人も多いだ

狩太農場事務所より望んだ羊蹄山（蝦夷富士）

ろうが、武郎としては大真面目だった。いうまでもなくカインとは聖書の「創世記」に描かれる人物で、アダムとイヴの間の最初の男子だ。神が弟アベルの供物を喜び、自分の供物を拒否したので、彼はアベルを殺す。そのため神から「汝は詛《のろわ》れて此地を離るべし、〔中略〕汝は地に吟行《さまよ》ふ流離子《さすらいびと》となるべし」と告げられる。ただしカインが、このように追放されれば「凡そ我に遇ふ者我を殺さん」というと、神は「然らず、凡そカインを殺す者は七倍の罰を受《うけ》ん」と答える。

　カインとは神がつくった自然のままの人間ということだろう。彼はこの世の秩序を知らず、呪われた放浪者とならざるをえない。しかしこの地上の人間の誰が彼を裁きえようか、といった思いをもって武郎は仁右衛門を描いたに違いない。

　ところで武郎は、この作品が一見客観的描写をしているようだが、「自己を描出したに外ならない」と述べている（『新潮』大正8・1「自己を描出したに外ならない」「カインの末裔」）。それはどういう意味か。武郎は、例の「二つの道」の迷いを越えた「自己」の道を行こうとしていた。仁右衛門はまさにその道を行く人なのだ。武郎はこの作品で初めてそういう人物を真正面から描こうとしたのである。

ここでも仁右衛門にはやはりモデルがあるとして、いろいろな詮索がなされているが、モデルがいようといまいと、武郎は自分が仁右衛門のような自然のままの人間になって、「自己」の生がまっとうできるか、その可能性を探っていくのである。同じ文章で彼はこう見事に自作を解説している。

茲に一人の自然から今掘り出されたばかりのやうな男がある。而も掘り出された以上は、それが一人の人間であつて、その母胎なる自然と噛み合はなければならない運命を荷ふと同時に、人間生活に縁遠い彼は、又人間社会とも噛み合はなければならない。彼は人間と融和して行く術に疎く、自然を征服して行く業に暗い。それにも拘らず彼は、そのディレンマのうちに在つて生きねばならぬ激しい衝動に駆り立てられる。それは人からは度外視され、自然からは継子扱ひにされる苦しい生活の姿を描き出すであらう。カインの末裔なる仁右衛門は、その人である。

当然のことながら、武郎はこの人物を「描く」ことに全力を注いだ。作品の導入部から前半にかけて、「自然から今掘り出されたばかりのやうな」この男は、まことに荒っぽく力強い。傍若無人の行動が、そのまま彼の「自然」さのあらわれとなっている。その有様から仁右衛門の卑俗な言葉遣いまで、見事に再現してみせようとする。俗語の使用など、徹底している。たとえば仁右衛門は、佐藤の妻と酒を飲んで上機嫌で帰り、妻に大福を食わせながら、こんなふうにいうのである――「さうれまんだ肝《きも》べ焼ける［焼き餅を焼く］か。かう可愛《めんこ》がられても肝べ焼けるか。可愛《めんこ》い獣物《けだもの》ぞい汝《われ》は。見ずに。今《いんま》にな俺ら汝《われ》に絹の衣装べ着せてこすぞ」。

こういう描写や言葉遣いが、作家有島のすでに営々と養ってきた表現力のたまものであることは、いうまでもない。が、ここではそれに仁右衛門の背景をなす北海道の未開の自然の生ま生ましい描写が加わるのだ。その実例の引用は省こうと思う。作品のいたる所にそれはあふれているのだから。

要するに全体として、堂々と力強い文章や会話が展開している。注目すべきことは、同様に「自己」を描出しながら、「宣言」にあふれていた感情過多で自己陶酔的な表現が、ここでは見事になくなっていることだ。そのくせ、仁右衛門の粗野な「自然」性にかすかなやさしさがひそんでいるところや、逆に農場主の前に出ると言葉も出なくなってしまう「自然」性の弱さなど、人間の複雑さや奥行きなどを隙なく「描出」してもいる。

「カインの末裔」は、武郎の手紙によると一部友人たちの間では不評を買ったようだが、世間一般には好評を博した。この大正六年十月に戯曲「死と其前後」その他を収めて『有島武郎著作集』は第一輯『死』を出し、同年十二月に第二輯『宣言』を出していたが、大正七年二月、第三輯『カインの末裔』を出し、有島武郎の名を不動のものとした。そして本書のテーマに即していえば、主人公たる「自然」人の運命の追究を文明社会の中に移すと、もうすぐ、『或る女』の世界になるのである。そこに到る前に、あともうほんの少し、短篇を検討しておくことにしたい。

「クラ、の出家」

「カインの末裔」を発表した翌々月、大正六年九月に、武郎は『太陽』に「クラ、の出家」を、『中央公論』に「実験室」を発表した。どちらもごく短い作品だが、当代一流の総合雑誌に寄せるにふさわしい、武郎の文学世界の深化と表現力の充実を見せつける作品となっていた。

「クラ、の出家」は、「カインの末裔」からまた一転して、遠い西洋の、それも時代を遠くさかのぼった中世の、「自然から今掘り出されたばかりのやうな」男とはまったく対蹠的な深窓の令嬢を主人公としている。武郎はそういう人物にも思いを馳せ、自分の文学世界をひろげ、いささか強引にいえば、やがて「或る女」の肉づけに役立てるのである。

時は一二一二年三月十八日の払暁、イタリアはアッシジの貴族の娘クラ、はいま十八歳で、キリストに嫁ぐために出家する日だ。どういうわけか三人の男が夢に出てくる。まず一人は父がもっと大胆に振舞えと励ましているように見える同じ貴族のモントルソリ家のパウロだ。上品で端麗なその肉体に接近されると、彼女は「甘い苦痛」を胸に感じる。羞恥心で「肉体はやゝともすると後ろに引き倒されさうになりながら、心は遮二無二前の方に押し進まうと」する。だが、パウロの胸にふれると思った瞬間、「地獄に落ちて行く」思いが彼女を襲う。次に、十歳の童女の頃に見た「ベルナルドーネの若い騎士」と呼ばれた放蕩者、華やかだったフランシスの姿が思い浮かんでくる。しかし十八歳のいまに戻ってフランシスにふれてみると、衣服だけで中身がなくなっている。それから、彼女の許婚者《いいなづけ》のオッタヴィアナ・フォルテブラッチョが現われる。「日に焼けて男性的な」姿をし、「飽く事なき功名心と、強い意志と、生一本な気象とで、固い輪廓を描いて」いる。しかしクラ、はこの男を尊敬しながらも、その愛をうけいれられない。この三人が自分の方に手をのばしながら、自分に受けとめてもらえないままに黒土の中に沈んでいく。それを救おうと、クラ、が我を忘れて足を踏み出した瞬間、天使ガブリエルが彼女の胴をつかんで、「天国に嫁ぐ為めにお前は浄められるのだ」という声が聞こえる。そこで夢は消えて、クラ、は「神のやうに眠りつゞけ」る。

それから、物語はその日（在家の最後の日）のクラ、の有様に移る。彼女は朝の礼拝に聖《サン》ルフヒノ寺院に出かける。寺に入るとオッタヴィアナの視線を感じるが、もうそんなことに頓着はしない。祭壇を仰ぐと、十六歳の時の出来事が思い出されてくる。フランシスが十二人の仲間とローマへ行って法皇からキリストを模範として生活することと寺院で説教することとの印可を受けて帰ってきた。ところがフランシスは裸形で人々の前に立ち、祭壇に安置された十字架の聖像を指さす——と、聖像は「痛ましくも瘦せこけた裸形のまゝで」会衆を見下ろしている。そして彼が「神の愛、貧窮の祝福」などを語った短い説教の後、クラ、はフランシスに帰依したのだった。それから「何よりもい、事は心の清く貧しい事だ」といった教えを聞く。だがまた「あなたは私を恋してゐる」といわれてたじろぐ。が、聖者は不意に神々しい威厳をもっていった——「神の御名によりて命ずる。永久《とこしえ》に神の清き愛児《まなご》たるべき処女《おとめ》よ。腰に帯して立て」。その回想からさめると、盛装の僧正が彼女にほほえんでいた——。その夜、クラ、は可愛い妹のアグネスと別れ、父母のもとをあとにし、栄耀栄華の約束されている世界を去って、市の外に出、山坂を曲りくねって降りて行く。「平原の平和な夜の沈黙を破つて、遙か下のポルチウンクウラからは、新嫁を迎ふべき教友等が、心をこめて歌ひつれる合唱の声が、静かにかすかにおごそかに聞こえて来た」というところで作品は終わる。

短い作品なのに、つい長々と内容紹介をしてしまった。作者は冒頭に「これは正しく人間生活史の中に起つた実際の出来事の一つである」と述べている。実際、作者の空想が生み出したように見えるヒロインのクラ、も、フランシスも歴史上の実在の人物なのだ。ベルナルドーネ家のフランシスは、フランシスコ修道会の創立者となったあの聖フランシスコであり、クラ、はその弟子となり、後にフランシスコ女子修道会（クラ、会）を設立した聖クラ、なのだ。私はいっこうに不案内なのだが、この聖女にも公式あるいは非公式の聖女伝がいろいろあるに違いない。しかし有島は彼女を一人の人間として描き切ろうとした。形としていえば、クラ、も「二つの道」で迷い、悩みながら、「神の道」を選び、肉体的なものを捨てて霊的な生へと進む。しかしそのように突き進む彼女に、武郎は「人間」の「自己」に徹した道を進む者の気高さを感じ、美しく描いてみせたのだ。ヘダ・ガブラーは俗に走ることによって「人間」に徹しようとした。クラ、はその逆を行って「人間」に徹した。

ただし、中世の聖女の誕生を描こうとして、武郎の筆は空想の中に飛躍している。その過程で彼が陥りやすかった感情的な表現につい傾きすぎてもいる。作品の後半、いよいよ出家の時が近づくにつれて、「泣く」クラ、がむやみと強調され、「涙」があちこちで流れ出る。これを乗り越えることが、武郎の文章の大成のためには必要だったのではなかろうか。

「実験室」

「実験室」は「クラ、の出家」とまったく対蹠的に現代の、武郎にとっては身近な大学病院（?）での医師の話である。「クラ、の出家」と「カインの末裔」も対蹠的な作品世界だったが、こんどもまたこの二つの作品と対蹠的な作品世界をつくっており、温厚な武郎が大胆に次々と新しい世界を切り開いていたことに感嘆させられる。

「彼れ」は妻を失ったばかりだが、その死因について同僚の医師たちと見解を異にし、粟粒《ぞくりゅう》結核のためと信じており、ついに妻の死体を解剖に供し、さらにその執刀をみずからしようと申し出る。「解剖台の上にあるものは、親であらうが妻であらうが、一個の実験物でしかないのだ。自分は凡ての機会に於て学術に忠実であらねばならぬ」と彼は思うのである。親族などは反対し、あくまでも解剖をしようとする彼に愛想をつかす。兄は最後まで彼の説得に努めたが、「僕は学問を生活してゐるんです」とつっぱねると、嘆息して黙ってしまった。こうして彼はいよいよ解剖室に入る。助手と見学の同僚とが六人ほど待っている。「昨日まで彼れの名を呼び続けに呼んで、死にたくないから生かしてくれ〳〵と悶え苦しんだ彼れの妻は、悶えた甲斐も何もなく痩せさらぼへた死屍となつて、彼れの眼の下に仰臥してゐた」（それから解剖の有様がこまかに描かれる）。蠅がとんでくる。血なまぐさい匂いがする。内臓が抉出《けっしゅつ》されてしまうと、見学の人たちの死体に対する遠慮はなくなり、死体は学術的な興味の対象になる。そして彼の思っていた通り、多数の粟粒状結節が認められる。内臓を検査し終えると、彼は「頭蓋骨を開いて脳膜を調べて見たくてたまらなくなつた」。「彼の感じたその衝動は研究心以外の不純な或る感情——Sadistic と言ふ言葉でゝも現はさなければならないやうな——が湧いたのではないかと思ふほどに強いものだつた」。ついに妻が彼をさえぎるような「不思議な幻覚」に襲われて、ますます乱暴に作業を進める。彼をさえぎろうとした兄が失神して倒れる。彼自身も疲れ果てて、助手にあとをまかせてしまい、中庭に出て休む。そして「生気に充ち溢れた自然の小さな領土を眺め」ていると、解剖台からは彼の妻の頭蓋骨をひき割る音が聞こえてくるが、彼はもう見返ろうとしない。先程の兄の言葉がよみ返り、「生活と学術とどつちが尊い。我れを見失つてどこに学術がある」と自己に問いつめる。

やがて助手に呼ばれて解剖台に戻る。彼の診断が正しかったことはもはや明らかで、「彼れは思はず、最愛の妻の肺臓を、戦利品であるかの如く人々の眼の前に放り出した」が、目的が達せられてみると、「彼れの熱心は急に衰へて一時も早く悲しい孤独に帰りたかつた」。生に執着しぬいた妻の断末魔の光景が思い浮かんでくる。自分の稚気、衒気が恥ずかしくなる。この六年間立て籠っていた実験室が厭はしく汚なく見える。「魔術師は法力を失つた。自己偽瞞の世界が彼れの眼の前でがら〳〵と壊れた」。それから、外に目を向けると、木々の梢が眺められ、そのあらゆる葉が光に向いて戯れている。「彼れの住む世界にもこんなものがあるのか。こんなもの、ある世界にも彼れが住んでゐるのか」。妻が死んでから初めて彼が自分を取り戻して泣くところで記述は終わる。

作品の前半は解剖の有様など、まことに微細でしかも力強い描写である。武郎の医学知識（作品は大正六年八月十九日脱稿とある。その寸前、八月一日に武郎は大学病院で、肺結核で死亡した女性の解剖を見学している。そういう知識も加わっているであろう）にも驚かされるが、恐れ気もなく正面から描き切る姿勢にこそ驚嘆させられる。後半はいつもの反省癖が出て、感情的表現が強くなっているが、それでも、これでもか、これでもかといった自己分析の徹底ぶりに目を見張らされる。有島武郎の文章力をあらためて確認させる作品といってよい。彼がこの短篇について「私の今の処では少し自信を持つてもい、ものと思つて居ます」（吹田順助宛書簡、大正6・9・6）と述べているのも、この表現力についてであろう。

そしてこれは、一見自己を捨てているようで自己に徹したクラ、と逆に、自己に徹したようで自己を見失ってしまった人物の内と外とを、描写しつくして見せている。武郎の「人間」理解の奥深さ、重層ぶり、およびその総体的な表現への肉迫ぶりが、だんだんとはっきりしてくる感じである。あとはもう一つ飛躍する跳躍台のようなものがあれば、「本格小説」へと到るのはほとんど自然なことのように思える。

「生れ出づる悩み」

「本格小説」の執筆を始める前に、有島武郎はさらに二篇の注目すべき短篇（中篇というべきか）を書いた。私にはどちらもとくにすぐれた作品とは思えない。しかしこれを書くことは、いわば跳躍の前の呼吸調整の仕事だったかもしれない。そう思うと、結構読ませる作品でもある。その二篇の第一、「生れ出づる悩み」は、大正七年三月中旬から四月末にかけて『大阪毎日新聞』と『東京日日新聞』に連載され、中断の後、八月に完成、九月に『有島武郎著作集第六輯』に収めて刊行された。

この作品の成り立ちは、実際の出来事（モデル問題）とも関係して、よく知られている。北海道は積丹半島のつけ根にあたる岩内（有島農場のあるニセコからも程近い）の漁師の子、木田金次郎は子供の頃から絵に興味を抱き、高等小学校卒業後、明治四十一年、中学校に入って絵を志したが、結局、岩内へ戻って漁師の生活に入った。そして厳しい生活の中で絵の努力を続けるうちに、四十三年十一月、札幌市内のある画展で有島の作品に惹かれ、偶然のことから、当時まだ札幌にいた彼の住居を知って訪問し、たずさえていった自分の画帳を見てもらった。そしていささかの励ましを得て、さらに七、八年の漁師生活の後、大正六年十月、二冊のスケッチ帳を手紙とともに東京の有島に送った。武郎はこれを見て感銘を受け、一週間とたたないうちに（十一月上旬）北海道へ行って木田と再会。この後、大正八年二月、東京の弟佐藤隆三宅で木田の個展を開き、彼を世に出すきっかけをつくった――ただし、それはもうこの作品の内容から離れたことである。

この作品は、二人の出会いのいきさつも語るけれども、武郎（語り手の「私」）がスケッチ帳二冊を受け取り、北海道まで木田（作品中の「君」）に会いに行く話が中心になっている。なぜそれほどの気持になったのか。「私」は北海道を引きあげてきて、文学者として立とうとしているが、ここまで来てもまだ「二筋道」に迷い、「自分の芸術の宮殿を築き上げようと藻掻いて」いながら、「心の奥底」の火が燃え立たない惨めさも感じる時があった。そういう時、同じように「生れ出づる悩み」と取り組んでいるように見える「君」に、自分をふるい立たせるよすがとなるものを感じたからであろう。片やすでに名をなした作家、片やまったく無名の画家でありながら、両者の精神的状況の共通性が作品の冒頭から示唆、あるいは強調される。

そしてこの作品は、終始「君」に語りかける調子で語られる。つまり「私」の感情を露骨に、訴えかけるように表現するのだ。例によって「私」は作品中でよく涙を流す。

「誰れも気も付かず注意も払はない地球の隅つこで、尊い一つの魂が母胎を破り出ようと苦んでゐる」

私はさう思つたのだ。さう思うとこの地球といふものが急により美しいものに感じられたのだ。さう感ずると何となく涙ぐんでしまつたのだ。

といった調子である。これは「君」への同情の表現であるが、同時に自分への同情の表現でもある。こんな気持で「私」は「君」に会いに北海道へ行くのだが、二人の生活は土台が違うのだから、会ったことから具体的な中身のある話が発展するわけではない。一夜、同じ部屋で過ごしただけで、「私」は東京に帰る。しかしこの後、「私」は北海で生きる「君」の姿にさまざまな想像をめぐらし、その有様を極めて具体的に力強く表現するのである。

その例を引用していくと、作品の半分ほどの分量になってしまうかもしれない。「淋しく物すさまじい北海道の冬の光景」、その海に夜明け前に出ていく漁船の姿、見送る漁夫の妻たち、そして漁船上の「君」、暴風に襲われた「苦い経験」、押寄せてくる大波、その大波に「死にはしないぞ」と立ち向かう「君」、そして生還の姿、それから、ほかの漁夫たちがそれぞれの生活をそのまま受け入れているのに対して、「君は絶えずいら〳〵して、目前の生活を疑ひ、それに安住することが出来ないでゐる」といった心の状況。さらに、海産物製造会社に支配されていく岩内の状況。「そろ〳〵と地の中に引きこまれて行くやうな薄気味悪い零落の兆候が町全体に何所《どこ》となく漂つてゐるのだ」。

それから、ふと我に返ったかのように、「君、君はこんな私の勝手な想像を、私が文学者であると云ふ事から許してくれるだらうか」などという。しかもそういいながら、「私の唯一の生命である空想が勝手次第に育つて行く」という弁解のもと、さらに「君」がスケッチに出かける姿を克明に描き、自分の隠れた力が久しぶりに形を取ることを喜ぶと同時に、自分の力に対する狐疑が押し寄せてくるといった「君」の心の内までも想像して語ってみせる。そして「君」のそういう「内部の葛藤」に同情《シンパシー》を表現しながら作品を終えるのである。

感情過多の大袈裟な表現は、読んでいて辟易させられるほどだ。「君よ‼」などと日本語の文章では不自然な呼びかけをくり返しながら、末尾近くには作品のタイトルとも結びつくこんな一節がある。

ほんたうに地球は生きてゐる。生きて呼吸してゐる。この地球の生まんとする悩み、この地球の胸の中に隠れて生れ出ようとするもの、悩み——それを僕はしみぐ\と君によつて感ずる事が出来る。それは湧き出で跳り上る強い力の感じを以て僕を涙ぐませる。

まことに芝居がかった大形な美文である。が、こんなことを真面目な顔していえる作家は、日本で有島武郎以外に考えられない。そして彼の場合、そういう思いが——「涙」とともに——真実味をもって読者に伝わってくるのだ。それでも、こういう表現は文学作品の本当の意味での内的な充実には邪魔な要素であるだろう。が、この欠点を補うのが、この作品のもつ圧倒的な描写力である。「本格小説」の実現を前にして、この作品はそれ自体がまさに本物の文学の「生れ出づる悩み」を演じていたようにも思える。

「石にひしがれた雑草」

「生れ出づる悩み」と同時、つまり大正七年四月の『太陽』に発表されたのが、「石にひしがれた雑草」である。「生れ出づる悩み」がおもに精神の展開、魂の苦闘を中心に語られたものとすれば、こちらは肉体の世界、肉欲の苦悩を語っている。精神の苦悩はなんとなく高尚で肉体のそれは低俗といった通念が世間にあるからか、「生れ出づる悩み」はよく知られるのに対して、「石にひしがれた雑草」の世間的な評価はあまり高くないようだ。しかし武郎にとって、両者は同等に重要な問題を扱う作品だったはずである。

この作品も「僕」が「君」に（長い手紙によって）語りかける形になっている。こんどは作者の伝記的事実からは掛け離れた内容の物語だが、こういう表現形式に「告白」好きの武郎はつい頼ったのだろう。

「僕」と「君」（加藤）は大学時代の友人。「僕」は歌留多会で豊満な体のM子に魅せられ、その誘いに乗って肉体関係をもち結婚の約束もするが、自分に地位も収入もないので、米国に渡り、実業を学んで結婚の資格を得ようとする。が、目的を果たして三年後に帰国してみると、M子は加藤と通じている。二人が意外と素直に事実を認めたので、三人で話し合った結果、加藤は身を引き、「僕」とM子は結婚する。「僕」は洋行の成果を生かして事業を拡大、M子はキリスト教会に熱心に通い、二人は「余裕のある上品な生活」に入っていく。が、「僕」はふとしたことからM子と加藤がよりを戻しているという疑念を抱き、全力をつくしてその事実をつかむ。それから「僕」は復讐の念をもって、二人の心をちくちくと刺して苦しめる。やがては復讐に快楽が加わり、周到な手段でもって二人を責めさいなむ。M子は追いつめられて、気が狂ってしまう。「僕」は「魂の藻抜けになつたM子を君に与へる」と加藤への手紙を結んで、二人の前から去る。

作品のまだ導入部で、「僕」はワイニンゲル（女性の劣等性を主張したオーストリアの思想家オットー・ヴァイニンガー）の説を持ち出して、女性を「家庭型」と「娼婦型」に分け、M子を後者に入れた上で、その性的な特質を分析的に描いていく。すでに部分的に見てきたように、武郎はこの方面で、当時としては大胆な筆致を駆使して見せる。さらに、M子の肉体的魅力や肉体的欲望の推移、あるいは「僕」と彼女との心理の動きなども、執拗なくらいに追究し、描いていく。M子に裏切られ、「石にひしがれた雑草」のようにみじめであった「僕」が復讐に転じると、その快感が「嫉妬の orgasm」と表現されたりもする。

文章はあちこちで粗《あら》っぽくなり、「運命よ」などと（前作の「君よ!!」を思い出させる）まさに翻訳調をモロに出した表現もする。単純な復讐談ともいえそうな内容で、ストーリーの展開も荒っぽい。しかし人間の醜い肉の面、そして自分でもどうにもならない肉欲と嫉妬とを徹底的に自己分析し、表現しきろうとする文章力は、見事だともいえよう。

武郎はこの作品の広告文で、「「宣言」を書いた時の気持をもう一度裏返して自分に迫らなければならない必要を感じ」、愛が「不正当に取扱はれた場合」を見極めようとしてこの作品を書いたという。

人間の「生」を、あるいは「愛」の行方を、表と裏から見極めていくのを、作家の使命と心得てこの作品に臨んだことがうかがわれる。この作品にも欠陥は多い。が、これは「生れ出づる悩み」と合わせて『有島武郎著作集第六輯』とされ、大正七年九月に出版された。すると、人間の精神、魂の苦しみと、人間の肉の悩みとが、ここでも表裏となって描き上げられていることになる。こういう表と裏とから迫る姿勢は、一人の新しい女性の姿を総体的に描き上げようとする次の大作の姿勢と、そのまつながるであろう。

6 生活の改造

神近市子との関係

最初の小説「かんかん虫」（改作稿）発表の明治四十三年から、「生れ出づる悩み」発表の大正七年まで、わずか八年ほどの間に、有島武郎は大胆な実験性に満ちてしかも重厚な内容の小説をつぎつぎと発表し、文壇的地位を駆けのぼった。江口渙は大正六年の文壇を総括した「創作壇に活躍せる人々」（『新潮』大正6・12）で、有島について「氏は佳作につぐ佳作をもつてして、何時の間にかまさに文壇の中心にならうとしてゐる」と述べ、ある人は彼の作品を「日本に始めて現はれた近代人の魂を描いた」といい、またある人は彼を「思想家にして芸術家をかねる人」といったと伝えている。江口は東大英文科を卒業寸前に退学した後、漱石門下に入った評論家だが、彼のこういう評価は武郎が漱石の後継者と見なされるようになったことを納得させる。

有島武郎には、単に文学世界だけでなく、もっと広く文化あるいは文明の問題、あるいは人間の精神のあり方といったような問題についての考察、思索や、指導性の発揮が求められた。しかしある面では朴念人であった漱石と違い、武郎は知性の人であると同時に非常な情念の人、あるいは多情な人であり、むやみと反省をくり返しながらも、平穏無事な日常生活を続けることはできなかった。その有様を垣間見させるのが、彼と神近市子《かみちかいちこ》との関係である。

妻が死んで一年近くたった大正六年五月、武郎はどういういきさつがあってか、神近市子と知り合った。神近はいわゆる日蔭茶屋事件によって知られる「新しい女」であった。津田英学塾の出で、在学中から青鞜社に参加、その後『東京日日新聞』の記者になった才媛だが、大正五年十一月、彼女に生活の面倒まで見てもらっていながらもう一人の「新しい女」伊藤野枝を愛するようになった著名なアナーキスト大杉栄を、葉山の旅館日蔭の茶屋で刺傷したのである。六年二月に行われた裁判で、市子は二年間服役することになった。その入獄前の五月八日、武郎は初めて彼女に会ったのである。それ以後、書簡の往復がひんぱんにあり、何度か会いもした。六月三十日の日記（当時はポケット日記帖に英文で簡単な記入をしていた）で、「神近から手紙。『新潮』の僕の作品を賞めてくれた」とあるのは、「惜しみなく愛は奪ふ」（第一稿）にふれたものであろう。

こうして始まった交際だが、七月十四日の日記には、「今日の午後、神近を新しい住居に訪ねた。一緒に散歩する。互いの間にあった垣を越えてしまった。自責の念強し。事実、彼女にキスせずにはおれなかったのだ。恥しい！」とある。この最後の一文、原文はIn fact, I was forced to kiss her.

とあり、訳文通りの意味だろうが、キスしたことを何か自分以外の力によってさせられたとでもいうような責任逃れのニュアンスが感じられないでもない。しかもそれを「垣を越えてしまった」と大袈裟に受け止めてみせ、さらに例によって例のごとく「恥しい！」と反省する。このあたり、武郎のいささか情ない姿が見える。この後、七月二十二日に、「神近嬢へのこれ限りの返事を書く」とあり、二十五日には「神近の最後の手紙が着いた。少し淋しい感じがした」とある。

これで「破局」を迎えたわけだが、八月七日の足助素一宛書簡によって、この推移の内実のようなものがある程度想像される。ここで「彼女」といっているのは、神近のことに違いない。彼女から「今の境遇にある僕に対しては要求すべからざるものを要求して」きたらしい。手紙の記述はごてごてしていて分かりにくいが、「僕」は「けつまづいた事」を認めながらも、夫れが一時的の意味しか持たないものである事を主張」し、結局のところ「二人の関係は少くとも一時的に断絶した」という。そして「兎に角僕と云ふ人間は脆い人間だ。自分ながらあきれる程だ」と述べて、ここの記述をしめくくっている。

ところが武郎の日記によると、九月二十九日、神近市子から彼のもとに手紙が着いたらしい。「非常に神経過敏な手紙だ。来月三日に入獄するとのこと」と記している。原文 sensitive は「神経過敏」というよりも、ここでは「高まった気分の」ほどの意味だろう。いよいよ入獄となれば、思いのたけを述べて当然である。しかし武郎はそれに対して何の反応も示していない。

こうして、詳細はよく分からない。だから臆測はいくらでもできそうだ。しかしそんなことよりも、武郎が潔癖な理想主義の外観を呈し、実際そうなるべく努め続けながら、その実、「恥しい！」とか「僕と云ふ人間は脆い人間だ」とかと、いままで無数にくり返してきた自己反省やら自己憐憫をまたくり返し、相手に何やら要求されると、ふいと冷やかな姿勢を示していることには、この人のまさに「人間」らしい有様を垣間見る思いがする。

さまざまなる女性関係

ここでちょっと付け足しをしておくと、武郎のこの種の女性「関係」はこれだけには留まらなかったのである。神近とのことがあった翌大正七年五月、熱海の旅館で『著作集』の仕事をしていた時、係の竹（たけ）という女中に心惹かれたらしい。日記（二十八日、英文）に、「僕は悪い男だ。実行には移さないが、竹に対して劣情を抱いているのだ。ああ、怖しい心よ！」とある。翌二十九日「夜、たけと大いに話す。彼女にとても興味がある——あの粗暴な怖しい破滅」（原文 She is so interesting — that savage. Horrid catastrophe. で、「彼女にとても興味がある——あの粗暴な女に。怖しい破滅」といったところだろう）。それから三十日、三十一日と「怖しい破滅」の記述が続き、六月二日には「竹は僕に愛情を抱き始めたらしい。可哀相に！」とある。武郎は翌三日、熱海を去った。が、七月中旬、熱海に小旅行した時、十四日、十五日と続けて「たけが来た」の記述がある。

竹（たけ）に加えて、同じ熱海滞在中の大正七年五月、桜井鈴子という女性が近づきを求めて来た。会うと「少し病弱そうだが〔原文 cranky で、「気むずかしそうだが」だろう〕、非常に賢く、魅力に輝く眼をしている」（二十九日）。武郎はこの女性ともひんぱんに行き来し、東京に戻っても、たとえば

「有楽座で会い、一緒に散歩」したりしている（六月十三日）。彼女は代議士夫人で、この後もずっと武郎につきまとい、武郎の方が辟易《へきえき》したらしい。足助素一宛の手紙で「僕は少し恐ろしくなつて来た」（大正7・11・10）と述べている。

武郎の晩年の日記は断続的なので、このほかにも日記に残らない彼の女性「関係」はあったかもしれない。さらに時がたつと、またもや名のある女性が彼の周辺に登場して来る。女優の唐沢秀子（歌人名・桜井八重子）は、大正十年春、京都南座に出演中、京都大学教授の成瀬無極《むきょく》によって武郎に紹介され、以後武郎の死の間際まで親交が続いたという。後年、彼女が水島幸子の名で「十五年秘められし純愛を語る　有島武郎氏の手紙」（『新女苑』昭和13・1）などと題する手記を発表すると、その「純愛」の中身についてまたもや臆測がたくましくせられたりもする。

しかしこの種の有名女性の筆頭には、やはり與謝野晶子の名をあげずばなるまい。武郎がアメリカ留学前に晶子の『みだれ髪』を読み、強い共感を示していたことはすでにふれた。大正五年、妻安子の死後、武郎はこの偉大な歌人と直接知り合ったらしい。かなりの書簡の往復があり、たとえば武郎は自分の創作力がすっかり衰えた時、「何やら物に拘つて物の書けなくなつた此頃の私を憐れむにつけて泉のやうなあなたの御胸を殊更らに羨敷《うらやましく》存じ上げます」（大正10・2・19、傍点亀井）というような表現をしてはばからないところがあった。二人の間にどういう「関係」があったかは、ある種の文学者や研究者には好個のテーマとなった。いずれにしろ、武郎は甘い顔つきに加え、みずからも一面でピューリタン的に自分を律し、世間的にも良心の化身のように見られたが、同時に多感であり、艶福でもあった。が、それだけに女の問題で悩んだり、苦労したりもしていたわけだ。「怖しい破滅」感に迫られもするのである。

生活改造の困難さ

自分の「生」あるいは「存在」の危さ、脆《もろ》さをわきまえればわきまえるほど、武郎はその「改造」の必要に思いをいたした。女性関係などという「秘められた」問題ではなく、社会人としての責任といったような一種公的な問題について、彼はいっそうそのことを感じた。しかもその実行の難しさを彼はよく知っていた。遺産相続問題ひとつ取り上げても、苦労があるだけで解決はなかなかなかった。つまり父の死後まる一年たった大正六年十二月（一周忌）に、彼は兄弟で円満に遺産を分配した。みな「私の処置を喜ん」で、「涙を流し」たという（日記12・23）。しかし彼は胸中、自分が莫大な財産を受け継ぎ、不在地主として生きることに良心の苛責を感じていた。が、財産の放棄は容易なことではない。

そんな矢先、大正七年の春頃から武者小路実篤の「新しき村」の運動が、はっきり形を取り出した。「人類すべてが、他人を人間らしく生活させることによつて、自己が人間らしき生活が出来、自己を人間らしく生活させることによつて、他人を人間らしく生活させることが出来ると云ふ確信」（『大阪毎日新聞』大正7・3「新しき村に就ての対話」）をもとに、調和的な生活共同体の建設を目指したのである。

この運動の理想に有島も共鳴したが、それが失敗に終わることも彼の目には明らかだった。その思いを武郎は「武者小路兄へ」（『中央公論』大正7・7）という文章にあらわした。そのじつ彼自身「私もある機会の到来と共に、あなたの企てられた所を何等かの形に於て企てようと思つてゐます。而して存分に失敗しようと思つてゐます」と結んでいる。しかし武者小路から反発を招き、ちょっとした応酬があって、二人はしばらく不仲になってしまった。

ともあれ、芸術家は改革者であらねばならぬと武郎は信じていた。しかし自分の「弱さ」をよく知る彼は、その難しさをよくわきまえてもいたのである。彼が財産放棄を実行に移すのは、大正十一年になってからであり、それも母親の反対に会って、かなり制限されたものにならざるをえなかった。しかし、「改造」の先送りをしながらも、その実行をいつも思い、その必要を誠実に語る点で、有島は若い心を引きつける力を十分にもっていた。

さらなるホイットマン熱

大正六年三月頃、武郎は彼を敬慕して集まってくる一高生たちを中心にして「草の葉会」を始めた。毎月曜日の夜、自宅で、『草の葉』を講じ、その後で社会問題や時事問題を論じ合うのである。漱石の木曜会を思わせる。会員は八木沢善治、市河彦太郎、蠟山政道、沢田謙で始まったが、後には谷川徹三、藤沢親雄、北岡寿逸、大佛《おさらぎ》次郎、芹沢光治良《こうじろう》、原彪《はらひょう》らも加わった。社会科学畑の学生が多く、武郎自身、彼らと語ることを楽しみにしていた。自己一元の世界観を標榜しながら、彼は自己と社会との関係に関心をもち続けていたのである。またこの読書会があって、武郎の『草の葉』翻訳やホイットマン研究が進んだことにも注目しておきたい。

翌大正七年、武郎は同志社大学客員教授となり、毎年春秋二回の連続講義を行なうことになった。このうち大正八年のホイットマン講義について、彼はすでに日本におけるホイットマン研究の第一人

麹町下六番町有島邸の門（旧旗本屋敷）

者になっていたにもかかわらず、「ただ一個の作家として［中略］作家が自分を築き上げる上にホイットマンから受けた所を、秩序も研究もなく雑然と披瀝してゐるのに過ぎない」（「書後［『或女（後編）』跋］」）と述べている。またこういう講義の機会を利用して、たとえば同じ大正七年十月には京都キリスト教青年会館で「イブセンのブランドに就いて」と題する講演をした。同様にしてさまざまな機関から求められ、あちこちで講演を行なっている。

このうち特筆しておきたいのは、大正九年十月二十六、二十七日、東京は神田一ツ橋帝国教育会館における新人会主催第二回学術講演会で行なった講演「ホイットマンに就いて」である。これは武郎の数あるホイットマン論の中でも最も長く、最も充実した内容になっている。しかしこれについては、アメリカ留学中の武郎のホイットマン発見を語った個所でこまかく紹介したので、深入りを止めようと思う。ともあれ彼は、ここでホイットマンの「ローファー」としての生き方を説きながら、それにならって自分も「自己本位」に生きようと思いを語るのであ

足助素一

る。つまりはこの講演自体が、武郎の文学活動を精神的に支える体のものであった。

こういう文学批評的な仕事のほかに、武郎の批評活動はもちろん多岐にわたった。この面でも夏目漱石と共通するところがあって、彼は芸術展、芸術作品、あるいは芸術一般について意見を求められることが多く、それにきちんと応えるように努めた。芸術家についていえば、ロダン、ミレー、ゴッホなどに積極的な関心を示した。どれも自然と自己を合一させ、ローファー的に生きた芸術家たちといえる。

『有島武郎著作集』

こうして内に困難と混乱をかかえながらも、有島はとにもかくにも生活の「改造」を心掛け、日常の社会の中で活発に、積極的に生きていた。いまや社会的に非常に尊敬される作家であり、同時に当代切っての流行作家であったにもかかわらず、果敢に自己改革の努力をし、またその思いを公言し続けていたのだ。

先にも何度かふれた『有島武郎著作集』は、その思いの具体化の試みの一つであった。彼は自分が流行作家になったことを自覚した時、つい安易にジャーナリズムに乗ってしまうことを恐れ、自分の著作は『有島武郎著作集』の形でのみ単行本にすることにしたのだった。地味な装丁の本にした。が、大正六年十月にその第一輯が新潮社から出て以後、『著作集』は新潮社のドル箱になったという。

ついでに述べておくと、翌大正七年九月、その版元が叢文閣に代わった。札幌農学校における武郎の三年ほど後輩で、親交を結んでいた足助素一が上京してきて、出版社を立ち上げたのを機に、『有島武郎著作集』の版元になることを熱望、とうとう武郎が新潮社との仲立ちをし、出版権を譲り受けたのである。新潮社の佐藤義亮は極めて好意的に対応してくれたらしい（足助素一宛書簡、大正7・6・24）。そして『著作集』は、第六輯から最後まで叢文閣の手で出版されたのだった。

これはいってみれば友情の作業にすぎなかったかもしれぬ。しかし『著作集』が友人の営む小さな出版社から出ることになったことは、著作こそが自分の生活であることを彼に確認させる結果になったと思われる。時には原稿完成を急がされ、時には宣伝広告のすみずみにまで気を配るといった具合で、武郎は大作家には珍しく本の出来不出来と一体になって著述を進めたのだった。

第五章　『或る女』

1　『或る女』を書くこと

「驚異の八年」

有島武郎は作家として出発してから八年ほどの間に、めまぐるしい展開を見せてきた。温厚なその性格、あるいは良心の化身のようなその外観からは想像もつかない激しさをもって、人間の内面と外面、あるいはその間のギャップを徹底的に究明し、大胆な実験性をもって、作品の世界を多方面にひろげてきた。また彼は文章と格闘し、情ないほどの感傷癖からいわゆる翻訳調のバタ臭さまで、欠点をたっぷり露呈しながら、しだいに綿密で重厚な描写力を育て、それをいやというほど見せつけもした。私は大正六（一九一七）年頃の有島の作家活動を「驚異の一年」と呼んだが、ちょっと時間の視野をひろげれば、「かんかん虫」から「生れ出づる悩み」に到る期間を「驚異の八年」と呼ぶこともできる。有島武郎が作家としての次の仕事としたのは、こういう文学的実験と表現への努力を結集し、まさにトータルに彼の「自己を描出」する「本格小説」を創り出すことであった。そのためのテーマは彼の内ですでに熟し、ペンをもってそれと取り組む思いは彼の中でぐつぐつとたぎっていた。中断したままの『或る女』を完成させることである。

『或る女』完成への意欲

有島武郎は明治四十四年から大正二年にかけて「或る女のグリンプス」を『白樺』に連載したが、ヒロインの早月田鶴子がせっかく行ったアメリカに上陸せず、同じ船で帰ることになるところで中断してしまっていた。一応の区切りまで話は進んでいたといえなくもないが、これで終りになるはずはないので、望ましい反応を得られなかったことが中断の原因かもしれない。あるいは身辺の忙しさが原因だったのだろうか。

いずれにしろ中断してからほぼ三年間、武郎は少くとも表面上はこの作品をほっておいた。急速に文名があがって執筆活動が多忙を極め、これを完成している余裕がなくなったことも関係しているであろう。だが大正五年一月十一日の足助素一宛書簡で、「「或る女」はまとめて出す事にした。是れから続篇を書く」と述べている。文面から想像すると、足助から「或る女のグリンプス」はどうなっているかといった問い合わせを受けた返事であろう。しかしひそかに思い続けていた計画をいよいよ実行に移すといった感じもある。同年三月二十八日の日記（英文）に、前日買いあさった本を読みふける記述がある中で、モーパッサンの『ピエールとジャン』を読み、『女の一生』を読んだ時よりも「天才と洞察力」を感じたといって、その表現と内容を分析しているのは、『或る女』との関連からいっても興味深いし、さらにハヴェロック・エリスの『性の心理の研究』*Studies in Psychology of*

Sex を全部読んで、「「或る女のグリンプス」を書き変えるのに有用な点が数々得られた」という記述もしている。*Studies in Psychology of Sex* は全六巻からなる大著だから、「全部」読んだといっているのはどういうことか。そのうちの一巻だったのだろうか（各巻テーマ別になっている——漱石はそのうちの二巻を所有していた）。いずれにしろ、この頃までに「グリンプス」の書き変えを考えていたことは明らかだ。はじめは簡単に「続篇」を書いて、この作品を完成させようと思ったのだが、そのためには「グリンプス」を書き変える（書き直す）必要があると分かったのであろう。そして確かに、モーパッサンやエリスは大いに参考になるはずだった。

しかしその仕事は遅々として進まない。二年近くたった大正七年一月二十二日の吹田順助宛書簡で、「「或女のグリンプス」を本年中に仕上げてしまひたいと思つてゐますが、甘《うま》く行けば仕合せです」と述べている。ところがなかなか「甘く行」かない。この年の末頃には、ほかの原稿をぜんぶことわるくらいにして、この仕事に没頭した（次の『著作集』は『或る女』と決めていたので、早く仕上げぬと『著作集』の刊行が中断状態になる恐れもあった）。結局のところ、この「グリンプス」改作の仕事を完成して出版社に渡したのは、翌大正八年二月二十五日のことだった。これより前、二月十七日付の「『或女（前編）』書後」（『著作集』ではタイトルをこう標記した。書後は「あとがき」に同じ）で、彼はことの次第をこう書いている。

「或る女」は発行が思つたより非常におくれました。その責めは全く私にあります。既に半分は書き上げて発表したものだから書き直す位は何んでもないと思つてゐましたが、実際やつて見てそれは創作をする以上に骨の折れるものだといふ事を発見しました。随分多くの箇所を全然書き直したり訂正したりしました。元来は仕舞まで書いてしまつて一冊にして出す手筈でしたが前編だけで今までか丶つてしまひましたから、後編は別冊にして出す事に叢文閣に頼んでやうやく承諾して貰ひました。

こういう手間取った改作の有様を知ることは、「本格小説」作家有島武郎が苦労の末にはばたき出す姿をうかがう助けとなるかもしれない。

2　「或る女のグリンプス」

スキャンダル事件をもとに　ようやく『或る女』の内容検討に入りたい。まずその最初の形、「或る女のグリンプス」は、武郎が作家として出発（「かんかん虫」を改作発表）してからわずか三カ月後に、『白樺』に連載し始めた。よほど書きたいテーマであったのだろう。そして完成までに八年半をついやしたことを考えると（そして彼が完成後わずか四年で亡くなったことを思うと）、生涯のテーマであったともいえよう。

こういう内容である。

時は明治三十四年九月、新橋駅に人力車で駆けつけた早月《さつき》田鶴子が、ベルが鳴っているのも無視して悠然と振舞い、出迎えの青年古藤義一を従えるようにして汽車に乗り込むところから物語は始まる。横浜に向かうその車中で、彼女は木田孤笻《こきょう》の存在に気がつく。向こうもこちらに気づきながら素知らぬふりをしているので、彼女の心は怒りに燃える。彼女は古藤の助けを得て横浜で米国へ渡る船の交渉をしに来たのである。そのくせ休息に入った宿で、古藤を誘惑するような振舞いもする。……

田鶴子は女流基督教徒の先覚者で基督教婦人同盟の事業に奔走する早月親佐《おやさ》とおとなしい医師との間に生まれた娘で、美貌と才気を備え、嬌慢に育った。十九歳の時、日清戦争の従軍記者として名を馳せた木田孤笻と知り合い、親の反対を押し切って結婚した。しかし相手が自分と同じ「平凡な欲望を持つた一個の男」であることを知り、また男の「貪婪な陋劣な情欲の発作に遇つて」、わずか二カ月で愛想をつかし、突然失踪してしまった。そして木田との間にできた定子をひそかに産むと、自分の乳母の家で育てさせ、自分は、夫の浮気を疑って仙台に別居した母のもとに身を寄せ、土地の社交界の花形となった。が、ある新聞に親佐と田鶴子のスキャンダル記事が出て、二人は危機に陥る。と、その時、「最も活動的な基督教徒として知られた」アメリカから一時帰国中の木村という男の奔走で、親佐の冤罪はそそがれた。その後、二人は東京に戻ったが、田鶴子は木村の「執拗な求婚に攻められ」ることになり、父と母が相次いで死ぬと、母の親友で基督教婦人同盟の副頭取たる五十川女史の画策によって、木村は「田鶴子を妻とし得ると云ふ何処か不確かな条件を握つた」。それで田鶴子は、アメリカにいる木村のもとへ行くことになったのである。古藤は木村の親友で、田鶴子の渡航を手助けするように頼まれたのだった。

両親の死んだ田鶴子は、親戚が遺産を勝手にするのに抵抗しながら、妹たちを守ろうとし、「たった一人見も知らぬ野末に立つて居る様な思ひ」である。そして「何と云ふ事なく外国に生れればよかつたと心の底から思」ったり、「芸者と云ふもの、生活を己が身にたくらべて羨しく思」ったりしている。彼女は救いを求めて訪れた基督教指導者の内田に会ってももらえず、親類縁者の送別会では五十川女史などと衝突しながらも、自分が「涯の際まで来た」ことをわきまえ、木村との結婚をきちんと果たす気持になって、アメリカに向かう絵島丸に乗るのだった。

絵島丸では、派手な「万歳」で送られた政治家の田川法学博士夫妻と同船し、高慢な夫人に敵愾心を燃やす。が、その間に入ってくれたのが濃い眉、黒い口髭の船の事務長、倉地三吉で、田鶴子は彼に、「初めてアダムを眺めたイヴの様な驚異の思」を抱く。倉地は「臆面のない傍若無人」さで人に接しており、田鶴子は「不思議な悪《にく》しみ」を覚えると同時に、引きつけられてもいく。彼女は船の中でいつの間にか「唯一の話題」になってしまい、水夫部屋では「女御」などと渾名された(田川夫人は自分の名が船中で聞こえなくなって怒り狂う)。岡という富豪の出の青年は田鶴子に夢中になり、つきまとう。だが田鶴子は倉地に抱きすくめられると、簡単に身をまかせてしまう。

船はシアトルに着くが、田鶴子は倉地のいうがままに、病気といつわって上陸しないことにする(田川夫人ははっきり田鶴子の敵になっているが、船員たちは倉地と田鶴子の仲を認めて味方になっているのだ)。木村が迎えに来て説得しても、どうしても連れ添う気になれない。それでもこれから生きていくことを思うと、「謀叛人の心で木村の Caress を受くべき身構へ心構へを案じ」はするのだが、逆に「木村を困らして見たい、いぢめて見たいと云ふやうな不思議な残酷な心」に駆られもするのだ。そのくせ「事務長をしっかり自分の手の中に握るまでは木村をのがしてはならぬ」。十二日間のシアトル滞船中、さんざん木村を翻弄したあげくに、土産まで買わせて、彼女は日本に引き返す。倉地にすら「おい悪党」と呼びかけられながら、その胸に抱かれて。……

佐々城信子
（日本近代文学館提供）

反感から共感へ

以上、「グリンプス」は全二十一章から成り、これは『或る女（前編）』となった後も変わらない構成である。そしてここまでのストーリーは、有島の小説では最も濃厚に実際の出来事（スキャンダル事件）をもとにしてできている。いまそのモデルとなった人物をもとにして筋を追い直すとこうなる。

田鶴子はすでに何度か言及してきた佐々城信子、母の親佐は佐々木豊寿《ほうじゅ》、そして田鶴子が結婚してすぐに別れた木田孤笻は国木田独歩をモデルとしている。田鶴子が婚約したアメリカ在住の木村は札幌農学校で武郎の二年先輩の森廣で、武郎がアメリカ留学早々彼と会っていたことは、すでに述べた通りである。田鶴子と木村の婚約を進めた五十川女史は矢島楫子《かじこ》、基督教婦人矯風会をつくった人物である。田鶴子が会ってもらえなかった内田は内村鑑三で、彼女が同船する田川夫妻は鳩山和夫・春子夫妻である。田鶴子が船で一緒になった事務長の倉地三吉も実在の人物で、武井勘三郎といった。最も実在性の稀薄な古藤義一も、森の二年後輩という点で有島武郎自身と呼応し、有島もみずから古藤のモデルであることを認めている（黒沢良平宛書簡、大正8・9・5）。

武郎がこの佐々城信子を軸として現代の日本における「或る女」の運命を描こうとしたことは間違いない。ヒロインは女であることによって、男よりももっと苛酷な試練にさらされる。その意味で、より突っ込んで人間の運命を描くことにもなるだろう。またその意味で、この「或る女」は女の特色や女の力を強く顕著にもっていることが望ましい。本格的な長篇小説を書こうと決めた時、武郎がその「或る女」に佐々城信子を選んだのは、ごく自然で妥当な判断だった。

ところで問題は「グリンプス」というタイトルである。こんな一般人の知らない英語をタイトルにしたのは、作家になりたての武郎の西洋かぶれ的な発想だったのだろうが、とにかくこの「或る女」を「視る」ことを意識したタイトルである。「一瞥」と謙遜はした。しかし内容は懸命に彼女を観察し、描こうとしている。部分的に作者を代弁している古藤からして、黙って彼女に従っているようだが、まさに観察者の役を演じている。読者は、時には古藤の気持を分けもって、田鶴子に嫌な感じを抱くのではなかろうか。

ところが、物語が進むにつれて、この田鶴子を取り巻く状況、つまり世の中の男と女の立場、金銭問題、欲望の問題、偽善的なキリスト教社交会の実態などが明らかになってくるに従って、田鶴子の嫌らしさに一種の理解、同情も生じてくる。しかしまた、こんなに自己中心に振舞っていていいものか、危ぶみもしてくる。田鶴子自身がある種の自覚に達し、これではいかんと思うのだが、自分でどうにもならず、破滅の中にのめり込んでいく。いわば人間なるものの可愛さも情なさも、美も醜も体現しつつ、のたうつのである。そんな感じがしてくると、読者はヒロインに対して嫌らしいという思いは残るのだが、いわばヒロインの運命に自分もより深くかかわっていって、それを積極的に受け止めたい思いも生じてくる。物語りとしても、ヒロインがシアトルに上陸せず日本に帰るところで終わるのが作者の意図だったかどうか分からないのだが、その後こそが本当の問題なのではないか、という気持も生じてくる。つまりもう「グリンプス」ではない。ヒロインのトータルな理解が次の仕事として、作者にも読者にも迫ってくるのである。

ここで思い出していただきたい。有島武郎はアメリカに渡って森廣に会った時、佐々城信子に強く批判的、あるいは嫌悪感を抱き、森廣に同情的だった。それが「グリンプス」を仕上げる段階ではひっくり返ってしまっている。彼自身がキリスト教信仰を捨てたことも大きく関係しているかもしれない。しかしたぶん「二つの道」の迷いから出て、「自己本位」の道を求めるようになったことが、信子の生き方に積極的な関心を寄せる決定的な誘因となっただろう。だからこそ、信子をモデルとして取り上げたのだ。しかも、田鶴子をヒロインとして描いていくうちに、単なるグリンプスのつもりだった描き方が、トータルな方向へひろまり深まっていった。それが読者の受け止め方にも反映し、変化を生じさせたのである。「グリンプス」が終わった時、作者はもう古藤のような観察者ではない。

「或る女」を外からも内からもトータルにとらえて表現しようとする創造者になっている。そして作品は「本格小説」へと発展していくのである。

3 『或る女』(前編)

「グリンプス」の書き直し

田鶴子に代表される現代の人間の問題をトータルに見極めようという思いを、有島武郎は「グリンプス」を書きながら強めていった。連載を終えた時、当然彼はその続きを書くことによって、その思いを実現しようと考えたに違いない。だがそれからほぼ六年間、彼はその仕事に手をそめることはなかった。いわば準備の時だったのだろう。この間に、武郎は人間観察と理解を深め、さまざまな文学的実験を行い、文章表現の力を拡充した。その有様はすでに見てきた通りである。そしていよいよ続篇執筆に取りかかろうとした時、「グリンプス」がもうそのままでは続篇の土台となりえなくなっていることを覚った。それでこれを大幅に書き直して「前編」とし、続きは「後編」として全体を完成させる仕儀となったわけである。すでに見たように、武郎はこの仕事に取りかかると、非常な集中力をもってほとんど一気にやってのけた。

では、具体的に改作はどのようになされたか。誰もが気づくのは、まずヒロインの名前が田鶴子から葉子に変わったことだ。田鶴子などという何となくに上品な名前は、この人物にふさわしくなくなってしまっている。多くの人の指摘するように、ホイットマン『草の葉』の書名から、原初的な生命をあらわす言葉を借りたのだろう。木田孤笻の姓は木部に変えられた。木田が国木田と直接重なることを避け、いまは亡き独歩への敬意をあらわしたのだろうか。

次に気づくのは、「グリンプス」ではその表題と同様、本文中でもちょっと日本語にしにくい言葉は、しばしば英語を用いていた。「二人の男が与へる weird な刺戟」といった具合だ。それを「奇怪な刺戟」に改めた。「わざと落付いた ironical な調子」は、「得意な皮肉」に改めている。時には、古藤についての「割合に直截な unconventional な人間」といっただけの言葉が、「新しい教育を受け、新しい思想を好み、世事に疎《うと》いだけに、世の中の習俗からも飛び離れて自由でありげに見える」と、長々しい説明に変えられることもある。いやさらに、田鶴子が倉地に抱きしめられて抵抗した後の「Self-possession と云ふ事は全くなくなって」といったような表現は、完全に別の表現に変えられていて、跡づけもできない。逆に desire とか delirium とか insolent とか diabolic など、単純な単語でも、改作でそのまま残された例も少なくなく、武郎の日本語における英語の染み込み具合の深さを痛感もさせられる。が、そうと知った上で、彼の「日本語化」の努力も評価すべきだろう。先の unconventional の個所が実例ともなろうが、「日本語化」の努力が表現の具体性を強めていることにも注目しておきたい。

さてこうして、言葉の改変は中身の改変につながっていく。まず、人物の描き方が、その内面を掘り下げる体のものになる。冒頭の、新橋で横浜行きの汽車に乗るシーンを見てみよう（以下、Gは「グリンプス」、Aは『或る女』を指す）。

G　列車の側を通る時、ある限りの顔は此二人を見迎へ見送るので、青年は物慣れない処女の様な羞恥と、心の底に閃めく一種の屈辱とを感じて俯向いて仕舞つた。

A　列車の中からはある限りの顔が二人を見迎へ見送るので、青年が物慣れない処女のやうに羞《はに》かんで、而かも自分ながら自分を怒つてゐるのが葉子には面白く眺めやられた。

Gでは単に「一種の屈辱」といっているところを、Aでは「自分ながら自分を怒つてゐる」と、具体的で生き生きした表現にしている。さらにAでは、そういう古藤を「面白く」見ている葉子の視点を入れることによって、情景は重層的になり、古藤の感情も葉子の性格もはっきりと浮き出てくる。心の内面の描写は、葉子においてひときわ際立つ。微に入り細をうがつものにもなっていく。横浜の宿で葉子が古藤を誘惑するシーンも、Gではわずかにほのめかす程度だが、Aではこんな表現が新たに加えられる。

葉子はその晩不思議に悪魔じみた誘惑を古藤に感じた。童貞で無経験で恋の戯れには何んの面白味もなささうな古藤［中略］、さう云ふ男に対して葉子は今まで何んの興味をも感じなかつたばかりか、働きのない没情漢《わからずや》と見限つて、口先きばかりで人間並みのあしらひをしてゐたのだ。然しその晩葉子はこの少年のやうな心を持つて肉の熟した古藤に罪を犯させて見たくて堪らなくなつた。一夜の中に木村とは顔も合はせる事の出来ない人間にして見たくつて堪らなくなつた。古藤の童貞を破る手を他の女に任せるのが妬《ねた》ましくて堪らなくなつた。幾枚も皮を被《かぶ》つた古藤の心のどん底に隠れてゐる欲念を葉子の蠱惑力《チャーム》で掘起して見たくつて堪らなくなつた。

葉子の悪魔性が強調されるわけだが、なぜ彼女がこうなったのかを探ってみせるくだりは、こう改変される。女学生時代の彼女を語る個所である。

G　其頃から田鶴子は何と云ふ事なしに外国に生れればよかつたと心の底から思ふ様になつた。夫れから又芸者と云ふもの丶生活を己が身にたくらべて羨しく思ふ事もあつた。古い良心が自分の心をさいなむ度に、田鶴子は外国人の良心と云ふ者を見たくも思ひ、勝手気儘を振舞つても人の許す芸者の心安さを羡みもしたのである。

A　葉子はその頃から何所《どこ》か外国に生れてゐればよかつたと思ふやうになつた。あの自由らしく見える女の生活、男と立ち並んで自分を立て丶行く事の出来る女の生活……古い良心が自分の心をさいなむたびに、葉子は外国人の良心といふものを見たく思つた。葉子は心の奥底でひそかに芸者を羨みもした。日本で女が女らしく生きてゐるのは芸者だけではないかとさへ思つた。

同じような表現だが、GよりもAの方がはるかに具体的であり力強い。そしてAでは、これにすぐ続けて、葉子の現在の気持を語る次のようなくだりを付け加えている。

葉子はもと来た道を引き返す事はもう出来なかつた。出来た所で引き返さうとする気は微塵もなかつた。「勝手にするがいゝ」さう思つて葉子は又訳もなく不思議な暗い力に引張られた。

ヒロインの中に
のめり込んで

こういう例をあげていくと切りがない。そして物語が進むにつれて、作者の筆は葉子の中にのめり込んだように、その心と肉体の動きを描くのである。「一人の自然から今掘り出されたばかりのやうな」男「カインの末裔」について、武郎は「自己を描出したに外ならない」といった。そしてその「無解決な」自己の描出について、「人間の已むに已まれぬ生に対する執着の姿を見て貰い度いと思ふ」といった。いま、「或る女」はその女性版になってきたのではないか。つまり早月葉子もまた「自己を描出したに外ならない」のである。

葉子の描き方にこうして作者の自己が加わり、一個の人間としての拡がりや深みをもってくると、最初は彼女のそばをうろうろしているだけだったような古藤も、人格をはっきりさせてくる。もちろん終始控え目な脇役の観察者であるわけだが、批判者、あるいは忠告者の役割もしだいに強く演じる。葉子が渡米船に乗ってしまい自分の登場シーンがなくなると、手紙となって彼女の前に現われる。それもGでは（全集で計算して）十四行だけの手紙がAでは二十二行に拡大され、G「僕は今何んだか貴女が羨ましいやうにも、憎いやうにも可哀相なやうにも思ひます」といった言葉に、A「あなたのなさる事が僕の理性を裏切つて奇怪な同情を喚《よ》び起すやうにも思ひます」といった言葉を付け加えて、自分の矛盾した態度の自己検討をし始めている。すると、そういう古藤に、葉子も真剣に向き合うようになる。手紙を読んだ時の彼女の反応はGでは一言も述べられていないが、Aでは「本当にこんな事をしてゐると、子供と見くびつてゐる古藤にも憐まれるはめになりさうな気がしてならなかつた」と描かれるのである。

つまり作品はこう変貌するのだ。Aにおいて、有島武郎の「自己」が葉子と古藤とに分かれ、それぞれの個性や思考・感情を衝突させたり付け合わせたりしていく。もちろん主役は葉子であり、古藤は脇役にすぎない。しかし古藤との深いところでの対決によって、葉子の苦闘は精神的にダイナミックさを増し、物語としても興味を増すのである。

このようにして、スキャンダル事件を材料にしたモデル小説の要素が目立った「或る女のグリンプス」は、改作の過程で、内的なドラマ性を強める。やはり実例をもって示したいところだが、思想的、社会的な問題をより多く抱え込み、さらには女の肉体的、性的な存在をより果敢に抉り出していきもする。そしていままで随所で見てきた有島武郎の表現力、描写力が全篇にみなぎって、この作品を「本格小説」へと盛り上げていくのである。

4　『或る女』（後編）

後編の執筆

「或る女のグリンプス」の改作は、『有島武郎著作集第八輯　或女（前編）』として、大正八年三月二十五日に出版された。武郎はこの本への思いを、広告文（『新潮』大正

鎌倉円覚寺塔頭松嶺院門前にて
（大正８年３～４月頃）

８・４）でこう述べている。

畏れる事なく醜にも邪にもぶつかつて見よう。その底には何があるか。若しその底に何もなかつたら人生の可能は否定されなければならない。私は無力ながら敢てこの冒険を企てた……

自分の思いをさんざん「告白」し続けてきた武郎は、この種の自作広告を恥ずかしげもなくでき、また上手だった。この文章も短い中に見事に自分の思いを集約している。生きた人間の姿をトータルに見て、正面から受け止め、人生の可能性を追究するよすがとしようというわけだ。ただし、もちろん、この前編ではヒロインの「醜」と「邪」へののめり込みはまだ始まったばかりである。その先のさらに徹底的な追跡、追究がなされなければならない。作家有島武郎の急務でもある。

それでなくても、版元の叢文閣はこの続きの執筆を急がせていた。後編の原稿を前編出版の翌月（大正八年四月）いっぱいに仕上げることを要求している。武郎自身も前編脱稿の勢いに乗ったのであろう、三月三十一日から鎌倉は円覚寺の松嶺院に籠って後編執筆に専念することになった。日記によると、一日に十八頁（四百字詰原稿用紙の枚数か）、二十六頁、日によっては三十頁といったふうに、すごい勢いで書き進んでいる。それだけ、いいたいことが彼の中でふつふつとたぎり、言葉もできてきていたのであろう。二十日後、四月二十二日に円覚寺を出、いったん帰宅後、二十七日、京都に移って（同志社出講の仕事もあった）、安楽寿院内北向不動堂の一室を借りて執筆を進めた。だが一冊の分量には十分足りる枚数を書いても終わりに致らず、五月十三日、版元の足助素一への手紙で「葉子が中々死なないから困る。是ればかりは作者だとてどうする事も出来ない」と、有名な文句を書き送る始末だった。

それでも、五月二十三日に帰京する直前の十九日、ようやく原稿をほぼ仕上げて出版社に送った。が、足助はその末尾にあき足らなかったようで再考をうながしてきた。武郎は一面で失望しながらも、

「唯恐ろしいのは真実味が足りないことだ」（足助素一宛書簡、5・21）とわきまえ、帰京後、末尾に手を加え、五月二十六日に完成稿を書き送った（と思われる）。こうして後編についていえば、ほぼ二カ月で書き上げたわけであり、その内容と表現の充実度、その本格度の高さからいえば、ほとんど奇蹟の二カ月であったといえるように思う。

『或女』（後編）は『有島武郎著作集第九輯』として、六月十六日に出版された。

後編の内容展開　ではその内容はどうであったか。やはりなるべくていねいに筋を追ってみよう。

前編は実際の出来事を追うようにしてストーリーが展開したが、後編では実際の出来事は初めの方のごく僅かで、大部分は有島の創作である。まず彼の空想力の見事さ、それからその空想に文学的リアリティを与え、盛り上げていく描写力のすさまじさが、読む者を圧倒する。

日本に帰って、葉子は倉地と横浜の旅館で一両日をすごすうちに、ふと見た新聞で、自分たちのことが「畜生道に陥りたる二人」の大スキャンダルとして報道されていることを知り、仰天する（田川博士夫妻の指図によることに違いない）。

それから二人は東京に出て、倉地がひいきにしている芸者の経営する雙鶴館という旅館に入る。そこは「屈強の避難所」の感じがする宿で、倉地は報道に対しても平然としている。だが葉子は古藤と会うと、「人を見徹《みとう》さうとするやうに凝視するその眼」にたじろぎ、また逆に親類たちが自分との絶縁を申し合わせているという話を耳にすると、不敵な反抗心をたかめたりする。他方、倉地をしっかり握るまでは木村を離さないようにしておこうといった打算もする。

一週間後に、葉子は芝の山内の裏坂にある二階建の家に移って、隠れ家とする。倉地は横浜に帰ると同時に妻を離縁したようだが、葉子は倉地が妻と「二股かけて自分を愛してゐる」という思いにとらわれる。倉地が会社を免職になり、勤めに出なくなると、二人で肉欲の歓楽に耽りもするが、それは「二人の孤独に没頭する」ことでもある。木村を利用して金をしぼる自分の行為は「つつもたせ」と同じだと思い、自分の「堕落」を感じもするが、やはり利用し続ける。そんな生活の中で、彼女は愛子と貞世の二人の妹を引き取る。倉地はさすがに同居もできず近所に下宿し、両方の住居を往き来することになる。

年改まって明治三十五年。葉子は、十六歳になって大層美しいけれども無口な愛子をむしろ憎み（自分のライバルを見るのか）、幼く甘えっ子の貞世を溺愛する。自分に飽きだした（と思える）倉地や、この家を訪れるようになった岡が愛子に好意をもっている（と彼女は感じる）のも気に入らない。倉地は秘密の地図を外国に売って収入とするようになり、生活が荒んでくる。それに応じて、葉子はしだいに「眼もくらむ火酒を煽りつける」ようになる。と同時に、ますます倉地との肉欲にのめり込む。「すさまじく焼け爛《ただ》れた肉の欲念が葉子の心を全く暗ましてしまつた。天国か地獄かそれは知らない。然かも何もかも微塵《みじん》につき摧《くだ》いて、ぴり〳〵と震動する炎々たる焔に燃やし上げたこの有頂点の歓楽の外に世に何者があらう」。こういう葉子に対して、彼女を訪れる古藤は、「僕は世の中を sunclear に見たいと思ひますよ。出来ないもんでせうか」といって詰《なじ》る。そして木村に真実を告げて「木村を救つて下さい。而してあなた自身を救つて下さい」と訴える。

ある時、葉子は倉地と気分転換に鎌倉へ小旅行に出かけ、偶然、孤独な生活をしている木部孤笻に出会い、ついなつかしさをもって言葉を交わす。その結果「葉子は自分といふものが踏みにじつても飽き足りない程いやな者に見え」てくる。そして倉地に「奴隷のやうに畳に頭をこすり附けて詫びてでも生きていこうと思う（武郎の戯曲「断橋」〔大正12・3〕はこのエピソードを取り上げている）。

葉子は身心ともに疲れ切ってヒステリー症状に陥ることが多くなるが、やがて子宮後屈症と子宮内膜症を併発していることが分かる。倉地が疎遠になっていくにつれて、葉子は倉地と愛子との仲を邪推して不安と嫉妬に駆られ、ついに自殺を考えもする。木村からの送金をまだ受け取っていることを「その金があなたの手を焼きたゞらすやうには思ひませんか」と古藤に詰られ、胸を刺される気もする。あらゆる面で追いつめられている時、貞世がチブスにかかり、死者狂いで看病する。そのことが唯一の救いなのだ。しかもまわりの者がすべて敵に思えてくる。

七月なかば（この物語の発端からちょうど一年）、葉子は病気もヒステリーも高《こう》じ、とうとう入院して手術を受けることになる。その前夜、彼女は「間違つてゐた……かう世の中を生きて来るんぢやなかつた」という思いを抱いて、関係者たちに遺書を残すべく、看護婦に書き取らせる。手術後、三日目から容態は急変し、もう「女の姿」はなく、「依体《えたい》の分らない動物が悶え藻掻《もが》いてゐるだけ」の有様となる。それでもその合間に、書いたばかりの遺書を焼き捨てさせる。「もう死んだ後には何んにも残しておきたくない」。だが古藤を呼び寄せて、内田に来てくれるよう頼んでもらおうか、と思う。が、来てくれる様子はない。「痛い〳〵痛い」という呻き声が惨《いた》ましく聞こえ続けて、作品は終わる。

徹底した描写、実感の延長

以上が物語の大要だが、ここでは葉子の描写に焦点をあてて若干のコメントを加えておくことにしよう。新しい生活への強い願望と希望にもかかわらず、日本社会の中で葉子の精神と肉体はしだいに苦境に追い込まれ、崩れていくのであるが、その有様の追跡は執拗である。

葉子も自分の健康が悪い方に向いて行くのを意識しないではゐられなくなつた。倉地の心が荒《すさ》めば荒む程葉子に対して要求するものは燃え爛れる情熱の肉体だつたが、葉子も亦知らず識らず自分をそれに適応させ、且つは自分が倉地から同様な狂暴な愛撫を受けたい欲念から、先きの事も後の事も考へずに、現在の可能の凡てを尽して倉地の要求に応じて行つた。脳も心臓も振り廻はして、ゆすぶつて、敲《たた》きつけて、一気に猛火であぶり立てるやうな激情、魂ばかりになつたやうな、肉ばかりになつたやうな極端な神経の混乱、而してその後に続く死滅と同然の倦怠疲労。人間が有する生命力をどん底から験《た》めし試みるさう云ふ虐待が日に二度も三度も繰返された。さうしてその後では倉地の心は屹度《きっと》野獣のやうに更らに荒んでゐた。葉子は不快極る病理的の憂鬱に襲はれた。［中略］かう云ふ現象は日一日の生命に対する、而して人生に対する葉子の猜疑を激しくした。

記述はさらに執念深く続く。「有頂天の溺楽《できらく》の後に襲つて来る淋しいとも、悲しいとも、果敢《はか》ないとも形容の出来ないその空虚さは何よりも葉子につらかつた」。それでその空虚さから逃れるために「更に苦しい空虚さが待ち伏せしてゐるとは覚悟しながら、次ぎの溺楽を逐ふ外はなかつた」云々。あるいは倉地がしだいに自分から遠ざかっていくことにヒステリーを起こし、倉地に噛みついたり、逆に倉地から締め上げられたりする「狂乱」、しかもその「狂乱」に「一種の陶酔」を感じる有様などなど。

ところで、こういう性的な倒錯の有様について、武郎はハヴェロック・エリスの『性の心理の研究』から学ぶところ大きかったことが指摘されている。同書から「性生活における女性の心理や、ヒステリーと性本能との間の関係など、いくつかの事実を学んだ」ことは、武郎自身も認めている（日記、大正5・3・27—28）。しかしヒロインの心理の、時には哲学的な意識も混じえての混沌ぶりの極めて具体的でかつ徹底的な追跡は、単に書物から得た知識の成果ではあるまい。作者がヒロインになりきって、その意識の展開を体験し味わった上でのことであろう。

武郎はこの作品のヒロインにモデルがあることを認めながら、それは彼女の事件からヒントを得ただけのことで、「性格などは全然私が創作したものです」と述べ、さらに声を大にするようにして、「だからこの作物は全く私の実感の延長だとして読んでいたゞきます」（「『或女（後編）』書後」）と訴えている。この「実感」の意味を素直に受け止めたい。彼はまさに葉子と一体になって感じていたのである。作者が「葉子が中々死なないから困る」といったことはすでに述べたが、死の際《きわ》のぎりぎりの葉子の意識に浮かぶことを、作者はみずから体験して書き取ろうとしている。だから簡単には殺せない。作者は作家の使命に従い、徹底的に生きようとしているのだから。

葉子の描写に加え、同様に目を見張ることの一つは、彼女の周辺の人物、あるいは彼女の状況の描写の精緻さである。貞世がチブスにかかる、葉子自身が死病にとりつかれる、その二人の病状や、病院の様子、手術を受け、死の淵にのぞんでいく、鬼気迫るその有様の描写など、あの「実験室」などの下準備を見事に生かし、乗り越えた文章の力を見せつける。文章のひとつひとつを見れば、確かに生硬な「翻訳調」が残っている。しかしいまやその生硬さが却って迫力となって、その集積が読者を圧倒してくるのである。

ヒロインに血肉化した時代と社会

有島武郎は「後編」を書き始める直前の談話で、この作品の主題をこう語った（『読売新聞』大正8・3・8）。

「或る女」は、日本における覚醒期の初めに現はれた女で衝動は感じてゐながら、如何にして動くかを知らず男子と自分との調和を知らないために、堕落し煩悶する悲劇的径路を書いて見ようとしたのです。

そしてこの作品を書き上げた直後には、よく引用されるようになるこういう自作解説をした（黒沢良平宛書簡、大正8・9・5）。

私はあの書物の中で、自覚に目ざめかけて而かも自分にも方向が明らず、社会はその人を如何取あつかふべきかを知らない時代に生れ出た一人の勝気な鋭敏な急進的な女性を描いてみた。

両方とも武郎の意図をよく説明しており、よく分かる言葉である。しかしここにいう「時代」や「社会」をあまり作品の中心において受け止めてしまうと、『或る女』の最も重大な価値を見逃すことになる恐れがある。早い話がこの作品中に、時代や社会を直接的に語るような個所はまことに少ない。明治三十五年といえば、国内では社会主義の運動がようやく耳目を集め、国外では満州をめぐるロシアの動きなどに不安がたかまり出していたはずだが、そうしたことへの直接的な言及はほとんどまったくない。ただ、「日露の関係も日米の関係も嵐の前のやうな暗い徴候を現はし出して、国人全体は一種の圧迫を感じ出してゐた」、そういう風潮の中で「自然主義は思想生活の根柢となり」、高山樗牛の「美的生活」論などの「思想の維新」が叫ばれ、「何か今までの日本にはなかつたやうなもの、出現を待ち設け」る若い人々の眼には、「葉子の姿は一つの天啓のやうに映つたに違ひない」といった記述が、一ページ足らずあるだけである。

この作品で大事なのは、こういう一種概念的な時代背景の説明ではない。時代も社会も、葉子をめぐる日常の会話、社交のやりとり、金銭問題、男女の愛憎、等々の展開の中にいわば血肉化（概念化ではない）されて表現されていることだ。いやさらにいえば、そのすべてが葉子の思考と行動に反映され、血肉化されている。逆にいうと、葉子の「生」を生き生きとトータルに表現することによって、時代も社会も表現されているのである。「本格小説」とはまさにそういうものであろう。

英米文学史上、「本格小説」の代表の一つとして誰もが認める作品に、ヘンリー・ジェイムズ作『或る女の肖像』（一八八一）がある。原題は *The Portrait of a Lady* という。*A Portrait* ではなく *The Portrait* と言い切ったところに、作者の抱負ないし自負が現われている。一人の女のトータルな表現だ、というのである。武郎も、『白樺』連載の時の「グリンプス」などという気障で控え目なタイトルは取り去った。『或る女』という単純そのもののタイトルに、これが日本近代の現実の中に独立して生きようとし、ついに生ききれなかった「女」の、トータルな表現を目指したものだという抱負、ないし自負が込められている──と、少くともそう私は受け止める。これは、それまでの日本文学が生んだ最も本格的な「本格小説」だった。

5　『或る女』の評価

当初の低い評価

『或る女』は、作者有島武郎の高い意図、見事な出来栄えにもかかわらず、「グリンプス」連載の時点から低い評価しか得られなかった。『白樺』同人の間でも熱心な読者はいなかったという（『文芸』昭和27・7、長与善郎「有島さんについての寸見」参照）が、ましてや外からの反応はほとんどなかった（ただ武者小路実篤の激励があって、懸命に執筆を進めたのだった）。文壇では『ホトトギス』（明治44・4）に宮本生（宮本和吉）が、「忠実な、どんな細微な事でも拾つて行くやうな書き振である」と、その表現の特色を正しく把《とら》えながら、「併し惜しい事には、筆に冴え味が足らなくて全体として引立たぬ。〔中略〕モット描写に省略があってもいいと思ふ」と批判した。俳句のような言葉の省略に走る表現を重んじる者には、武郎の表現は「こちたい」（煩わしい）感じがしたのだろう。

表現ではなく内容については、「後編」出版直後の『帝国文学』（大正8・10）に、哲学者で文芸評論でも活躍していた石坂養平がかなり長いエッセイ「有島武郎論――氏の思想的傾向に就いて」を寄せた中で、武郎のいくつかの短篇小説について毀誉おりまぜながらしぶい評価をした後で、「一番長い労作」だと思われる『或女』については、「非常な期待をもつて」手にしたけれども裏切られた思いだとして、強く批判的な姿勢を示した。彼はその理由として、「主人公葉子その他一切の人物に対する作者の快楽主義者らしい態度」をあげ、「そこに示された作者独自の芸術的世界は濁つた不純のものになつてゐます。一歩を誤れば人間を幻覚的快楽の遂行乃至変態心理の所有者としか見てゐない現代人気作者の一人谷崎潤一郎氏の芸術境に堕ちて行きませう」と述べている。これは「自己本位」の生き方を肯定的に把えようとする武郎の姿勢を、そっくり否定的に受け止めた意見といえた。

これに対して武郎は、十月十九日付の石坂養平宛書簡で次のように反論した。女性はいま男性の奴隷の立場にあるため、一面で「男性に対する憎悪」、他面で「男子に対する純真な愛着」という「二つの矛盾した本能」の間にさいなまれている。そういう「今の女性の悲しい運命」を私は描こうとした。私は「芸術は已むにやまれぬ生の表現だと信ずるものです」と。見事な主張だが、しかし、彼自身いうように、現在は「男女の関係を根柢的に考へて見ようとする人のない」時代であるために、武郎の作品は「見当違ひ」の批評ばかり受けることになったのだった。

文壇で活躍する文学者の間でも、『或る女』を積極的に取り上げ、称揚する人は、ほとんどまったくいなかった。芥川龍之介ですら、「大正八年度の文芸界」（『毎日年鑑』大正8・12）の中で、「予は勿論『或女』にも、武郎氏の定評あるスケエルの大を認めるのに吝《やぶさか》なるものではない。が、同時に又この中にも、純真なる芸術的感激の寂光土《じゃっこうど》が見出されないのを悲しむものである」として片づけた。

「本格小説」の認識に向けて

石坂の批判と芥川の批判を合わせて見ると、どうやら、女の「生」ないし「性」を武郎のように文学で真っ向から扱うことは、道徳的にか芸術的にか、たやすくは受け入れられなかった状況が見えてくる。それが受け入れられるようになって、ようやく『或る女』はまともに文学的評価を受けるようになったのだ。作者の死後、昭和二年になって、あの正宗白鳥による「有島武郎の『或る女』」（『読売新聞』昭和2・7・25）が出て、評価を一転させた。そしてこの作品との正面からの取り組みがなされるにつれて、これが現実暴露とか、環境決定論とかによって人間を表現して終わりがちな日本の自然主義文学をはるかに越え、もっと内的な「自己」の活動から人間の営みを受け止め、武郎自身がいっていた「人生の可能」性の探求にまでいたる、一種ロマン主義的なダイナミズムをも包み込んだ「本格小説」だという認識の方へ少しずつ近づいてきた、といえるような気がする。

しかしそういう評価を得るのははるか先、ひょっとすれば現在よりも先のことである。『或る女』

に作家としてのすべての力を注いだ武郎は、この後、いわば創作力が枯渇したかのごとく作品（小説）ができなくなってしまう。ただあの「人生の可能」を信じる思いはなくしていない、というよりもそれにしがみつくようにして生きていく。こうした晩年の有島武郎の「生」の姿も、いぜんとして興味深いが、ただ私の記述は一挙に急ぎ足で終焉に向かうことになる。

第六章　晩年と死

1　創作力の「落潮」

大正八（一九一九）年六月の『或る女』の完成出版後、有島武郎の創作がしばらく頓挫したのは、むしろ自然な現象だった。誰しも大仕事をした後の虚脱状態といったものはある。

戯曲と評論

武郎はその虚脱感を振り払おうとするかのように、七月下旬から三児を連れて北海道旅行をしたり（農場の視察を兼ねていた）、帰るとすぐ軽井沢における夏期大学の課外講演会でホイットマンを講じたり、十月下旬から十一月にかけては同志社大学でイプセンを中心に講義したりと、活発に動いた。

また彼は、小説に代えて戯曲で創作感を得ようと思ったかもしれない。自分得意の聖書に取材すればよいとも思ったのであろう。数年前に書いた戯曲「洪水の前」（『白樺』大正5・1）を大幅に改稿した「大洪水の前」と、同じく数年前の作品「サムソンとデリラ」（『白樺』大正4・9）の改作と、それに新たな書き下ろし「聖餐」を加え、『三部曲』と題し、十二月、『有島武郎著作集第十輯』として出版した。全体として神と人との関係に男と女の関係をからませた有島らしいテーマで、一種の熱気を感じさせるが、著作の意図も内容のたかまりもはっきりせず、長い間、愛読者ももてあます作品となってきた。

翌大正九年に入って、武郎が力を注いだのは評論である。文芸や美術について盛んに発言した――その要望も多かったのに違いない。なかでも彼が最も力を注いだのは『惜みなく愛は奪ふ』で、六月、他の評論と合わせて『有島武郎著作集第十一輯』として刊行した。すでに紹介したように、これは『或る女』の内容と呼応しながら、武郎の思いを吐露しつくしたもので、日本近代文学における「個性」（つまり個々の人間の内的な魂）宣揚の金字塔といってもよい評論である。

「出来ない」小説

しかし問題は彼の本領というべき小説の創作である。これができなかった。『著作集第十一輯』を出して間もない八月頃から、彼は「運命の訴へ」と題する長篇小説を書き出した。これは上総国の宿で泊まり合わせた青年が、作家である「私」に託したノートの中身という形になっている。その青年、つまり没落していく地主の伜の呪われた運命と、貧しい農村の現実が語られていく。「運命の訴へ」などと、作者自身いうように「事々しい表題」になっているが、内容も一種のどぎつさを打ち出している。こんな調子だ。

あの生れながらの節婦らしかつたお照が〔中略〕幾度男をかへたか知れないといふ噂がたつた。俺れは時々お照と顔を合せることがあつた。お照の張り切つた顔は崩れてしまつてゐた。婬肉とでもいつてい丶やうな脂ぎつた肉が顔にも体にも加はつて、俺れに対してでさへ云ひ寄りさうな眼付きを見せるのだ。……お丶、お！　本当に何んといふことだ。

この引用からも、文章の粗っぽさは覆うべくもない。『或る女』の執筆にはあった醜や邪の底に「人生の可能」を信じる思いも、ここでは確保できなかったに違いない。結局、九月頃まで、四百字原稿用紙で二百枚近く書いて中断、破棄してしまった。

この年に発表した武郎の小説は、彼の生涯にこびりついてきた自分を臆病者、卑怯者と見る思いをまたもやあらわした短篇「卑怯者」（『現代小説選集』新潮社、大正9・11）と、子供のちょっとした盗み行為と教師の美しい愛の教えという極めて単純な内容の童話「一房の葡萄」（『赤い鳥』大正9・8）があるだけだった。

武郎自身、こういう創作力の衰退をよく自覚していた。「運命の訴へ」が頓挫した時、彼は原稿を待ち望んでいる足助素一にこう手紙を書き送っている（大正9・9・15）。

創作は出来ない出来ない。今度位苦しんだことはない。而して今度位出来ないことはない。何だか僕の力はもう終焉に来たのではないかと思つて淋しくさへなる。原稿を焼却して旅に出ようとする誘惑に幾度か襲はれる。心持がすつかりぐれてしまつた。

結局、武郎は『著作集第十二輯』に小説を当てることができず、古い紀行文に加筆修正などして、『旅する心』と題するものを出した（大正9・11）。その「書後」でも彼は、「今度といふ今度ほど迷ひこんでしまつたことはありません。私は暫らく黙つてゐたいと思ひます。何時この落潮が恢復するかは自分でも知ることが出来ないのです」と嘆いている。

このことは翌大正十年になっても同様だった。六月に非常な決意をもって、かつて学んだ札幌農学校を舞台に「若い生命」の運命を探ろうとする長篇小説を書き始め、翌月、その一部を「白官舎」と題して『新潮』に発表（後に改稿し書き足して『星座（第一巻）』と題し、『有島武郎著作集第十四輯』として大正十一年五月に刊行）したが、これまた書き続けられず、挫折してしまった。

この外には、一月に「碁石を呑んだ八つちゃん」（『読売新聞』11―15日）、七月に「溺れかけた兄妹」（『婦人公論』）といった童話を発表したほか、一幕物の戯曲「御柱《おんばしら》」（『白樺』10月）を仕上げた。戯曲はこれ以後にも「ドモ又の死」（『泉』創刊号、大正11・10）や「断橋」（『泉』大正12・3）を発表している。戯曲はそれこそ劇的なシーンをいきなり持ち出して、しかも有島好みの自己告白を含む会話でつないでいけるので、彼としては創作力が衰えても書きやすいジャンルだったのかもしれない。「御柱」は江戸末期の老彫刻師とこれに張り合おうとした棟梁との名人気質のからみを入念なドラマに仕立てており、武郎の芸術的才能を見せつけるが、どうもこしらえものくさくて、登場人物の心理展開のリアリティが稀薄だ。「ドモ又の死」はよく知られるようにマーク・トウェインの短篇小説"Is He Living or Is He Dead ?"を下敷にした翻案である。原作もこの翻案も世間一般の俗物根性を諷刺しているが、トウェインの小説が芸術家もまた金銭に支配される現実を楽しそうにからかって見せるのに対し、有島の方は芸術家の純真さを強調する姿勢が目立ち、小さくまとまってはいるが、のびやかさはない。

そしていずれにしろ、戯曲では、有島の文学の力を最も見事に示すあの圧倒的な描写力は、発揮され難いのである。

2　ホイットマンの翻訳

創作衰退の埋め合わせ

創作は「落潮」したけれども、有島の文学創造への熱気がさめたわけではない。創作の代わりに武郎が力を注いだのは、ホイットマンの詩の翻訳だった。彼にとって、この仕事が創作衰退の埋め合わせになったに違いない。

ホイットマンはアメリカで武郎が発見した「自己本位」の生き方、自然のままの人間肯定の最大の実践者であり、従って武郎自身の生き方の最大の手本となる人だった。そして当然、「二つの道」から『惜みなく愛は奪ふ』にいたる彼の評論の最大の支えとして援用されてきていた。『有島武郎著作集』には、毎輯、ホイットマンの詩が原文のままエピグラフとして引用され、作品の内容を直接的・

間接的に支える役を担わされている。そんなふうだから、ホイットマンの「研究」も武郎は熱心に進めていた。紹介記事や評論も多く書いた。農科大学の授業でも同志社大学での連続講義でもホイットマンを講じることが多く、自発的に集まってくる一高生たちとの勉強会は「草の葉会」と称してホイットマンの詩の講読を中心とし、さまざまな会合での講演でも多くはホイットマンをテーマとした――そのうちの最も充実したものが、すでに紹介した、大正九年十月の新人会学術講演会における「ホイットマンに就いて」である。「一個の作家」として受け止めたホイットマン――ローファーとしての詩人を自在に論じ、自分の求める生のあり方をも語ってみせたものだが、理屈よりもホイットマンの詩の豊富な引用でもって内容を支えている。その引用は原文のみの場合もあるが、翻訳のみ、あるいは原文と翻訳の併記の場合が多い。

武郎がホイットマンの訳詩を本格的に発表し出したのは、大正十年一月の『新潮』においてだった。その年十一月九日の日記には、こういう記入がある――「新潮社から本年発表した創作に就て感想を聞きに来る。「白官舎」と「御柱」との外にはなし。非常に恥しく思ふ。〔中略〕夜になつて創作に従事しようとしたが持つてゐる題材が凡て役に立たなくなつてゐるのを発見して悲しくなる。如何しても徹底的に生活を改めなければ筆の動きやうがない」。ホイットマン翻訳はこういう行き詰まり状態からの脱出の手段でもあったのだ。

これより二年前、大正八（一九一九）年はホイットマンの生誕百年に当たり、日本でもさまざまな記念行事（たとえばいろんな雑誌のホイットマン特集）がなされ、白鳥省吾訳『ホイットマン詩集』（新潮社、大正8・5）や富田砕花訳『草の葉』二巻（大鐙閣、大正8・5、大正9・12）が出版されたりした。このホイットマン・ブームは二年後もまだ続いていた。ただし、この二人の詩人の翻訳はおびただしい誤訳を含み、意味の通じぬところもある。武郎は『有島武郎著作集第十三輯』（大正10・4）として出した小品集『小さな灯』の「書後」で、二人に一応敬意を表して見せ、「詩人は各々独特の風格を持つてゐる」から、翻訳には困難が伴っただろうといいながら、自分の翻訳の姿勢をこう述べている。

　私のやうな詩に対する素人になると、自分の方にぬきさしの出来ないやうな詩的特殊性が発達してゐませんから、案外素直にある詩人の風格に這入りこむことが出来ると私は思ふやうになつたのです。それで私は私の力の及ぶかぎり、ホイットマンの気持ちを滲み出させることが出来るやうにと心懸けて筆を取つて見ました。

謙遜した表現ではあるが、自負と自信が隠されているといえそうだ。実際、武郎の訳詩は細部で若干の誤訳があり、文体が詩の訳としては結局散文的すぎるといった問題を含むけれども、白鳥、富田の訳詩よりはるかに正確で、「ホイットマンの気持ちを滲み出させ」ているものだった。というより、それはそれまでに日本で公けにされた最も上質のホイットマン詩の翻訳であった。

『ホヰットマン詩集』

武郎は精力的に翻訳を進め、新聞では『東京朝日新聞』『大阪時事新報』、雑誌では『人間』『国粋』『大観』『文化生活』『明星』等々に発表、大正十年十月、『ホヰットマン詩集第一輯』を叢文閣から出した。『有島武郎著作集』が思うように出せなくなったことの埋め合わせの意味もあっただろう。四六判二百二十頁で、巻頭に「ワルト・ホヰットマン年譜」を入れ、「大道の歌」「ブルックリン渡船場を横ぎりて」といった傑作詩を含む四十三篇を収めている。

その訳し方を、ほんの一端でも見てみよう。「大道の歌」（"Song of the Open Road"）が武郎の最も愛した詩の一つであることは、「草の葉会」で最初に読んだのがこの作品だったことや、いろんな論文での引用ぶりなどからも明らかだが、その冒頭はこういう日本語になっている。

脚にまかせ、心も軽く、私は大道を濶歩する、
健全に、自由に、世界を眼の前に据ゑて、
私の前の黒褐の一路は、欲するがまゝに私を遠く導いてゆく。

ここにいう「大道」とは、原文 open road で、自由な魂の歩むべき「開かれた道」、つまりローファーの道である。そこを濶歩する思いをホイットマンは朗々と歌うのだ。訳詩にもそういう気持は「滲み出」ているといえよう。前にも一度引用したところだが（第三章3）、第五節はこうだ。

今この時から、自由！
今この時から制約や、空想的な境界線から自らを解放することを命ずる、
どこに行かうと、私は全然的に絶対に私自身の主、
他人にも耳傾け、そのいふ所をよく思ひめぐらし、
立停り、探り求め、受け入れ、熟慮しはするが、
しとやかに、然し拒み難い意志を以て、私は私を捕へんとする桎梏《しっこく》から私自身を奪ひ返すのだ。

ここで脚注的に補足しておくと、『白樺』派の数少ない本格的な詩人であった千家元麿はホイットマンの影響が目立つ人だが、大正十一年五月の『白樺』に発表した長詩「ホイットマン」の中で、「彼こそは宇宙的人格の者だ」とたたえるとともに、「大道の歌は世界の最大傑作だ」とうたっている。武郎の翻訳「大道の歌」に刺戟されてのことに違いない。後年「散歩」（『蒼海詩集』昭和11・8）と題する詩で、「私は足の向くまゝあてもなく自由に街も郊外の森も散歩する」云々とうたっているが、言葉のはしばしまで有島訳ホイットマンの反映を感じさせる。また日本におけるヘンリー・ソロー的自然讃仰の代表者、堀井梁歩《りょうほ》は、大正十四年七月に個人雑誌『大道』を創刊し、毎号「大道の歌」を翻訳連載したが、これなども間接的ながら武郎の訳業の影響と見ることができるだろう。

ホイットマンとの訣別

さて、この後も武郎の訳詩の新聞雑誌への発表は続き、大正十二年二月、それらをまとめて『ホヰットマン詩集第二輯』が出た。四六判で実質二百五十

五頁あり、『草の葉』最大の長篇でホイットマンの代表作といえる「自己を歌ふ」の全篇ほか九篇を収めている。

巻末の「ワルト・ホヰットマン（感想）」と題するエッセイは、あの新人会講演「ホイットマンに就いて」の延長で、ローファーとしての詩人の魂を説き続けている。ただし、これは微妙な形で武郎のホイットマン観の変化を示しているようにも思える。たとえば武郎には従来、むしろ凡庸な出来だった青年時代のホイットマンの詩までも美化して受け止め、讃美して見せる傾向があったのだが、それを修正し、「凡ての青年」と共通する特色をそこに見ようとしたり、晩年のホイットマンについて、その「底深い孤独の寂寥」を強調したりしている。つまりホイットマンを偉大な存在としてたたえ、その手本にあくまでつき従う気持ちを、弱めてきているように見えるのだ。ここには武郎自身の創力の「落潮」と、それにともなう精神状態が反映しているのではなかろうか。しかしさらに注目に値するのは、このエッセイの結末である。こういうのだ。

然しもう私は彼れを離れて行かう。彼れの時代には、彼れがなければならなかつた。而して今の時代には、それにふさはしい詩人が要求されてゐる。人は常に生きつゝ常に死につゝあらねばならぬ。而して常に死につゝ常に生きつゝあらねばならぬ。

彼れをして彼れの道を行かしめよ。それを妨げるな。私達も私達の道を行かう。彼れをしてそれを妨げしめるな。

これはいったい何を意味するのか。あれほどホイットマンにいわばしがみつき、ホイットマン的なローファーの生き方を自分の生き方とし、人にもそう説いてきた有島武郎が、不意に、どう見てもホイットマンとの訣別を示唆している。それはつまりいままでの自己との訣別ということにもなる。しかしその本当に意味するところは何か。有島はここでそれについては何も述べていない。この問題はまた後から考え直すことになるだろう。

3 生活の改造（更に）

有島武郎はこのようにして創作力のどうしようもない落潮に会い、いかにも彼らしく、自分の行動によって対応しようとした。

「生活を改める」こと

大正十年一月七日、武郎は『読売新聞』紙上の談話「作よりも先づ生活の改造」で、「創作上に於ける私の態度は、別に更《か》へる必要はあるまいと思ひますけれども、実生活上の事は随分更へて行かなければならない点があるといふことを、私は此の頃になつて段々、痛切に感じて来て居るのです」と述べている。もちろん「落潮」に関係しての発言であろう。

この談話にはまだのんびりした調子があるが、同じ年十一月九日の日記では、すでに（彼のホイットマン翻訳に関連して）引用したように、自分の「落潮」ぶりについての悲愴さが加わった記述があり、「如何しても徹底的に生活を改めなければ筆の動きやうがない」という自覚を述べている。

では、その「生活を改める」とはどういうことか。父の遺産相続問題、あるいは大正七年頃の「新しき村」をめぐる武者小路実篤との論争を思い起こしていただきたい。人間の社会的な平等を求める社会主義に、武郎はアメリカ留学中から理解と賛意をあらわし、それを実行することを自分自身に要求していた。しかし日本でそれを実行することは、容易でなかった。財産放棄にしても、母親の反対などあって、思うにまかせなかった。『惜みなく愛は奪ふ』で主張した「自己」一元の本能主義も、あるいはローファー主義的な自由恋愛なども、日本で実行しようとするとすぐに障害が生じた。というより、自分自身の中に伝統的な考え方が深く生きており、実行をはばんだ。

大正六（一九一七）年、ロシアにソヴィエト革命が起こり、翌年十一月の第一次世界大戦終結後、その影響が日本に及んで、労働運動なども高揚してきた。大正九年十二月には、さまざまな社会主義団体の統一組織、日本社会主義同盟が発足し、幅広い社会主義運動の展開を標榜した。多くの文学者がこれに加わったが、有島は参加を断わった。「文芸家と社会主義同盟について」（『人間』大正9・11）で、彼はその理由をこう述べている――「社会主義といふものが当然将来の社会生活を指導すべきものであるのを疑ふことができません」。しかし第一に、「私の生活は余りに有産階級者的です。私見たやうなものが聯盟《ママ》に這入るのは会の内容を汚します」。第二に、「私は自分の［文学者という］職業上絶対に自由な立場に自分を置きたいと思ひます」。そして彼はこの文章をこう結んでいる――「私は元来臆病者で、臆劫《おっくう》者ではありますが、兎に角一人で少しづゝでも気の向く方に歩いて行きたいと思つてゐます」。

自分のローファー主義や「臆病者」性を生かして、同盟への参加を逃げたわけだ。ただ、それはそれでよいとして、これでは具体的な生活改造の方向が見つからないわけで、この間に武郎の創作はますます停滞してくる。彼はしだいにますます追いつめられるわけである。

「宣言一つ」　そして大正十一年一月、武郎は雑誌『改造』に「宣言一つ」を発表した。全集で正味五頁ほどの短い文章である。が、大きな反響（というか批判）を呼んだ。内容はこうである。思想と実生活は融合しなければならない。現在の社会問題で最も重要な位置を占めるのは第四階級（労働者階級）だ。その階級の生活改造を実行するのはその階級の人たちだけであって、外見上その指導者を演じている学者や思想家は、実のところその実行の外にある者だ。私は第四階級の外に生まれ、育ち、教育を受けた。「今後私の生活が如何に変らうとも、私は結局在来の支配階級者の所産であるに相違ない」。その私が第四階級の文芸に寄与できるとするような態度をとることは断じてできない。

ここで、自分の階級は変えられぬ、つまり自分は変えられぬというのは、彼の生活の、そして創作の行き詰まりからの実感にもとづく思いであろう。それにしてもこんなに言い切るのは、よほど追いつめられた思いをしていたのに違いない。この宣言に対する批判の一つに、『時事新報』（大正11・1・1―3）に載った広津和郎の「ブルジョア文学論＝有島武郎氏の窮屈な考へ方」があった。広津は、芸術は超階級的、超時代的な要素をもつもので、いかなる階級の人にも訴える力をもっている。有島氏が自分の芸術家としての立場をブルジョア階級に定め、その作品はブルジョア階級に訴えるためのものだとしたのは、あまりに窮屈にすぎる、と述べたのだった。

これに対して、武郎は「広津氏に答ふ」（『東京朝日新聞』大正11・1・18―21）で、芸術に超階級・超時代の要素があるのは分かり切ったことだとした上で、こう述べた。芸術家は大体三つに分けられる。第一は「生活全部が純粋な芸術境に没入してゐる人」で、泉鏡花がその例になる。第二は「芸術と自分の現在の実生活との間に、思ひをさまよはせずにはゐられないたちの人」であり、第三は「自分の芸術を実生活の便宜に用ひようとする人」である。生活のためにブルジョアあるいはプロレタリアに提灯をもとうとするのは、この第三の種類の人で、大道芸人と同じだ。自分は第二の種類に属する。「常に自分の実生活の状態についてくよ〳〵してゐる」。そういう者として、私は自分の属するブルジョワジーの生活が「自壊作用を惹起しつゝある」ことを感じる。そうかといって、プロレタリア階級に訴える芸術を創出できるとは思えないのだ。そう考えるのが窮屈だというのなら、私はその窮屈に甘んじよう、と。

実際それは「窮屈」で、あのローファーの自由さをなくしてしまった議論だった。しかしそれはまさに有島武郎のものである、芸術家でかつ生活者たろうとする者のかかえる矛盾に、ピューリタン的に向き合う者の苦悩の表現なのだ。

有島があれほど手本としていたホイットマンから「もう離れて行かう」と宣言したのも、この「宣言一つ」の姿勢の延長線上にあるものであっただろう。いわばもう離れて行かざるをえなかったのである。

それにしても「自己」一元を目指し、ローファー的な自由な生を主張し、しかも思想と行動を（日本の社会で）一致させようとする時、武郎は自分を袋小路に追い込んでしまい、精神的にも身動きならなくなってしまった。「宣言一つ」に対する堺利彦の有名な批判「有島武郎の絶望の宣言」（『前衛』大正11・2）は、武郎の苦悩に理解も同情もなかったけれども、その「絶望」的感情の把握では正しいものを含んでいたといわなければならない。

しかし武郎は単に「絶望」したのではない。彼は理屈では行き詰まってしまっても、あくまで生活の改造を実行しようと突っ走ったのだ。この突っ走りにおいて、やはりぎりぎりのロマンチシストだった。

4　有島農場解放

最大の生活改造事業

ここから先、私の記述はさらに細部を切りつめ、突っ走って行こうと思う。文学者有島武郎はもう頂点を通りすぎ、活躍の自由を失ってしまった。「本格小説」の作家、日本近代文学の王道を歩んだ小説家有島武郎を語りたいという私の思いにとって、ここから先は将棋でいうところの「形づくり」に近い。

しかしその前に、やはりよく見ておきたい出来事がもう一つあった。それは北海道の有島農場解放のことである。武郎は創作力衰退の根本原因を現実との妥協によってなるブルジョア的生活にあると

狩太農場事務所前にて（大正５年10月）
右・農場管理人吉川銀之丞，中央・武郎

見極め、その生活の改造を主張しながら、同時に自分のブルジョア的体質は変えられないと自覚し、その思いもぶちまけていた。しかしそういう矛盾を、やはり生活において突き破ることが、彼の自分に課した使命だった。そして北海道の有島農場の解放こそは、その最大の生活改造事業だった。

このことは、武郎の従来からの一大懸案であった。第一次大戦後、戦争景気の反動で農作物価格が暴落し、離農者が相次ぎ小作料の滞納が甚だしくなったことも、武郎に解放の思いを強めさせたらしい。彼は一人思い悩み、古い友人の森本厚吉（専門は農業史、消費経済学）などに相談し、助言ももらっていたようだ。大正十一年三月七日の森本宛書簡で、「家産之処分についての御忠告を有難く思ひます。［中略］何しろ今は早く浮ひ出る所に出たい気持で一杯になつてゐます。随分長く人知らず悩み通しました」と述べている。

彼は最大の配慮をもって、解放の実行に当たったらしい。三月十八日付、有島農場の（信頼すべき）管理人であった吉川銀之丞宛の手紙で、「農場開放につき御申聞け《ママ》の事は、此度いよ〳〵実行の決心に御座候」と述べ、このことが農民にも吉川本人にも何ら心配ないことをこまごまとしたためている。そして三月二十四日に、まず弟妹を集めて農場開放（武郎は「解放」よりも多くこの字を用いた）の意志を伝え、一同の承諾を得た。問題は母親で、四月十七日にこのことを話したところ、案の定泣き出され、二十二日にこんどは母の招集でふたたび弟妹を集めて、ようやく解放の仕方などで意見の一致を見たらしい。五月六日、この旨を吉川銀之丞に連絡、具体的な準備の協力を求め、七月十一日、現地に向かった。

農場解放の北海道旅行

当時の交通だから途中で手間取り、七月十三日朝、狩太着、そのまま農場事務所に赴き、朝食後、昼まで睡眠、それから吉川の案内で農場を視察した。翌十四日も帳簿を見たり、視察をしたり、訪ねてきた木田金次郎と会ったりして一日を過ごし、十五日は午後、森本厚吉が二人の助手を連れて訪ねてきてくれ、農場をまわったり、皆で今後のあり方について議論したりして、就寝は夜十二時半になる。十六日は朝から吉川を呼び「総がかりで農場の内容について調査」、午後二時、札幌に帰る三人を見送り、吉川と水力発電所を見物、午後五時半、狩

弥照神社

太を発ち、途中木田の迎えを受け、七時半岩内に着き、夕食後すぐに町会議事堂で講話、旅館に戻ると三十人程の有志と一時頃まで談話、十七日は木田の案内で港周辺を見物、小学校で六百人程の生徒に「一人の人の為めに」という講話をなし、「声がつぶれてしまった」。それから木田の家を訪問、さらにある牧場を訪れ歓待を受けたが、「そこにゐる限りの人の扇面や短冊に何か書き」、岩内に戻り、四時半の汽車で農場へ帰った。

翌十八日（火曜日）、「午後二時に農家一切を集めて話をする事になつて」いた。約四百五十町歩の地所に七十戸近い小作人がいる。定刻に会場の神社（農場の社である弥照神社）へ行ったが、まだ七、八人しか集まっていない。そのうちの一人と懐旧談などし、ようやく人々が集まったところで立ち上がって話をした。『泉』創刊号（大正11・10）に掲載した「小作人への告別」がそれである。全集で三頁ほどの短いものだが、非常に分かりやすい言葉で、入念に書かれている。「丈高い熊笹と雑草との生ひ茂つた密林」が、明治三十三年頃、「私」の父が北海道庁から貸下げを受けて以来、諸君の苦労によって「今日のやうな美しい農作地」となり、無償付与を道庁から許可されるまでになった。父は親心からこれを「私」に譲ったが、「私」は「この上なく楽しく思ふ仕事」で「親子四人が食つて行くだけの収入は得られて」いる。で、こんどこの土地全部を「無償で諸君の所有に移す」ことになった。ただしこれを分割私有するのでなく「諸君が合同して」共有してほしい――とこのようにいって、その具体的な方策も指示、「諸君の将来が、協力一致と相互扶助との観念によつて導かれ、現代の悪制度の中にあつても、それに動かされないだけの堅固な基礎を作り、諸君の精神と生活とが、自然に周囲に働いて、周囲の状況をも変化するる結果になるやうにと祈ります」と結んでいる。

この後、翌七月十九日、武郎は朝、農場を発って札幌に向かった。途中、小樽で四十分程休んでいるうちに、当地の人たちが来て（札幌からの帰途）小樽でも話をするように頼み、承諾してしまう。札幌ではいろんな人に会う。夕食後、農科大学で講演。夏休で学生はほとんどいないのだが、聴衆約六百人。約一時間半語る（その収入はアイヌ保護の資金に寄付）。そして森本の家に泊まった。翌日、森本とともに宮部金吾先生を訪ね、一緒に散歩などする。それから市内見物し、遠友夜学校に至る。四時の汽車で札幌発、小樽で下車、西洋料理屋の二階で四、五十人の人々に話をする。函館でも出迎えの人に話を強要されたが、さすがにこれは断わる。そして翌二十二日朝、東京着となるわけだ。これが有島最後の北海道旅行となり、彼と北海道との直接的な縁もこれで切れることになる。

以上、有島農場解放旅行のプロセスをくわしく語ったのは、ひとつには書簡や日記によって比較的追跡しやすいからである（晩年は日記を怠っていた武郎だが、この旅行の時はくわしくつけていた）。しかしそんなことよりも、大事なのは、この旅行がたいへんな準備と気配りと労苦をもってなされた事実を知ることであろう。

財産放棄の意味

農場解放は、武郎にとって積年の課題を果たすことであった。先の「小作人への告別」よりも知識人相手の文章である「生活革命の動機」（『文化生活』大正12・5）で武郎は、自分の行動の「主なる原因」に「私有財産と云ふものに対して私が次第に罪悪を感ずる様になつた事」をあげ、さらにそれが自分の場合「親譲りの有り余る財産」であることを付け足している。この財産を放棄することは、武郎にとって自己解放でもあったわけだ。「農場開放顚末」（『帝国大学新聞』大正12・3）という別の文章では、農場「放棄」の決心の源を、「文学」という「自分の為仕事を妨げようとするものはすべてかいやり［払いのけ］たくなって了つたので」すと述べている。この言葉につられて振り返って見ると、武郎が東京を出て札幌農学校に入ったことに始まり、日本を出てアメリカに留学したこと、帰国後の札幌における教員生活、それから父の死まで、彼の行動は父ないし家の重圧からの脱出、ないし自己解放の試みの連続だったのであり、農園解放はそのいわば総決算だったということになる。

だからこそ、武郎は全力をあげてこの事業をなしたのだった。この旅は有名人がいかに卑俗な取巻きたち（善意の持主にしろ）に余計な苦労をさせられるかも示していて興味深いが、彼自身は苦難を忍んで俗衆と妥協し、サービスを提供し――つまりローファーであることを一時的に止め――この事業を推進したのだった。しかし「農場開放顚末」の末尾でも彼が語るように、農場を「小作人の共有」にするということは法律上許されなくて次善策を求めざるをえず、「共産農園」と名づけたかったのを「共生農園」とすることになったりした。そして彼は、「私はこの共生農園の将来を決して楽観してゐない。それが四分八裂して遂に再び資本家の掌中に入ることは残念だが観念している」と結んでいる。「小作人への告別」では見られた、希望にみちた姿勢は、ほんの五カ月後にはもう一種情ない思いの方に流されているのだ。

財産放棄の問題で、もう一つ補足しておかなければならないことがある。北海道の有島農場はとにもかくにも放棄したが、東京麴町下六番町の親譲りの「宏大な邸宅」がまだ残っていたのである。武郎はこの年（大正十一年）十二月十二日付、ジャーナリストで友人の望月百合子宛の手紙で、「北海道の土地は農民にかへしました。あなたが時々訪れて下さつた家は其中売払つて母と弟妹の所有にします。其他の財産はある社会運動に出金します」と述べている。麴町の家を売払い、その金を母の新居と生活費に当て、残りは弟妹に贈与しようというのであった。「其他の財産」とは、株券などであろうか。

ところがこの計画もうまくいかなかったのだ。翌大正十二年一月十九日付、原久米太郎宛書簡で「中々家之始末がつかない」、家の者（たぶん母）からノーノーの意見が出て困り果てるだろう、といった愚痴を並べている。母との気持の溝は深まるばかりだった（足助素一宛書簡、3・22）。それに母の家の新築は遅れて、しかも従来の家の売却はなかなかうまくいかず、「泥深い悒鬱《ゆううつ》」に陥りもした（茂木由子宛書簡、3・24）。結局、この状態が、武郎の死の時まで続くことになる。生活の改造は、武郎の懸命の努力にもかかわらず、中ぶらりんになってしまい、彼が本来の仕事と見極めた「文学」を推進する力とならないで終わってしまった。

5　個人雑誌『泉』の発行

淋しい自分一人の雑誌

大正十一年七月二十二日、北海道から東京へ帰った有島武郎は、すぐに忙しく著作活動や講演活動に従事している。時代の良心を代表する文化人の観があり、そういう活動への依頼も多かったのだろう。だが彼にはすでに自分の個人雑誌をもちたい思いが熟していた。その思いは、雑誌の創刊号に載せた「『泉』を創刊するにあたって」に述べられている。

いろんな新聞雑誌の原稿依頼を、「心にもなく」引き受けてしまうことがある。「私は遂に自分の弱さに呆れてしまつた」（またもや彼の得意の言い草だ）。自分一人の雑誌を出すことは、それを是正する手段だし、文壇の党派に属さず「一家一流派」を実現する手段でもある。こういって、彼はこのエッセイを、「私は常に歩いて行かうと思ふ。［中略］私は自分自身にすら束縛されないものであらう」と結んでいる。つまりローファーでいこうというわけだ。

同年十月、『泉』は叢文閣から創刊された。この誌名は有島の雅号、泉谷《せんこく》に由来する（西洋臭の強い有島に雅号とは意外だが、短歌、俳句などにはこれを用いていた。大正五年頃に一冬過ごした鎌倉扇谷の泉谷に因むという）。毎号三十二頁の薄い雑誌だが、つやのある紙に美しい印刷で、有島の希望により一部二十銭と安く設定され、よく売れた。

しかしその内容は淋しかった。創刊号ではすでに述べた戯曲「ドモ又の死」と「小作人への告別」、およびホイットマンの詩の翻訳が主な内容だった。その後『泉』は月刊で都合十冊出たが、創作の分野についていえば、戯曲では「断橋」が続いただけで、小説では「酒狂」「或る施療患者」「骨」「親子」などが載ったけれども、いずれも短く、私小説的か、さもなければ構想の拡散が目立ち、虚無的なムードに支配され、「本格小説」とはまったく縁遠いものであった。生活の改造をして、社会的な主張と自分の生とがかなり合致できたと思っても、内から盛り上がってくるような、有島の文学のあの表現力、描写力は、また別のものなのである。そしてそれは再びつかめなかったのだ。

「文化の末路」

では評論的な仕事はどうであったか。『泉』に載った代表的な評論に、「文化の末路」（大正12・1）がある。全集で約九頁の長さの中に、ものすごく大ざっぱな文化の歴史の展望をして見せる。文化は「民衆全体の力」によって生み出される時期と、その力が衰えて、天才もしくは英雄といった「個人」が民衆を指導する時期がある。第一の時期を樹木の幹であらわせば、第二の時期は樹木の葉に相当する。この個性的文化の時期も、いぜんとして民衆という大地から養分を吸収してはいる。しかしさらに民衆が解体すると、「個性の独立」が説かれるようになる。民衆は自分自身の力に頼ることを止めて、酒に酔うようにこの個性に酔おうとする。こうして個性的文化の時期が出現する。だがこれは一時の幻覚にすぎない。大地からの養分は得られず、文化の葉は「小舟の如く幹を離れて空中に飛び去」る。こうして「蕭条たる冬が来る」のだ。

こういう一種詩的ではあるがたいそう抽象的な展望の後、武郎は「個性の独立と《ママ》要求と《ママ》を極端に徹底的に要求したのは私だつた」と言い出す。「私は如何しても民衆の合成力と思ふところのものに融けこんで行く生活は出来なかつた」。そのためその「民衆の合成力に対する一箇の叛逆者として絶対的に私自身に依拠することを余儀なくされた」のだ。民衆の文化の可能性を信じてその中に溶け込むか、その文化の代表的英雄に自分を仕立てるか、あるいはその合成力を見かぎって「孤独の一路を淋しいながら踏み遂げるか」。自分はこの第三の道を選びつつある。こう述べて、武郎は「明らかに私達の文化の末路は来た」といい、「生活は死ぬまでは続く。死ぬまでそれを徹底するやうに私は続けて行つて見よう」とこのエッセイを結んでいる。

これはあの「個性」絶対主義を高唱した『惜みなく愛は奪ふ』から遠くへだたってしまった、というよりその主張をみずから否定してしまった、しかも否定した後に何か新しい生の道、作家の道を見出しえず、その否定した道、「文化の末路」をとぼとぼと歩かざるをえない者の嘆きの声である。ただ彼はこの道を「徹底する」ように行ってみようという。せめてそうすることに作家としての使命を見出しているかのようだ。この段階で、「文化の末路」はすでに精神的に「死への道」となっているのではなかろうか。

6　死への逸脱

「詩への逸脱」

「文化の末路」の後、有島武郎は『泉』に、さらに「永遠の叛逆」(大正12・3)と「詩への逸脱」(大正12・4)の、二篇のエッセイを書いている。どちらもさらに短い小品的なものだ。

「永遠の叛逆」は一種の革命論であるが、組織とか制度とかにかかずらうのではなく、生活そのものを革命と受け止めて永遠の叛逆を続けるローファー的な生の追求者に共感を示している。しかしそういう叛逆者は、必ず制度の擁護者に石もて搏《う》たれる。論者はそういう「小さな群れ」に対して、「好意をこめた握手の手」をさし延べよう、という。だがただそれだけの文章であって、何らの解決も新しい方向も示唆してはいない。全体をペシミズムが覆っている感じである。

「詩への逸脱」は、詩が「音楽に次ぐ最高の芸術表現」だということを述べた後で、自分が「説明的であり理知的である小説や戯曲によって自分を表現するのでは如何しても物足らない衷心の要求」にかられ、「前後を忘れて私を詩の形に鋳込まうとするに至つた」次第を述べたものである。これは自分が小説や戯曲が書けなくなったことについて、これらのジャンルが「説明的であり理知的である」（とくに小説においてそのことは際立っている）からだという理由づけをしているが、要するにこういう総合的な表現形式を彼が自在に使えなくなったからにほかならない。実は武郎自身、そのことはよく分かっていた。だから自分が詩という霊妙な表現形式を採用し始めたことについて、「私を詩の形に鋳込まうとするに至つた」などと、すっとんきょうなことを述べている。「詩への逸脱」は、武郎の文学にとって「死への逸脱」とつながっていたといえそうだ。

生からの脱却の歌

武郎が実際に詩を作ったのは最晩年、「瞳なき眼」というすさまじい総題をつけて『泉』の大正十二年四月、五月号に発表した八篇だけである。どれも一種の象徴詩らしくて、なにかの気分を暗示しているが、どれも虚無感にとらわれた気分らしい。たとえば「手」は高村光太郎の有名な彫刻をテーマにしているが、ロダンにならったという静かな生命の讃歌のようなその作品も、「孤独な淋しい神秘……／〔中略〕／見つめてゐると、肉体から、霊魂から、不思議にも遊離しはじめる手」といったふうに、存在の荘厳だけでなく、「虚妄」や「無」の面が強調される。

衆目の認めるところ、「死を」と題する詩が八篇の中で中身の最もよくまとまった作品らしい。全文を示すとこうである。

……死を。

生の焼点なる死を、
若さの中に尋ね出された死を、
まがふかたなく捕へあてた死を、
目路のかなたに屈辱の凡てをかいやる死を、
我れの外なる凡ての人にはたゞ愚かしい死を、
その黒い焔の中に親をも子をも焼きつくす死を、
……お、生を容赦なく蹈《ふ》みにじるその不可思議な生命を。

「死」は「我れの外なる」人にはただ「愚かしい」ものであるかもしれないが、自分には「生の焼点」であり、「不可思議な生命」である、という思い、あるいはそうあってほしいという思いをうたっているようだ。死が生からの脱却、あるいは救いといった思いかもしれない。

この思いは、実は武郎が「自分の恩人」と公言したホイットマン（『泉』大正12・3「『ホヰットマン詩集』第二輯を出すに当つて」）にも見られたものである。「脚にまかせ、心も軽く」自由な魂の「大道を濶歩」する思いを朗々とうたっていたホイットマンも、南北戦争を経、また身心の衰えを実感してくるにつれて、しだいに強く「死」を意識するようになった。有名な「大統領リンカーン追頌歌」（"When Lilacs Last in the Dooryard Bloom'd"）の中の「死の歌」や、「聖なる死の囁き」（"Whispers of Heavenly Death"）はそのほんの一例である。そして一見、ここにうたわれる「生」の解放者としての「死」に、有島の詩は呼応しているように見える。が、実質は大幅に違うのである。ホイットマンはいぜんとして開かれた自由な世界の中で、その「死」に向かって堂々と「濶歩」しているように見える。しかし有島の世界は閉ざされており、「死」は「黒い焔」をもって親をも子をも焼きつくし、「生を容赦なく踏みにじる」のだ。ただ、そういう「死」を最後の最後に「不可思議な生命」と言い換えて見せる有島武郎の、「死」を肯定しようとする情念のすさまじさには驚き入るほかない。

波多野秋子との関係

有島武郎の死に関係して誰もが念頭に思い浮かべるのは、彼と人妻との情死であろう。この情死についてはいろいろと想像がめぐらされ、感情的、感傷的な記述があちこちでなされてきている。しかしこの事件も、武郎のこういう「死」への傾斜と結びついていた——いやその直接的な延長線上にあったことは、まず間違いないだろう。

武郎が基本的に道徳家として生きた——いや生きようと努めたことは、すでにくり返し語ってきた。しかも彼は女性に惚れやすく、また惚れられやすい人だったことも、いくつかの例によって見てきたつもりだ。いくぶん皮肉を込めていえば、すばらしいのは彼がそういう自分を正当化しようとした時である。「私の妻を迎へぬ理由」と題する談話（『婦人画報』大正12・4）で武郎は、まず「私は女性の讃美者の一人である。私は芸術を愛好するやうに女性を愛する」と宣言してから、世の中には「一人の女性を徹底的に愛して、他を顧みない男性と、多くの女性を同時に愛し得る男性とがある」として、「私は後者に類する」という。なんだか図々しい言い草だが、その理由として彼は「私のもつて生れた個性の特色は、多くの女性と自由に愛し合うことの出来るところにある」と説く。つまりローファー的な「自由」の主張なのだ。さらに、自分が結婚（再婚）しない理由の一つとして、「従来の家庭は改革されなければならぬ。夫たる人も、妻たる人も、お互に奴隷になることなく、自分自身の生活を自由に、伸るところまで伸ばさなければならぬと思ふ」と語る。

これは、その時代にあっては、途方もなく先端的な結婚観であった。しかし現実の男女関係において、そんな「自由」はなかなか成就しない。何が何でもそういう「自由」を実現しようとすると、まさに「死を」の詩でうたったように、「死」に脱出するほかなくなる場合がある。波多野秋子との彼の情死は、ほとんどぴったり、その実行であったように思える。

波多野秋子は美貌の才女であったようだ。新橋芸者の娘だが、実践高女を経て青山女学院英文科で学んだ。在学中、英語塾に通ううち、その経営者だった波多野春房と結婚、大正七年、二十五歳で卒業後、中央公論社に入り、間もなく『婦人公論』の記者になった。敏腕の美人記者として文士たちの間で評判になったらしい。フェミニズム的な論文なども書いている。武郎はいつから彼女と親しくなったか分からないが、童話「溺れかけた兄妹」を『婦人公論』（大正10・7）に書いたのは彼女の依頼によるかもしれない。

足助素一の証言（『泉』終刊　有島武郎記念号、大正12・8「淋しい事実」）によると、大正十二年六月七日の午後、武郎があわただしく足助を訪ねて来て、まとめていえばこう打ち明けた。大正十一年の冬頃から秋子が「頻《しき》りに」武郎に「近づいて来」て、明けて今年（大正十二年）の春になると「益々執拗に迫る」ようになり、武郎ははじめのうち拒否していたが「［六月］四日、たうたう僕等は行く所まで行つた」という。

波多野秋子

しかしこれより前、三月十七日に武郎は秋子に出した長い手紙の中で、「愛人としてあなたとおつき合いする事を私は断念する決心をした」と述べている。この文面から判断すると、もうこれ以前に二人は肉体関係をもっていたと考えられる。付け加えておくと、この手紙で武郎は、自分たちの波多野をあざむく行為を恥じ、「あなたも波多野さんの前に凡ての事実を告白なさるべきです。而してあなたと私とは別れませう」と説いている。秋子は追いつめられた気持から「死にたい」というようなことをいったのではなかろうか。それに対して「死んではいけません。／波多野さんの為めに私の為めに一日でも長く生きてゐて下さい」ともいう。全体として、武郎が何か道徳家としての自分の面目を保とうと努めている姿勢がうかがえる。しかし結局、二人の関係は続いたのであろう。六月四日に「行く所まで行つた」というのは、武郎が所用で千葉方面に行ったので、秋子と示し合わせて船橋の旅館で一泊したのだった。

足助の記述に戻ると、このことはたちまち夫の知るところとなり、秋子は激しく責められて、とうとう白状してしまった。その結果、六日夜、武郎は波多野から呼び出されて、事実を認めると、「賠償金」を要求された。武郎が「自分の生命がけで愛してゐる女を、僕は金に換算する屈辱を忍び得ない」と拒絶すると、波多野は「それでは警視庁へ同行しろ」と迫ったが、即座に応諾すると、却って困っていろいろ言を弄し、最後は、一万円要求してきた。武郎は「僕は甘んじて監獄へ行くよ」と答えた（当時の法律で、姦通罪は夫の告訴によって成立し、最高二年の懲役が課せられたのである）。結局、最終的な答えは八日の午後三時までにすることにして別れた。

助けを求めてきた武郎のこういう話の後、足助と武郎はどうすべきか相談したが、結論を得ないままに別れた。この間、武郎は自分がいろんな面で「全く行き詰まった」状態にあることを打ち明けたり、「両手を顔にあて、咽《むせ》び泣いた」りしたという。

情死

翌日、つまり問題の六月八日午前、足助が南寺町の武郎の借宅を訪れると、武郎は秋子とともにいた。「監獄へ行く」と言い張る武郎に、足助は家族たちのためにも金を払って解決するよう主張する。と、武郎はしだいに情死への思い、「愛が飽満された時に死ぬといふ境地」を口にするようになる。二人が死を決意していることを知った足助は愕然として翻意をうながし、秋子にも武郎に反対するよう説くが、秋子は肯《がえ》んじない。「つめたいのは秋子の眼だ。残忍そのものぢやないか」と足助は怒りをあらわす。結局、説得はならず、足助は「号泣して」別れる。その夜、説得役を頼んで神戸から出て来てもらった原久米太郎とともに、もう一度南寺町を訪れたが、爺やが留守番しているだけだった。それで麴町の有島邸に赴いたが、やがて武郎が「死への家出」をしたことを知る。

以上が足助素一による有島との最後の別れについての証言の大筋である。関係者の発言を言葉通りに引用しているふうだが、もちろんすべてを正確に記録しえたわけではなかろう。とくに、足助の立場からすると、秋子に対してはこういう事態の原因になった人物として偏見があったとしても当然で、扱い方に冷たさがあるように見える。この後のことについても、事実と思えることだけを略記してみると、六月八日、武郎は麴町の家を出、秋子とともに汽車で軽井沢に向かい、深更、雨の中を別荘浄月庵にたどり着き、翌九日早暁、ともに縊死した。武郎は享年四十五歳と三カ月であった。

有島家や足助ら関係者の懸命の探索にもかかわらず行方は分からず、死亡後一カ月近くたった七月七日、別荘の管理人によって二人の死体は発見された。夏のことだから死体は腐爛し、人相なども見極めがつかなかったという。報らせを受けて東京から駆けつけた家族や関係者によって、遺体は荼毘に付され、秋子の遺骨はその夫に渡された。武郎の告別式は翌九日、麴町下六番町の本邸で営まれ、遺骨は青山墓地の有島家の墓に妻安子と並べて埋葬された。

遺書

遺書は五通残されていたが、そのいくつかは軽井沢に向かう車中で書かれていたらしい。弟妹宛のものは、「あき子と愛し合つてから私は生れてはじめて本当の生命につきあたりました。段々暗らくなりつゝあった人生観が一時に光明にかゞやきました」と述べ、「私達は最も自由に歓喜して死を迎へるのです。軽井沢に列車の到着せんとする今も私達は笑ひながら楽しく語り合つてゐます」云々としたためている。この期に及んでこんな強がりをいって、と反感軽蔑することもできるだろう。しかし、こういう時の人間に自然な昂揚した感情をあらわしてはいるが、むしろ最終的な決断をした人間の素

軽井沢の別荘・浄月庵（大正13年，足助素一撮影）

直な表現に近づいているといえるような気もする。何よりも、こういうぎりぎりの状況での自分たちのことを、「笑ひながら楽しく語り合つてゐます」と一種リズミカルに伝える姿勢に、『或る女』の描写を通り越してきた「本格小説」作家の、表現根性を見るような思いも（私には）する。

足助素一への遺書は、長年自分の文学の出版を通して交わってきた友人への、文学的な安心感をも

った表現になっている（これは別荘で書いたことが明らかだ）。

山荘の夜は一時を過ぎた。雨がひどく降つてゐる。私達は長い路を歩いたので濡れそぼちながら最後のいとなみをしてゐる。森厳だとか悲壮だとかいへばいへる光景だが、実際私達は戯れつゝある二人の小児に等しい。愛の前に死がかくまで無力なものだとは此瞬間まで思はなかつた。

恐らく私達の死骸は腐爛して発見されるだらう。

反響

有島武郎の自死、しかも社会的良心の化身のように見られてきた作家の人妻との情死は、大反響をまき起こし、賛否の議論が沸騰した。『泉』（大正12・8）は、足助の手で直ちに「終刊　有島武郎記念号」を出して、足助自身の「淋しい事実」その他、與謝野晶子、藤森成吉、秋田雨雀、河上肇らによる追悼の歌や文を載せた。二万三千部印刷して即日品切れになったが、足助は重刷を断わったという。森本厚吉の『文化生活』（大正12・9）も記念増大号「純真の人有島武郎」を出し、一般誌では『改造』『早稲田文学』、女性誌では『女性改造』『婦人公論』『婦人之友』などが、ぞくぞくと追悼特集を組んだ。

かつて武郎を愛弟子とした内村鑑三は、『万朝報』（大正12・7・19—21）に「背教者としての有島武郎」を寄せた。武郎への愛惜が底流をなす見事な文章である。しかし、彼がアメリカ留学から帰って以後、「前の彼とは全くの別人」となり、「私は今日に至るまで多数の背教の実例に接したが、有島君のそれは最も悲しき者であった」と述べ、こんどのこともそこから由来するとし、「有島君は神に叛いて、国と家と友人に叛き、多くの人を迷はし、常倫破壊の罪を犯して死ぬべく余儀なくせられた。私は有島君の旧い友人の一人として、彼の最後の行為を怒らざるを得ない」と結んでいる。

『泉』終刊号の表紙

『泉』終刊号の扉
大正12年4月鳥取での講演に赴く際，汽車の中で描いた自画像が掲載された

自由人の死

有島の死をめぐる無数の議論は、紹介するにいとまがない。ここにひとつだけ、彼がキリスト教を棄てて以後「我が恩人」としていたホイットマンとの関係から眺めておきたい。内村はいま紹介した文章の中で、有島がホイットマンの専門家になったことを喜び、「ホヰットマンは天然人《なちゅらるまん》〔武郎のいうローファーと重なる意味であろう〕であるが、同時に又強き常識の人であつた」とし、ホイットマンもキリスト信仰をもっていた人なので、もし「此信仰が有島君に在ったならば、彼は自殺せずして済んだのである」と述べている。同様な論理で、有島はホイットマンの本質を理解していなかった、またはそれを自分のものとしていなかった（だから死んだ）、というような

意見は、文学者の間からも多く出た。たとえばホイットマン熱の熱心な鼓吹者であった白鳥省吾は、「死」をうたったホイットマンの詩を思い起こし、「ホイットマンの死の見方は〔中略〕有島氏のやうな自発的な無理死にも適応してはゐない。ホイットマンの死の讃美は秋が来て落葉の散る如き自然死と、使命に勇ましく殉して死ぬ勇者の死に対してである」（白鳥省吾『土の芸術を語る』大正14・2所収「愛と死に就て」）と論じた。だがこの種の意見は、ホイットマンの「死」（それは自然死や勇者の死ばかりではなく、晩年には、相変わらず堂々とうたってはいたが、生からの脱出、解放を求める死でもあったのだ）について間違っていただけでなく、有島の死についても公式的、世俗道徳的にすぎたように思われる。

いったい、ホイットマン流の生き方がそっくりそのまま日本で生かされるということは、ありうべきことだっただろうか。もちろんそれは不可能である。有島武郎はホイットマン流のローファー主義を日本で生かそうとしながら、妥協を強いられ続けた。そのため自分の「臆病者」「弱者」意識を、いっそう強めざるをえなかったほどだ。そして生活のあらゆる面で追いつめられてきていた。だがこんどこそ、彼はいっさいの妥協を排して、堂々と、ローファー的に自由に生きようとしたのではないか。足助やその他の近しい人たちの懸命の説得をも拒否したのは、その最後のあらわれであろう。その結果、「死への逸脱」をしていった。その「死」を、彼は自分の意志の力で「解放」と受け止めることができた。そしてみずからそれをホイットマン流に讃美しながら、突き進んで行ったのである。

その「死」は極めて「文学」的な「生」の完成であった。

参考文献

Ⅰ　著作

文学者ないし小説家としての有島武郎の生涯を語ることを主眼とした本書では、武郎の作品こそが最も重要な参考文献である。そのいちいちをここで列挙することは不可能だし、無意味でもあるので、全集によって代表させることにした。

『有島武郎全集』全十五巻＋別巻、筑摩書房、一九七九—一九八八年

＊これ以前、有島武郎全集には叢文閣版（十二巻）、新潮社版（十巻）、改造社版（三巻）があったが、それらの欠陥を埋めるべく、入念な編集、校訂をし、詳しい解説をつけた、段違いに信頼度の高い全集。異なる形《バージョン》のある作品（たとえば『白樺』連載の「或る女のグリンプス」と単行本の『或る女』前編、あるいは未刊原稿だった「かんかん虫」と『白樺』掲載の「かんかん虫」など）はその両方を収録して、比較検討に便宜を提供している。またはじめて日記（「観想録」その他）の全文を原文に忠実に収録しており、一般読者向けの本書でそのまま引用するには躊躇するような読みにくさもあったが、結局は有島の文章の力を直接的に伝えるもととなったと思う。なお英文日記の部分は編者による邦訳が併載されており、本書での引用にも利用させていただいた（ごく少部分、私の訳文にした個所はその旨明記した）。別巻は全集補遺、武郎関係の諸資料、同時代の有島評などを収めて、便利な大冊。詳細な「年譜」は、本書の「略年

譜」作製に当たり主要な資料とさせていただいた。
山田昭夫・内田満共編『近代文学資料8・9・10 有島武郎』上・中・下、桜楓社、一九七五年
＊筑摩書房版以前の全集における逸文や未発表書簡などを主な内容としている。筑摩書房版全集はこれより後の刊行だから、そちらにすべて再収録されているはずだが、必ずしもそうなっていないように見受けられる。編者たちの有島文献収集の情熱が解説その他にあふれているのも、まさに「参考」に値する。
佐々木靖章編『資料 有島武郎著作目録・著作解説・全集逸文・周辺資料』万葉堂出版、一九七八年
＊前掲書と共通する意義を私は感じる。

Ⅱ 評伝・研究

本書の執筆に当たって直接参照した本に限る。

アンドラ（ポール）、植松みどり・荒このみ訳『異質の世界［有島武郎論］』冬樹社、一九八二年
亀井俊介『近代文学におけるホイットマンの運命』研究社、一九七〇年
＊「有島武郎とホイットマン」の章。
紅野敏郎編『有島武郎『或る女』を読む』青英舎、一九八〇年
＊十四篇の論集＋「『或る女』成立関係年表」。
小玉晃一編『比較文学研究 有島武郎』朝日出版社、一九七八年
＊十六篇の論集。
佐渡谷重信『評伝有島武郎』研究社出版、一九七八年
鈴木鎮平『有島武郎におけるホイットマンの相貌』明治書院、一九八二年

本多秋五『『白樺』派の文学』講談社、一九五四年
＊「有島武郎論」の章。有島武郎研究の先駆けとなった画期的な論考。
宮部光男『有島武郎の詩と詩論』朝文社、二〇〇二年
安川定男『有島武郎論』明治書院、一九六七年
＊本格的な有島武郎評伝の嚆矢となるものではないか。ただし有島が作家として立つ頃までで伝記の部分は終わり、あとは作品論や思想論となっている。
安川定男『悲劇の知識人　有島武郎』新典社、一九八三年
＊一般読者向けの入門的な「日本の作家」シリーズの一冊だが、全体的にバランスのとれた記述で、有島の生涯を展望している。本書執筆中、私の最も頼りとした一冊。巻末の「略年譜」も、本書の「略年譜」作製のもとにさせていただいた。
山田昭夫『有島武郎』明治書院、一九六六年
＊新書判による「近代作家叢書」の一冊。簡単な評伝と主要作品解説を織りまぜたものだが、珍重すべき一冊。「あとがき」で、「いちばん心残りなのは、多面的な有島文学を簡単な図式で割り切りすぎていて、その底にある得体の知れないカオスにさっぱり肉迫していないことである」と述べられているいわば反省の弁が、著者の誠実と情熱を見事に示し、ほとんどすべての有島文学研究者にも反省を迫る。
山田昭夫『有島武郎・姿勢と軌跡』右文書院、一九七三年
＊前掲書をそっくり再録して「姿勢」とし、有島の諸側面についてのその後の論考を「軌跡」としてまとめた形の本。
山田昭夫『有島武郎の世界』北海道新聞社、一九七八年
＊有島武郎と北海道との関係に重点をおいた評伝的論集。

渡辺凱一『有島武郎』飛鳥書房、一九七六年

＊詳しい評伝だが、やはり有島が作家として立つまでの記述が中心。

渡辺凱一『晩年の有島武郎』私家版、一九七八年

有島武郎研究会編『有島武郎事典』勉誠出版、二〇一〇年

Ⅲ 「本格小説」作家論

本文中で言及した作品に限る。

正宗白鳥『作家論（二）』創元社、一九四二年

＊「有島武郎」の章。

伊藤整『私の小説研究』厚生閣、一九三九年

＊「有島武郎『或る女』から」の章。

野間宏「有島武郎」（『婦人公論』一九五八年十一月）

水村美苗『本格小説』上、新潮社、二〇〇二年

＊小説であるが、「本格小説の始まる前の長い長い話」の章で、「本格小説」についての主張を述べる。

あとがき

日本近代文学史上の巨人の中で、有島武郎は最も読まれない作家の一人ではなかろうか。本格的な有島研究の先駆けとされる本多秋五著『『白樺』派の文学』の中の「有島武郎論」の扉には、「有島全集、あれはいちばん値の安い全集です。さやう、戦争中この方のことですね」という古本屋の主人の言葉が引かれている。いまではすぐれた全集が出、また伝記や研究書も本屋の棚にたっぷり並んでいるが、それでも有島武郎を愛読しているという人に出会うことは非常に少ない。同様にして有島文学の主要作品でも、たぶん『或る女』を除けば、本屋の棚を探してもなかなか見つからない。

一般読者にとって、有島武郎の文学をとっつきにくくする材料はいくらもある。まず人間がどうも文学から掛け離れているんじゃないか。衆目の認める敬虔なキリスト信徒、真摯な人道主義者、社会主義者で平和主義者。それはそれで立派なことでしょうけど、そんな人の文学が面白いとはとても思えない、ということになる。加えて、そういう信仰や思想にも由来するのだろうけれども、彼の書くものの表現がどうも翻訳口調で、しかつめらしく、しかもバタ臭い。どう見ても、こまやかな情緒をたたえた小説の面白さなど期待できないではないか。

それかあらぬか、有島武郎をめぐる伝記や研究の多くが、いましがた述べた彼の信仰や思想の形成や展開をよく語ってくれていて、私など教えられること非常に大きいのだが、肝心の「小説家」有島武郎はどこかに置き去りにされている傾きがあるような気がしてならない。かりに彼の小説を語っていても、その作品に現れた信仰や思想を語るのが主であって、小説としての面白味や、文章表現の醍醐味などはどうも関心の外にあるようだ。さらにいえば、「小説家」有島武郎を視野の中に収めるには、有島の生ま身の「生」の展開を、生涯を通して追跡することが必要な気がするのだが、それをしてくれる評伝類は意外と少なく、たいていは若い頃の有島の信仰上、あるいは思想上の悩みや苦闘、彷徨を語って終わり、その先を知りたい私は満たされぬ思いをくり返してきている。

しかしこういう状況にもかかわらず、有島武郎は「小説家」として日本の近代に聳え立つ。なかでも『或る女』は、日本近代文学史上、内容・表現ともに圧倒的な力をもつ「本格小説」の金字塔といえるものであろう。いましがた述べたような有島武郎の「面白いはずはない」人間的特性も、「こまやかな情緒」と掛け離れたような表現上の特質も、この作品にたっぷり入り込んでいる。が、それがこの作品では内からあふれ出る内容の力、堂々としてダイナミックな表現の力に転化しているのだ。どうしてこうなったのか。

もちろんいろいろ原因はあるだろう。が、その基本のところに、自分の「生」に対する有島の無類の誠実さがあったのではないか。正宗白鳥は有島の評価を一転させた評論の中で、その誠実さのあらわれ方を有島の文学の力と結びつけ、本書の副題にさせていただいた言葉でこう述べている——有島武郎は『或る女』のヒロイン葉子とともに「世間に対して白刃を揮つて真剣勝負を為続け」た、と。

私は本書で、こういう「小説家」有島武郎がどのようにして生まれ、育ち、どういう作品を生み出したかを、評伝の形で語ってみたいと思った。つまり彼の文学世界のもとになった彼の「生」の展開を、可能な限り生涯を通して追跡し、そのことによって彼の「文学」の力をとらえ直し、伝えてみたいと思ったのである。

もう二十年ほども前のことと思うが、ある出版社が世界の文学者や思想家の評伝シリーズを企画し、有島武郎の巻を私に依頼してこられた。私は喜んでお引き受けし、すぐにこの仕事を始めた。が、本書のなかば、武郎のアメリカ留学時代を書き終えたところで、筆が止まってしまった。帰国して以後の、「小説家」有島武郎の形成、発展をどうとらえ、書くか、五里霧中となって、構想が立たなくなったのである。もたもたしているうちに、問題のシリーズは刊行開始後いくばくもなくして中断してしまい、私の執筆もこれ幸いと中断状態になって、十年近くが過ぎた。そしてこのミネルヴァ日本評伝選の依頼を受けたのだった。

以来、荏苒として日を過ごしたのは、ほかの仕事にかまけていたこともあるが、先の中断を乗り越え、本来の目的たる「小説家」有島武郎を語るための方途を探し求めていたためである。さんざん迷ったあげく、たどりついた結論は簡単だった。有島の作品そのもの（日記も含む）をもう一度じっくり読み直すことを始めた。つまり最初の第一歩からの再出発なのだ。私が特別の関心を持つアメリカ留学時代の有島をめぐって新しい研究書なども出たが、うやうやしく書棚の奥にしまい込んでしまい、ひたすら作品の頁をめくった。この作業をほぼ終えたと思ったのが、いま書かなければ年齢的に本書を仕上げることは不可能になると感じ出した時と重なり、私は新たな執筆に入った。前に書き上げていた部分も新たに書き直したことはいうまでもない。その書き直しも含めて、ほぼ一年、ほとんど夢中になってこの仕事に打ち込んだ。年齢的な身心の衰えと闘いながら、精魂込めて、と自分でいいたいような熱中ぶりだった。

結果は、ここにご覧の通りのもので、もうこれ以上の贅言をつつしもうと思う。

いつものことながら、本書執筆の過程でじつにいろんな方々のお世話になった。知識・情報をご教示下さったり、資料面でご援助下さったりした方々の名をあげていくと、ほとんどきりがない。そういう中で、いまどうしても名をあげさせていただきたいのは、岩波書店編集部におられた粒良未散さんで、私のもたつき通しの仕事を、物心両面で励まし続けて下さった。あともうお一人だけ名をあげさせていただくと、ミネルヴァ書房編集部の岩﨑奈菜さんが、まことに有能であることに加えて、親身になってこの仕事を助け、完成までもって来て下さった。有島武郎年譜や索引の作成でも、この方の応援がなかったらいつ出来上ったか分からない。こういうすべての方々に心からの感謝を捧げる。

二〇一三年一〇月三日

亀井俊介

有島武郎略年譜

（年齢は満であらわす。各年三月四日にこの年齢となる。）

和暦	西暦	齢	関係事項	一般事項
明治一一	一八七八	0	3・4東京市小石川水道町五二番地（現、文京区水道一丁目）に生まれる。父・武、母・幸の長男。武は大蔵省関税局少書記官。	5月大久保利通、暗殺される。6月札幌農学校生徒内村鑑三、新渡戸稲造ら七名、受洗。8月フェノロサ、来日して東京大学教師になる。
一二	一八七九	1		12月イプセン『人形の家』コペンハーゲンで初演。女性解放運動史上の出来事となる。
一三	一八八〇	2	1・2妹・愛子（長女）生まれる。	
一四	一八八一	3	武、関税局権大書記官に進み、神田区表神保町（現、千代田区神田神保町）十番地に転居。武郎は湯島の東京女子師範学校附属幼稚園に入る。	7月開拓使官有物払下げ、10月輿論の攻撃にあい認可取消し。
一五	一八八二	4	武、関税局長心得兼横浜税関長となり、一家は横浜月岡町（現、西区老松町）の官舎に移る。弟・壬生	1月内村鑑三ら、札幌基督教会（後に札幌独立基督教会と改称）

			馬（生馬、次男）生まれる。	を設立。4月板垣退助、岐阜で暴漢に襲撃される。10月大隈重信、東京専門学校（早稲田大学の前身）を設立。
一六	一八八三	5	愛子とともに山手居留地のアメリカ人宣教師セオドア・ギューリックの家庭に通い、英会話を学ぶ。	11月鹿鳴館開館。
一七	一八八四	6	愛子とともに山手居留地の横浜英和学校（現、成美学園）に学ぶ。妹・志摩子（次女）生まれる。	7月華族令が制定される。8月森鷗外、ドイツへ留学。11月内村鑑三、アメリカへ留学。
一八	一八八五	7	弟・隆三生まれる（三男、後に父方の祖母の実家、佐藤家の養子となる）。	9月坪内逍遙『小説神髄』刊行。12月伊藤博文、初代内閣総理大臣となる。
一九	一八八六	8		3月帝国大学令を公布。「東京大学」が「帝国大学」となる。12月矢島楫子・佐々城豊寿ら、東京婦人矯風会（後に基督教婦人矯風会）を設立。
二〇	一八八七	9	5月学習院入学準備のため、横浜英和学校を退き、寺子屋式の自牧学校に通う。9月東京神田錦町にあった学習院予備科第三級に編入学、寄宿舎に入る。	

二一	一八八八	10	皇太子嘉仁（後の大正天皇）の学友に選ばれ、毎土曜日、吹上御殿に伺候。弟・英夫（里見弴、四男）が生まれ、母方の実家・山内家の養子となる。	
二二	一八八九	11		2月大日本帝国憲法発布。7月東海道本線、新橋・神戸間全通。
二三	一八九〇	12	9月学習院中等科に進学。	4月ラフカディオ・ハーン来日（9月松江中学校教師となる）。7月第一回総選挙。10月教育勅語発布。11月第一回帝国議会。この年アメリカ政府、フロンティアの消滅を発表。
二四	一八九一	13	7月武、国債局長となり、一家は麹町永田町の官舎に移る。	1月内村鑑三不敬事件。10月『早稲田文学』創刊。
二五	一八九二	14	一家、赤坂氷川町に移る。	3月W・ホイットマン死去。10月夏目漱石「文壇に於ける平等主義の代表者『ウォルト、ホイットマン』の詩について」を発表。
二六	一八九三	15	武、大蔵大臣渡辺国武と政治上の意見の衝突から国債局長を辞職、鎌倉材木座に隠棲する。武郎と愛子	1月『文学界』創刊。

			は東京に残り、麹町下二番町に住む外祖母・山内静の世話を受ける。	
二七	一八九四	16	武、松方正義の推挙で十五銀行世話役となり、実業界に入る。末弟・行郎（五男）生まれる。	5月北村透谷自殺。8月日清戦争始まる。
二八	一八九五	17	武、日本郵船監査役、日本鉄道会社専務となり、赤坂氷川町に住む。	1月『帝国文学』創刊。4月日清講和条約調印、三国干渉。11月国木田独歩、佐々城信子と結婚。
二九	一八九六	18	一家、麹町下六番町の旧旗本屋敷に移る。7月学習院中等科卒業。9月心身の新天地を求める思いもあって札幌農学校予科五年に編入学、新渡戸稲造夫妻の官舎に寄寓し、稲造のバイブルクラスにも参加。森本厚吉を知る。	8月日本郵船、北米航路開始。
三〇	一八九七	19	外祖母の教えに従い曹洞宗中央寺に参禅を始める。7月予科五年を終え本科に進む。10月新渡戸稲造が転地療養のため賜暇、札幌を去る。武郎はそのまま新渡戸の官舎に住む。12月妹・愛子、山本直良と結婚。	1月『ホトトギス』創刊。8月島崎藤村『若菜集』刊行。
三一	一八九八	20	4月学芸会の文芸委員となる。森本厚吉との交友が深まり、内村鑑三の著作を愛読。森本厚吉と定山渓	4月米西戦争始まる。6月内村鑑三『東京独立雑誌』創刊。7

			に赴き自炊生活、同性愛的体験。	月アメリカがハワイ併合。10月片山潜ら、社会主義研究会を結成。
三二	一八九九	21	2月森本厚吉と再び定山渓に赴き、自殺寸前にまで追いつめられて、キリスト教入信を決意、家人の猛反対にあう。4月武、後の狩太農場の土地貸下げを出願、9月許可される。6月外祖母・山内静死去。	4月横山源之助『日本之下層社会』刊行。9月足尾銅山鉱毒の被害民七千余名の上京嘆願。
三三	一九〇〇	22	7月森本と共に『リビングストン伝』の執筆を開始。夏、『リビングストン伝』脱稿。秋頃から遠友夜学校との係わりが始まる。12月「人生の帰趣」を『学芸会雑誌』に掲げる。この年狩太の農場、開墾に着手。	4月『明星』（第一次）創刊。5月夏目漱石、イギリス留学へ。6月中国で義和団事件。この年新渡戸稲造『武士道』（英文）出版。
三四	一九〇一	23	3・24他の十六名と共に札幌独立教会に入会。3・29森本厚吉との共著『リビングストン伝』を警醒社書店から出版。7月卒業論文「鎌倉幕府初代の農政」を提出、札幌農学校本科を卒業。8・21渡米する森廣を横浜に見送る。9・4佐々城信子のアメリカ向け出帆を横浜に見送る。12・1一年志願兵として第一師団歩兵第三連隊に入営。	3月国木田独歩『武蔵野』刊行。8月與謝野晶子『みだれ髪』刊行。12月田中正造、足尾銅山鉱毒事件で直訴。

三五	一九〇二	24	11・30除隊、予備見習士官に任ぜられる。	1月日英同盟成立。11月佐々城信子をめぐる暴露記事「鎌倉丸の艶聞」、七回にわたって『報知新聞』に連載される。
三六	一九〇三	25	1・5アメリカ留学について内村鑑三と相談、1・7新渡戸稲造と相談して賛成を得る。5月妹・志摩子、高木喜寛と結婚。8・25森本厚吉と横浜出航、アメリカ留学の途につく。9・8シアトル上陸。9・11大陸横断鉄道で東に向かう。9・14シカゴ着、この地で森廣に会う。9・24フィラデルフィア着。同市近郊ハヴァフォード大学の大学院に入学、経済と歴史を専攻。11月学友アーサー・クロウェルの家を訪い、その妹フランセス（ファニー）を知る。	7月日本基督教青年会同盟（YMCA）発足。9月永井荷風、アメリカへ留学。
三七	一九〇四	26	5月論文「日本文明の発展――神話時代から将軍家の滅亡まで」を提出。6・10マスター・オブ・アーツの学位を取得。7～9月フランクフォードのフレンド精神病院で看護夫として働き、管理人の娘イーディス（リリー）を知る。9月末ボストンに移り、ハーヴァード大学大学院選科に入り、歴史と経済を専攻。しかしあまり興味が持てず、エマソン、ホイ	2月日露戦争始まる。4月セントルイスで万国博覧会開く。5月『新潮』創刊。

			ットマン、ブランデス、ツルゲーネフなどに傾倒していく。社会主義者金子喜一を知り、カウツキー、エンゲルスの著作にも触れる。	
三八	一九〇五	27	1・10金子の紹介で知った弁護士ピーボディの家に住み込む。1・13ピーボディの読誦するホイットマンの詩に長く求めていた救いを感じる。2月「露国革命党の老女」を書いて『平民新聞』に送り、4月これが『毎日新聞』に掲載される。6月ニューハンプシャー州ダニエル農場で一カ月余り農業に従事したが、共に働いていた日本人の恋愛事件にまきこまれ、予定をくり上げて去る。11月森本と共にワシントンに移り、議会図書館に通ってイプセン、ツルゲーネフ、トルストイ、ゴーリキー、クロポトキンなどの著作を耽読。この頃百姓になろうか、教育者になろうか、文学者になろうかと思案する。	1月旅順のロシア軍降伏、開城。夏目漱石「吾輩は猫である」を『ホトトギス』に連載開始。5月日本海海戦で日本連合艦隊が勝利。9月ポーツマスで日露講和条約調印。
三九	一九〇六	28	1月小説「合棒」(「かんかん虫」の前身)を執筆。4月ある友人の恋愛事件に連座し、短銃で脅かされて神経衰弱に陥り、一時、チェヴィー・チェイスの農家に移る。5月イプセンの訃に接し評論「イブセン雑感」を執筆。9・1ニューヨークを船で出発、	1月日本社会党結成。2月高村光太郎、アメリカへ留学。3月島崎藤村『破戒』刊行。自然主義小説が盛況となる。9月新渡戸稲造、第一高等学校長に就任。

			ナポリでイタリア留学中の生馬と落ち合い、共にイタリアからヨーロッパ各地を歴訪、12月末パリに着き越年。この間スイスのシャフハウゼンに滞在中、ホテルの娘ティルダ・ヘックと相知り、深い心の交流を生む。	
四〇	一九〇七	29	1月生馬と別れて単身ロンドンに赴き、図書館通いをする。2月郊外にクロポトキンを訪れ歓待される。2・23船で帰国の途につき、4・11神戸に上陸。6月ワシントンで書いた「合棒」「西方古伝」を浄書、ついでツルゲーネフの『父と子』の翻訳に着手（翌年6・22訳了）。この頃、生馬を介して志賀直哉、武者小路実篤を知る。9月歩兵第三連隊に入り、一年志願兵の残余、三カ月の軍務に服する。この在営期間中、河野信子（新渡戸稲造の姪）との結婚問題が、父の反対にあって破れる。12月東北帝国大学農科大学の英語講師に任ぜられる。	6月東北帝国大学を仙台に設立、札幌農学校は同大学農科大学となる。9月田山花袋「蒲団」発表。10~12月二葉亭四迷「平凡」を『東京朝日新聞』に連載、自然主義文学への諷刺を含む。
四一	一九〇八	30	1月札幌に赴任。学内の社会主義研究会に関係。3月学生監部勤務となり、学生寄宿舎・恵迪寮に舎監として居住。4月「イブセン雑感」を、6月「米国の田園生活」を『文武会会報』に発表。予科教授に	7月永井荷風帰国、8月『あめりか物語』刊行。

			昇進。9月夏期休暇で帰京中、神尾安子と婚約。10月先輩教授高岡熊雄から社会主義研究会への関与について警告を受けた模様。学生監部勤務を解かれ、北二条東三丁目九番地の新居に移転。	
四二	一九〇九	31	1月遠友夜学校代表となる。3月東京で神尾安子と結婚。5月日記に「魑魅《すだま》ぞ駆る家の中を」の詩を書きつける。6月〜45年4月「ブランド」を『文武会会報』に発表。7月狩太農場の全地、北海道庁より無償付与が決定。	2月小山内薫・二代目市川左團次により、自由劇場創立。6月高村光太郎、欧米留学から帰国。
四三	一九一〇	32	4月『白樺』創刊。弟生馬、里見弴と共に同人に加わり、翻訳「西方古伝」(シェンキェヴィッチ作)を発表。5月意を決して札幌独立教会を脱会、信仰を棄てた。評論「二つの道」、7月戯曲「老船長の幻覚」、8月「も一度「二つの道」に就て」、10月「かんかん虫」、11月「叛逆者(ロダンに関する考察)」をいずれも『白樺』に発表。8月豊平川右岸、上白石町二番地(現、白石区菊水一條一丁目)に転居。北海道庁から危険人物として監視を受ける。	3月永井荷風、慶應義塾文学科教授となる。4月『白樺』創刊。5月『三田文学』創刊。6月幸徳秋水ら逮捕。11月トルストイ死去。
四四	一九一一	33	1月長男・行光(後の森雅之)誕生。「或る女のグリンプス」の連載を『白樺』一月号から開始。2月	1月幸徳秋水ら十二名、大逆事件で死刑。2月徳冨蘆花、「謀

			「泡鳴氏への返事」、4月「『お目出たき人』を読みて」を『白樺』に発表。	反論」を一高で講演。政府の思想弾圧を批判。6月平塚らいてう、『青鞜』創刊。8月警視庁、特別高等警察（いわゆる「特高」）を設置。この年武者小路実篤『お目出たき人』、西田幾多郎『善の研究』刊行。
四五 大正 元	一九一二	34	「或る女のグリンプス」連載のかたわら、3月翻訳戯曲「小さい夢」を『白樺』に発表。7月次男・敏行誕生。	1月中華民国成立。孫文が臨時大総統に就任。10月近代劇協会発足。
二	一九一三	35	3月「或る女のグリンプス」の連載終わる。6月「ホイットマンの一断面」を『文武会会報』に、7月「草の葉（ホイットマンに関する考察）」を『白樺』に発表。8月北十二条西三丁目の西洋風の新居に移る。12月三男・行三誕生。	この年島村抱月・松井須磨子ら、芸術座発足。
三	一九一四	36	1月翻訳童話「真夏の頃」（ストリンドベリ作）を『小樽新聞』に、小説「お末の死」を『白樺』に発表。2月「新しい画派からの暗示」を『小樽新聞』に、4月小説「An Incident」、8月小品「幻想」を『白樺』に発表。7〜8月「内部生活の現象」を	3月芸術座、トルストイの『復活』を初演（カチューシャの唄、流行）。7月第一次世界大戦勃発。8月対ドイツ宣戦布告。10月高村光太郎『道程』刊行。12

			『小樽新聞』に連載。夏休暇、両親、妻子と共に岳父・神尾光臣（師団長）を久留米に訪れ、父の郷里鹿児島にも初めて旅する。9月下旬妻・安子が肺結核で発熱、病臥。札幌では治癒の見込みが立たず、11月下旬札幌を引きあげて帰京、安子を鎌倉海岸通りに転地療養させる。	月東京駅完成開業。
四	一九一五	37	2月安子を平塚の杏雲堂病院に入れる。3月札幌に赴き、農科大学に辞表を出し、家財をまとめて帰京する（実際は休職扱い）。看病のかたわら、7月、10月、11月、12月に小説「宣言」を、9月に戯曲「サムソンとデリラ」（未定稿）を『白樺』に発表。	1月永井荷風『夏姿』発禁。10月芥川龍之介「羅生門」発表。
五	一九一六	38	1月戯曲「洪水の前」（未定稿）を、3月小説「首途《かどで》」（「迷路」の序篇）を『白樺』に、「フランセスの顔」を『新家庭』に発表。7月会見印象記「クロ《ママ》ーポトキン」を『新潮』に、8月小品「潮霧《ガス》」を『時事新報』に発表。8・2安子、平塚で死去（享年二十七歳）、青山墓地に埋葬。8～9月軽井沢で安子の遺稿集『松むし』を編み、親戚知友にくばる。12・4父・武が胃癌で死去（享年七十四歳）。この父と妻の死が転機となり、武郎は本格的な作家生活	1月吉野作造、「憲政の本義」を説いてデモクラシーを唱道（『中央公論』など）。『婦人公論』創刊。5月夏目漱石「明暗」を『朝日新聞』に連載開始（未完）。11月大杉栄、神近市子に刺される（日蔭茶屋事件）。12月夏目漱石死去。

年	西暦	齢	事項	社会の動き
六	一九一七	39	にはいる。この年與謝野晶子を知る。 2月「再びロダン先生に就て」を『読売新聞』に、3月「ミレー礼讃」を『新小説』に発表。3月中旬頃から東大生、一高生と「草の葉会」を始め、ホイットマンの詩を講じる。3・25農科大学の休職期間が切れ退職となる。この年創作としては、戯曲「死と其前後」(『新公論』5月)、「平凡人の手紙」(『新潮』7月)、「カインの末裔」(『新小説』7月)、「クラ、の出家」(『太陽』9月)、「実験室」(『中央公論』9月)、「凱旋」(『文章世界』10月)、「迷路」(『中央公論』11月)を、評論としては、「惜しみなく愛は奪ふ」(第一稿)(『新潮』6月)、「芸術を生む胎」(『新潮』10月)、「岩野泡鳴氏に」(『国民新聞』12月)等を発表、これらにより文学者としての名声あがり、一躍人気作家となる。著作集(『有島武郎著作集』新潮社)の刊行が始まり、10月第一輯『死』が、12月第二輯『宣言』が出版される。	2月ロシア革命(二月革命)。3月ニコライ二世退位、ロマノフ王朝滅亡。4月アメリカ、ドイツに宣戦布告。11月レーニン、政権掌握(十月革命)。12月永井荷風『腕くらべ』(私家版)刊行。
七	一九一八	40	「暁闇」(「迷路」の続篇、『新小説』1月)、「小さき者へ」(『新潮』1月)、「生れ出づる悩み」(部分、『大阪毎日新聞』『東京日日新聞』3月中旬~4月	4月東北帝国大学農科大学、医科と合わせて北海道帝国大学となる。東京女子大学開校、学

八		末）、「石にひしがれた雑草」（『太陽』4月）を発表。著作集第三輯『カインの末裔』（2月）、第四輯『叛逆者』（4月）、第五輯『迷路』（6月）を刊行。著作集はこれ以後、親友足助素一の創立した叢文閣から出すこととなり、9月第六輯『生れ出づる悩み』、11月第七輯『小さき者へ』が出版された。この年武者小路が始めた「新しき村」運動に関して公開書簡「武者小路兄へ」を『中央公論』七月号に発表、武者小路との間に疎隔を生じる。10月「死と其前後」が島村抱月、松井須磨子により芸術座研究劇として上演される。同志社大学客員教授として毎年春と秋に連続講義を行なうこととなる。12月「或る女のグリンプス」の書き直しに着手。	長・新渡戸稲造。7月鈴木三重吉『赤い鳥』創刊。11月武者小路実篤ら、「新しき村」を建設。
一九一九	41	2月下旬「或る女のグリンプス」の改作『或る女』前編を脱稿、3月著作集第八輯として刊行。3月末～4・21『或る女』後編執筆のため鎌倉円覚寺の松嶺院にこもる。4月末から同志社大学で連続講義のかたわら、北向不動の一室で後編を書き続け、5月下旬脱稿、6月著作集第九輯として刊行。同月『リビングストン伝』（第四版）刊行、教会離脱の経緯	1月パリ講和会議。河上肇、個人雑誌『社会問題研究』創刊。5月ホイットマン生誕百年記念会開催、詩壇でホイットマン熱。6月ヴェルサイユ講和条約調印。

九	一九二〇	42	を中心に半自伝的な「序」を付す。7月下旬三児を連れて北海道旅行、帰京してすぐ軽井沢の夏期大学でホイットマンを講じる。10月下旬~11月同志社大学で連続講義。10月「洪水の前」の定稿「大洪水の前」、「サムソンとデリラ」の改稿に加えて、新作「聖餐」を書き下ろし、12月合わせて『三部曲』を著作集第十輯として刊行。 この年の前半は長篇評論『惜みなく愛は奪ふ』の書き下ろしに精力の大部分を集注し、6月に著作集第十一輯として出版。4月森本厚吉の「通信大学、文化生活研究会」の創立を助ける。8~9月小説「運命の訴へ」を執筆したが、二百枚ほどで中断。この年、創作としては、童話「一房の葡萄」(『赤い鳥』8月)、小説「卑怯者」(11月、秋声・花袋誕生五〇年記念『現代小説選集』新潮社刊)の二篇にとどまり、創作力の減退に悩み始める。10月新人会で「ホイットマンに就いて」講演。11月著作集第十二輯『旅する心』を刊行。この秋、同志社講義を断念。12月日本社会主義同盟結成に際し、趣旨には賛同しながら加盟しなかった。	1月国際連盟成立。日本は常任理事国となる。10月賀川豊彦『死線を越えて』刊行。12月堺利彦・大杉栄ら日本社会主義同盟を結成、文学者も多く参加。この年新渡戸稲造、国際連盟事務次長に選ばれる。アメリカで女子参政権実現。

一〇	一九二一	43	この年の初めよりホイットマンの訳詩を精力的に発表。1月童話「碁石を呑んだ八つちゃん」を『読売新聞』に発表。4月著作集第十三輯『小さな灯』を刊行。7月小説「白官舎」を『新潮』、童話「溺れかけた兄妹」を『婦人公論』に発表。10月中村吉右衛門一座により一幕物「御柱」が新富座で上演される。『ホヰットマン詩集』第一輯を叢文閣より刊行。この年も創作力の退潮に苦しみ、生活改造の思いを強くする。	1月志賀直哉「暗夜行路」を『改造』に連載開始（昭和12年4月まで断続連載されて完結）。2月北海道蜂須賀農場小作人、小作料据え置きを要求して争議。
一一	一九二二	44	1月「宣言一つ」を『改造』に発表、大きな反響を呼ぶ。2月志賀直哉と共編で、「新しき村」後援のため『現代三十三人集』を新潮社から刊行、武者小路との「友情の回復」をなす。同書に「御柱」を発表。3月「片信」を『我等』に発表。4月『星座』（「白官舎」を改題、補筆）を脱稿し、5月著作集第十四輯として刊行。7月北海道狩太に赴き、7・18有島農場の小作人たちを集めて「小作人への告別」を述べ、生活改造の一環としてかねての念願だった農場解放を実行に移す。9月著作集第十五輯『芸術と生活』を刊行。10月個人雑誌『泉』を叢文閣より	7月日本共産党（非合法に）結成。森鷗外死去。12月ソヴィエト社会主義共和国連邦（ソ連）成立。

			創刊、戯曲「ドモ又の死」「小作人への告別」等を発表。同志社講義（最後の講義となる）。12月末新劇座が「ドモ又の死」を上演。	
一二	一九二三	45	1月小説「酒狂」、随想「文化の末路」を、2月小説「或る施療患者」を『泉』に発表。『ホヰットマン詩集』第二輯を叢文閣より刊行。3月戯曲「断橋」、感想「永遠の叛逆」を『泉』に発表。「断橋」が六代目尾上菊五郎らにより帝劇で上演される。4月小説「骨」、詩「瞳なき眼」（その一）、感想「詩への逸脱」を『泉』に発表。5月小説「親子」、詩「瞳なき眼」（その二）を『泉』に発表。5・7中央仏教会館における『クラルテ』出版記念講演会で講演（これが最後の講演となる）。5・12脱稿の「独断者の会話」を六月一日発行の『泉』に発表（これが最後の作品となる）。6・7波多野秋子との関係を足助素一に告白し、6・8麹町下六番町の家を出、6・9早暁、軽井沢の別荘浄月庵において秋子と共に縊死《いし》自殺を遂げる。遺体は約一カ月後に腐乱した状態で発見された。7・9麹町の本邸で告別式が行なわれ、青山墓地に埋葬される（のち多磨霊園に改	9月関東大震災。大杉栄と伊藤野枝、憲兵により殺害される。

		葬）。7月「行き詰れるブルジョア」が『文化生活』に、8月『泉』終刊号（有島武郎記念号）に「絶筆」「和歌十首」が掲げられる。11月著作集第十六輯『ドモ又の死』（「ドモ又の死」「御柱」「断橋」「奇跡の咀《のろ》ひ」「独断者の会話」を収録）が刊行される。

参考文献：安川定男『悲劇の知識人　有島武郎』（新典社、一九八三年）所収「略年譜」
『有島武郎全集・別巻』（筑摩書房、一九八八年）所収「年譜」

河口慧海　高山龍三
山室軍平　室田保夫
大谷光瑞　白須淨眞
*久米邦武　高田誠二
フェノロサ　伊藤　豊
三宅雪嶺　長妻三佐雄
*岡倉天心　木下長宏
志賀重昂　中野目徹
徳富蘇峰　杉原志啓
竹越與三郎　西田　毅
内藤湖南・桑原隲蔵　礪波　護
岩村　透　今橋映子
*西田幾多郎　大橋良介
金沢庄三郎　石川遼子
上田　敏　及川　茂
柳田国男　鶴見太郎
厨川白村　張　競
天野貞祐　貝塚茂樹
大川周明　山内昌之
西田直二郎　林　淳
折口信夫　斎藤英喜
九鬼周造　粕谷一希
辰野　隆　金沢公子
シュタイン　瀧井一博
*西　周　清水多吉
*福澤諭吉　平山　洋
福地桜痴　山田俊治

田口卯吉　鈴木栄樹
*陸　羯南　松田宏一郎
黒岩涙香　奥　武則
*吉野作造　田澤晴子
野間清治　佐藤卓己
山川　均　米原　謙
*岩波茂雄　十重田裕一
*北　一輝　岡本幸治
*穂積重遠　大村敦志
中野正剛　吉田則昭
満川亀太郎　福家崇洋
*北里柴三郎　福田眞人
高峰譲吉　木村昌人
田辺朔郎　秋元せき
*南方熊楠　飯倉照平
寺田寅彦　金森　修
石原　純　金子　務
J・コンドル　鈴木博之
辰野金吾　河上真理・清水重敦
*七代目小川治兵衛　尼崎博正
ブルーノ・タウト　北村昌史

現代

昭和天皇　御厨　貴
高松宮宣仁親王　後藤致人
*李方子　小田部雄次
吉田　茂　中西　寛
マッカーサー　柴山　太
石橋湛山　増田　弘
重光　葵　武田知己
市川房枝　村井良太
*池田勇人　藤井信幸
高野　実　篠田　徹
和田博雄　庄司俊作
朴正熙　木村　幹
竹下　登　真渕　勝
*松永安左エ門　橘川武郎
鮎川義介　井口治夫
*出光佐三　橘川武郎
松下幸之助　米倉誠一郎
渋沢敬三　井上　潤
*本田宗一郎　伊丹敬之
井深　大　武田　徹
*佐治敬三　小玉　武
幸田家の人々　金井景子
*正宗白鳥　大嶋　仁
大佛次郎　福島行一

*川端康成　大久保喬樹
*薩摩治郎八　小林　茂
松本清張　杉原志啓
安部公房　鳥羽耕史
*三島由紀夫　島内景二
井上ひさし　成田龍一
R・H・ブライス　菅原克也
金素雲　林　容澤
柳　宗悦　熊倉功夫
バーナード・リーチ　鈴木禎宏
イサム・ノグチ　酒井忠康
川端龍子　岡部昌幸
藤田嗣治　林　洋子
*井上有一　海上雅臣
*手塚治虫　竹内オサム
山田耕筰　後藤暢子
古賀政男　藍川由美
*吉田　正　金子　勇
武満　徹　船山　隆
*八代目坂東三津五郎　田口章子
*力道山　岡村正史
*西田天香　宮田昌明
安倍能成　中根隆行

サンソム夫妻　平川祐弘・牧野陽子
和辻哲郎　小坂国継
矢代幸雄　稲賀繁美
石田幹之助　岡本さえ
*平泉　澄　若井敏明
安岡正篤　片山杜秀
島田謹二　小林信行
前嶋信次　杉田英明
保田與重郎　谷崎昭男
*福田恆存　川久保剛
井筒俊彦　安藤礼二
佐々木惣一　松尾尊兊
*瀧川幸辰　伊藤孝夫
矢内原忠雄　等松春夫
福本和夫　伊藤　晃
*フランク・ロイド・ライト　大久保美春
大宅壮一　有馬　学
今西錦司　山極寿一

*は既刊
二〇一三年一一月現在

孝明天皇　青山忠正
＊和宮　辻ミチ子
徳川慶喜　大庭邦彦
島津斉彬　原口泉
＊古賀謹一郎　小野寺龍太
＊栗本鋤雲　小野寺龍太
西郷隆盛　家近良樹
＊塚本明毅　塚本学
＊月性　海原徹
＊吉田松陰　海原徹
＊高杉晋作　海原徹
ペリー　遠藤泰生
オールコック　佐野真由子
アーネスト・サトウ　奈良岡聰智
緒方洪庵　米田該典
冷泉為恭　中部義隆

近代

＊明治天皇　伊藤之雄
＊大正天皇　F・R・ディキンソン
＊昭憲皇太后・貞明皇后　小田部雄次
大久保利通　三谷太一郎
山県有朋　鳥海靖
木戸孝允　落合弘樹
井上馨　伊藤之雄
＊松方正義　室山義正
北垣国道　小林丈広
板垣退助　小川原正道
長与専斎　笠原英彦
大隈重信　五百旗頭薫
伊藤博文　坂本一登
井上毅　大石眞
＊井上勝　老川慶喜
＊桂太郎　小林道彦
渡辺洪基　瀧井一博
＊乃木希典　佐々木英昭
林董　君塚直隆
＊児玉源太郎　小林道彦
＊高宗・閔妃　木村幹
山本権兵衛　室山義正
金子堅太郎　松村正義
高橋是清　鈴木俊夫
小村寿太郎　簑原俊洋
＊犬養毅　小林惟司
加藤高明　櫻井良樹
加藤友三郎・寛治　麻田貞雄
牧野伸顕　小宮一夫
田中義一　黒沢文貴
内田康哉　高橋勝浩
石井菊次郎　廣部泉
平沼騏一郎　堀田愼一郎
宇垣一成　北岡伸一
＊宮崎滔天　榎本泰子
＊浜口雄幸　川田稔
幣原喜重郎　西田敏宏
関一　玉井金五
水野広徳　片山慶隆
広田弘毅　井上寿一
安重根　上垣外憲一
＊グルー　廣部泉
＊永田鉄山　森靖夫
東條英機　牛村圭
今村均　前田雅之
蔣介石　劉岸偉
石原莞爾　山室信一
木戸幸一　波多野澄雄
＊岩崎弥太郎　武田晴人
伊藤忠兵衛　末永國紀
五代友厚　田付茉莉子
大倉喜八郎　村上勝彦
＊安田善次郎　由井常彦
渋沢栄一　武田晴人
益田孝　鈴木邦夫
山辺丈夫　宮本又郎
武藤山治　阿部武司・桑原哲也
西原亀三　森川正則
小林一三　橋爪紳也
大倉恒吉　石川健次郎
大原孫三郎　猪木武徳
＊河竹黙阿弥　今尾哲也
イザベラ・バード　加納孝代
＊林忠正　木々康子
＊森鷗外　小堀桂一郎
二葉亭四迷　ヨコタ村上孝之
夏目漱石　佐々木英昭
巌谷小波　千葉信胤
樋口一葉　佐伯順子
＊島崎藤村　十川信介
泉鏡花　東郷克美
＊有島武郎　亀井俊介
永井荷風　川本三郎
北原白秋　平石典子
菊池寛　山本芳明
宮澤賢治　千葉一幹
正岡子規　夏石番矢
高浜虚子　坪内稔典
与謝野晶子　佐伯順子
＊種田山頭火　村上護
＊斎藤茂吉　品田悦一
＊高村光太郎　湯原かの子
萩原朔太郎　エリス俊子
＊原阿佐緒　秋山佐和子
＊狩野芳崖・高橋由一　古田亮
小堀鞆音　小堀桂一郎
竹内栖鳳　北澤憲昭
黒田清輝　高階秀爾
中村不折　石川九楊
横山大観　高階秀爾
＊橋本関雪　西原大輔
小出楢重　芳賀徹
土田麦僊　天野一夫
岸田劉生　北澤憲昭
松旭斎天勝　川添裕
中山みき　鎌田東二
佐田介石　谷川穣
＊ニコライ　中村健之介
出口なお・王仁三郎　川村邦光
島地黙雷　阪本是丸
＊新島襄　太田雄三
木下広次　冨岡勝
嘉納治五郎　クリストファー・スピルマン
柏木義円　片野真佐子
津田梅子　田中智子
＊澤柳政太郎　新田義之

*兼好 島内裕子
重源 横内裕人
*運慶 根立研介
快慶 井上一稔
法然 今堀太逸
慈円 大隅和雄
明恵 西山　厚
親鸞 末木文美士
恵信尼・覚信尼 西口順子
覚如 今井雅晴
道元 船岡　誠
叡尊 細川涼一
*忍性 松尾剛次
*日蓮 佐藤弘夫
一遍 蒲池勢至
*宗峰妙超 竹貫元勝

南北朝・室町

後醍醐天皇 上横手雅敬
護良親王 新井孝重
*赤松氏五代 渡邊大門
*北畠親房 岡野友彦
楠正成 兵藤裕己
*新田義貞 山本隆志
光厳天皇 深津睦夫
足利尊氏 市沢　哲

佐々木道誉 下坂　守
円観・文観 田中貴子
足利義詮 早島大祐
足利義満 川嶋將生
足利義持 吉田賢司
足利義教 横井　清
大内義弘 平瀬直樹
伏見宮貞成親王 松薗　斉
山名宗全 山本隆志
日野富子 脇田晴子
世阿弥 西野春雄
雪舟等楊 河合正朝
宗祇 鶴崎裕雄
*満済 森　茂暁
一休宗純 原田正俊
蓮如 岡村喜史

戦国・織豊

北条早雲 家永遵嗣
毛利元就 岸田裕之
毛利輝元 光成準治
*今川義元 小和田哲男
*武田信玄 笹本正治
*武田勝頼 笹本正治
*真田氏三代 笹本正治
三好長慶 天野忠幸

*宇喜多直家・秀家 渡邊大門
*上杉謙信 矢田俊文
島津義久・義弘 福島金治
長宗我部元親・盛親 平井上総
吉田兼倶 西山　克
山科言継 松薗　斉
*雪村周継 赤澤英二
織田信長 三鬼清一郎
豊臣秀吉 藤井讓治
*北政所おね 田端泰子
*淀殿 福田千鶴
前田利家 東四柳史明
*黒田如水 小和田哲男
*蒲生氏郷 藤田達生
*細川ガラシャ 田端泰子
伊達政宗 伊藤喜良
*支倉常長 田中英道
ルイス・フロイス エンゲルベルト・ヨリッセン
*長谷川等伯 宮島新一
顕如 神田千里

江戸

徳川家康 笠谷和比古

*徳川家光 野村　玄
徳川吉宗 横田冬彦
*後水尾天皇 久保貴子
光格天皇 藤田　覚
崇伝 杣田善雄
春日局 福田千鶴
*池田光政 倉地克直
シャクシャイン 岩崎奈緒子
*田沼意次 藤田　覚
*二宮尊徳 小林惟司
末次平蔵 岡美穂子
*高田屋嘉兵衛 生田美智子
*林羅山 鈴木健一
吉野太夫 渡辺憲司
中江藤樹 辻本雅史
山崎闇斎 澤井啓一
山鹿素行 前田　勉
*北村季吟 島内景二
貝原益軒 辻本雅史
松尾芭蕉 楠元六男
*ケンペル B・M・ボダルト＝ベイリー
荻生徂徠 柴田　純
*雨森芳洲 上田正昭
石田梅岩 高野秀晴
前野良沢 松田　清

平賀源内 石上　敏
本居宣長 田尻祐一郎
杉田玄白 吉田　忠
上田秋成 佐藤深雪
木村蒹葭堂 有坂道子
*大田南畝 沓掛良彦
菅江真澄 赤坂憲雄
*鶴屋南北 諏訪春雄
良寛 阿部龍一
*山東京伝 佐藤至子
*滝沢馬琴 高田　衛
平田篤胤 山下久夫
シーボルト 宮坂正英
本阿弥光悦 岡　佳子
小堀遠州 中村利則
狩野探幽・山雪 山下善也
尾形光琳・乾山 河野元昭
*二代目市川團十郎 田口章子
与謝蕪村 佐々木丞平
伊藤若冲 狩野博幸
鈴木春信 小林　忠
円山応挙 佐々木正子
*佐竹曙山 成瀬不二雄
葛飾北斎 岸　文和
酒井抱一 玉蟲敏子

ミネルヴァ日本評伝選

企画推薦
梅原　猛
ドナルド・キーン
佐伯彰一
角田文衞

監修委員
上横手雅敬
芳賀　徹

編集委員
石川九楊
伊藤之雄
猪木武徳
今谷　明
今橋映子
熊倉功夫
佐伯順子
坂本多加雄
武田佐知子
竹西寛子
西口順子
兵藤裕己
御厨　貴

上代

*俾弥呼　古田武彦
日本武尊　西宮秀紀
仁徳天皇　若井敏明
雄略天皇　吉村武彦
*蘇我氏四代　遠山美都男
推古天皇　義江明子
聖徳太子　仁藤敦史
斉明天皇　武田佐知子
小野妹子・毛人　大橋信弥
*額田王　梶川信行
弘文天皇　遠山美都男
天武天皇　新川登亀男
持統天皇　丸山裕美子
阿倍比羅夫　熊田亮介
*藤原四子　木本好信
柿本人麻呂　古橋信孝
*元明天皇・元正天皇　渡部育子
聖武天皇　本郷真紹
光明皇后　寺崎保広
孝謙天皇　勝浦令子
藤原不比等　荒木敏夫
吉備真備　今津勝紀
*藤原仲麻呂　木本好信
道　鏡　吉川真司
大伴家持　和田　萃
*行　基　吉田靖雄

平安

*桓武天皇　井上満郎
嵯峨天皇　西別府元日
宇多天皇　古藤真平
醍醐天皇　石上英一
村上天皇　京樂真帆子
花山天皇　上島　享
*三条天皇　倉本一宏
藤原薬子　中野渡俊治
小野小町　錦　仁
藤原良房・基経　瀧浪貞子
菅原道真　竹居明男
*紀貫之　神田龍身
源高明　所　功
*安倍晴明　斎藤英喜
藤原実資　橋本義則
*藤原道長　朧谷　寿
藤原伊周・隆家　倉本一宏
藤原定子　山本淳子
清少納言　後藤祥子
紫式部　竹西寛子
和泉式部　ツベタナ・クリステワ
大江匡房　小峯和明
*阿弖流為　樋口知志
坂上田村麻呂　熊谷公男
*源満仲・頼光　元木泰雄
平将門　西山良平
藤原純友　寺内　浩
空　海　頼富本宏
最　澄　吉田一彦
*空　也　石井義長
奝　然　上川通夫
*源　信　小原　仁
後白河天皇　美川　圭
式子内親王　奥野陽子
建礼門院　生形貴重
藤原秀衡　入間田宣夫
平時子・時忠　元木泰雄
平維盛　根井　浄
守覚法親王　阿部泰郎
藤原隆信・信実　山本陽子

鎌倉

源頼朝　川合　康
*源義経　近藤好和
源実朝　神田龍身
後鳥羽天皇　五味文彦
九条兼実　村井康彦
九条道家　上横手雅敬
北条時政　野口　実
熊谷直実　佐伯真一
*北条政子　関　幸彦
北条義時　岡田清一
曾我十郎・五郎　杉橋隆夫
北条時宗　近藤成一
安達泰盛　山陰加春夫
平頼綱　細川重男
竹崎季長　堀本一繁
西　行　光田和伸
藤原定家　赤瀬信吾
*京極為兼　今谷　明

刊行のことば

歴史を動かすものは人間であり、興趣に富んだ人間の動きを通じて、世の移り変わりを考えるのは、歴史に接する醍醐味である。

しかし過去の歴史学を顧みるとき、人間不在という批判さえ見られたように、歴史における人間のすがたが、必ずしも十分に描かれてきたとはいえない。二十一世紀を迎えた今、歴史の中の人物像を蘇生させようとの要請はいよいよ強く、またそのための条件もしだいに熟してきている。

この「ミネルヴァ日本評伝選」は、正確な史実に基づいて書かれるのはいうまでもないが、単に経歴の羅列にとどまらず、歴史を動かしてきたすぐれた個性をいきいきとよみがえらせたいと考える。そのためには、対象とした人物とじっくりと対話し、ときにはきびしく対決していくことも必要になるだろう。

今日の歴史学が直面している困難の一つに、研究の過度の細分化、瑣末化が挙げられる。それは緻密さを求めるが故に陥った弊害といえるが、その結果として、歴史の大きな見通しが失われ、歴史学を通しての社会への働きかけの途が閉ざされ、人々の歴史への関心を弱める危険性がある。今こそ歴史が何のためにあるのかという、基本的な課題に応える必要があろう。評伝という興味ある方法を通じて、解決の手がかりを見出せないだろうかというのも、この企画の一つのねらいである。

狭義の歴史学の研究者だけでなく、多くの分野ですぐれた業績をあげている著者たちを迎えて、従来見られなかった規模の大きな人物史の叢書として、「ミネルヴァ日本評伝選」の刊行を開始したい。

平成十五年（二〇〇三）九月

ミネルヴァ書房

《著者紹介》

亀井俊介（かめい・しゅんすけ）

1932年　岐阜県生まれ。
1955年　東京大学文学部英文科卒業。
1963年　東京大学大学院比較文学比較文化専攻博士課程修了。文学博士。
　　　　東京大学専任講師，助教授，教授，東京女子大学教授を経て，
現　在　東京大学名誉教授，岐阜女子大学教授。専攻はアメリカ文学，比較文学。
著　書　『近代文学におけるホイットマンの運命』研究社出版，1970年。
　　　　『サーカスが来た！　アメリカ大衆文化覚書』東京大学出版会，1976年。
　　　　『亀井俊介の仕事』全五巻，南雲堂，1987～1995年。
　　　　『アメリカン・ヒーローの系譜』研究社出版，1993年。
　　　　『アメリカ文学史講義』全三巻，南雲堂，1997～2000年。
　　　　『わがアメリカ文化誌』岩波書店，2003年。
　　　　『わがアメリカ文学誌』岩波書店，2007年。
　　　　『英文学者 夏目漱石』松柏社，2011年，ほか多数。

ミネルヴァ日本評伝選

有《あり》島《しま》武《たけ》郎《お》

——世間に対して真剣勝負をし続けて——

2013年11月10日　初版第1刷発行　〈検印省略〉

定価はカバーに
表示しています

著　者　亀　井　俊　介
発行者　杉　田　啓　三
印刷者　江　戸　宏　介

発行所　株式会社　ミネルヴァ書房

607-8494　京都市山科区日ノ岡堤谷町1
電話代表（075）581-5191
振替口座 01020-0-8076

共同印刷工業・新生製本

ISBN978-4-623-06698-8
Printed in Japan

人名索引

あ　行

アーヴィング，ワシントン（Irving, Washington）　77
秋田雨雀　259
芥川龍之介　132, 225
足助素一　163, 190, 192, 197, 200, 215, 216, 229, 247, 255-259, 261
アストン，W. G.（Aston, William George）　43
阿部三四　97, 102, 115
新井白石　43
有島愛子　2, 37
有島生馬　→有島壬生馬
有島幸　1, 8, 14, 25, 100, 119, 238, 243
有島武　2, 7-9, 14, 28, 119, 128, 144-146, 171, 193, 238
有島英夫（里見弴）　2, 8, 132
有島壬生馬（生馬）　2, 8, 44, 119, 123, 132
有島（神尾）安子　vi, 129, 130, 140, 141, 145, 146, 165, 171, 258
有島行郎　2
有島（佐藤）隆三　2, 183
石坂養平　224, 225
泉鏡花　116, 240
市河彦太郎　194
イデス（Edyth [Girard]）　30, 53
伊藤整　iv
伊藤野枝　189
井原西鶴　44
イプセン（イブセン　Ibsen, Henrik）　100, 101, 105, 106, 133, 135, 139, 142, 195, 227
岩野泡鳴　151
ヴァイニンガー，オットー（Weininger, Otto）　187
植村正久　32
内村鑑三　vi, viii, 10, 12, 18-21, 23, 26-28, 43, 54, 55, 71, 75, 78, 88, 89, 91, 127, 131, 206, 259, 260
ウルマン，ジョン（Woolman, John）　78
江口渙　188
エマソン（Emerson, Ralph Waldo）　76-78, 85, 87, 151
エリス，ハヴェロック（Ellis, Henry Havelock）　200, 201, 220
エルキントン，メアリー（Elkinton, Mary　新渡戸まり子）　22, 39
エンゲルス（Engels, Friedrich）　79
正親町公和　132
大杉栄　189
太田時敏　11
尾崎紅葉　iii, iv
大佛次郎　194

か　行

カーライル（Carlyle, Thomas）　24, 83, 85
カウツキー（Kautsky, Karl）　79
金子喜一　79, 82, 112, 115
金子ジョゼフィン　→コンガー，ジョゼフィン
神尾光臣　129
神近市子　189, 190

唐沢秀子（桜井八重子，水島幸子） 192
河上肇 259
川上眉山 116
北岡寿逸 194
木田金次郎 182, 183, 243, 244
北村透谷 151
木下利玄 132
ギューリック，S. L.（Gulick, Sidney Lewis） 43
ギューリック，セオドア（Gulick, Theodore W.） 9
キリスト（Christ） 14, 38, 39, 93
国木田独歩 5, 32, 143, 205, 209
クララ（St. Clara d'Assisi） 179
グリフィス，W. E.（Griffis, William Elliot） 43
クロウェル，アーサー（Crowell, Arthur） 46
黒沢良平 206, 221
ゲーテ（Goethe, Johann Wolfgang, von） 24, 77, 106
兼好 104
河野象子 22
河野信子 22, 25, 47, 65, 96, 128
ゴーリキー，マクシム 100, 142, 157, 158
郡虎彦 132
児島喜久雄 132
ゴッホ（Gogh, Vincent van） 196
コンガー，ジョゼフィン（Conger, Josephine 金子ジョゼフィン） 79

さ　行

西行 44
堺利彦 241
桜井鈴子 191, 192
佐々城信子 4, 5, 25, 32, 35, 205-207
佐々城豊寿 205
佐藤義亮 197
佐藤しげゐ 167
佐藤昌介 101
佐藤隆三 →有島隆三
里見弴 →有島英夫
沢田謙 194
シェイクスピア（Shakespeare, William） 24, 106
ジェイムズ，ヘンリー（James, Henry） 223
シェンキェヴィッチ（Sienkiewicz, Henryk） 134
志賀直哉 ii, 132
島崎藤村 ii, v
島田三郎 80
釈迦 135
シラー（Schiller, Johann Christoph Friedrich） 77
白鳥省吾 232, 233, 261
吹田順助 128, 182, 201
スコット［博士］（Dr. Scott） 58, 59, 68, 69, 74, 111
鈴木俊郎 18
瀬川末 161
芹沢光治良 194
千家元麿 235
ゾラ（Zola, Émile） 30
ソロー，ヘンリー（Thoreau, Henry David） 76, 77, 81, 87, 235

た　行

大正天皇（嘉仁親王） 10, 21
高岡熊雄 145
高平小五郎 41
高村光雲 28
高村光太郎 27-31, 71, 252
高山樗牛 88, 90, 151, 222
滝沢馬琴 44

竹（たけ） 191
武井勘三郎 206
竹越與三郎 43
ダニエル，E. S.（Daniell, E. S.） 97
谷川徹三 194
田山花袋 v, viii, 163
ダンテ（Dante Alighieri） 56, 60, 67, 69
ダントン（Danton, Georges Jacques） 59
チェンバレン，B. H.（Chamberlain, Basil Hall） 43
近松門左衛門 24, 44
坪内逍遙 154
ツルゲーネフ 100, 126, 142
テニソン（Tennyson, Alfred） 24, 96
ドストエフスキー 100
富田砕花 233
トルストイ 37, 41, 56, 100, 142

な 行

永井荷風 ii, 27-32, 53, 54, 71
永井久一郎 29
長与善郎 223
夏目漱石 ii-v, 27, 28, 88, 171, 172, 188, 194, 196
成瀬無極 192
ニーチェ（Nietzsche, Friedrich Wilhelm） 151
新渡戸稲造 2, 10, 11, 18, 21, 22, 27, 28, 40, 43, 71, 104, 127
野口米次郎（ヨネ・ノグチ） 88
野間宏 v

は 行

ハーン，L.（Hearn, Lafcadio 小泉八雲） 43
バイロン（Byron, George Gordon） 24
ハウプトマン（Hauptmann, Gerhart） 100
波多野秋子 vii, 254, 256, 257
波多野春房 255, 256
鳩山和夫 206
鳩山春子 206
原久米太郎 247, 257
原彪 194
ピーボディ（Peabody, Frederick William） 82-86, 90, 95, 97, 111, 115
樋口一葉 24
広津和郎 239
ファニー（Fanny） →フランセス
フィスク夫人（Mrs. Fiske, Minnie Maddern） 38
フォックス，ジョージ（Fox, George） 57-59, 76
藤沢親雄 194
藤森成吉 259
二葉亭四迷 v
フランセス（Frances ファニー） 46-53, 61-65, 67, 68, 81, 95, 120, 121
フランシスコ（St. Francesco d'Assisi） 179
ブランデス（Brandes, Georg） 100
ブレシュコフスカヤ，エカテリーナ（ブレシコフスキイ，カサリーン） 80, 81
ブロンテ，エミリ（Brontë, Emily） i
ヘーゲル（Hegel, Georg Wilhelm Friedrich） 56
ヘック，ティルダ（Heck, Louise Matilde） 123, 126
ヘッケル（Haeckel, Ernst Heinrich） 83
ホイットマン，ウォルト（Whitman, Walt） 84-95, 103, 106, 109, 113, 116, 118, 141, 142, 147, 150, 151, 194, 195, 208, 227, 231-237, 240, 249, 253,

260, 261
ホーソン（Hawthorne, Nathaniel） 76, 77
ホール，イーディス（Hall, Edith リリー） 62-69, 95, 110
堀井梁歩 235

ま 行

マーク・トウェイン（Mark Twain） 231
正宗白鳥 iii, iv, vi, viii, 225
増田英一 37, 38
マラー（Marat, Jean Paul） 59
マリア（マグダラの Maria Magdalena） 38
宮原晃一郎 70
宮部金吾 75, 245
宮本和吉 223
ミレー，ジャン・フランソワ（Millet, Jean François） 97, 196
武者小路実篤 132, 133, 137-139, 142, 193, 194, 223, 238
村上浪六 104
明治天皇 28
モーパッサン（Maupassant, Guy de） 200, 201
茂木由子 247
物集高見 43
望月百合子 247
森鷗外 ii, 27, 28
森廣 5, 25, 35, 36, 205, 207
森本厚吉 2, 6, 12, 13, 17, 18, 21, 34, 37, 38, 47, 55, 99, 101, 102, 104, 120, 127, 242-245, 259

や 行

八木沢善治 194
矢島楫子 205
安川定男 139
柳宗悦 132
ユダ（イスカリオテの Judas Iscariothes） 38, 39
與謝野晶子 24, 25, 192, 259
吉川銀之丞 242, 243

ら 行

リヴィングストン，デヴィッド（Livingstone, David） 15
リリー（Lily） →ホール，イーディス
リンカーン（Lincoln, Abraham） 85, 253
蠟山政道 194
ロセッティ（Rossetti, Dante Gabriel） 56
ロダン（Rodin, Auguste） 196, 252

作品索引

（著者名を併記していないものはすべて有島武郎の作品である）

あ　行

『愛吟』（内村鑑三訳）　88
「愛と死に就て」（白鳥省吾）　261
「合棒」　106, 107, 133, 156
「欺かざるの記」（国木田独歩）　32
『あめりか物語』（永井荷風）　30, 54
『嵐が丘』*Wuthering Heights*（エミリ・ブロンテ）　i
「有島さんについての寸見」（長与善郎）　223
「有島武郎」（野間宏）　v
『有島武郎著作集』　110, 171, 176, 182, 188, 191, 196, 197, 201, 213, 216, 228, 230, 231, 233, 234
「有島武郎の『或る女』」（正宗白鳥）　iii, 225
「有島武郎の『或る女』から」（伊藤整）　iv
「有島武郎の絶望の宣言」（堺利彦）　241
『有島武郎論』（安川定男）　139
「有島武郎論――氏の思想的傾向に就いて」（石坂養平）　224
『或る女』　ii-vi, viii, 5, 29, 32, 35, 36, 38, 81, 94, 106, 109, 111, 118, 139, 143, 146, 152, 153, 155, 160, 161, 170, 176, 199-229, 258
『或る女（前編）』（有島武郎著作集第八輯）　205, 208-213
「『或る女（前編）』書後」　201
『或る女（後編）』（有島武郎著作集第九輯）　213-223
「『或る女（後編）』書後」　220
「或る女のグリンプス」　139, 160, 161, 165, 200-213, 223
『或る女の肖像』*The Portrait of a Lady*（ヘンリー・ジェイムズ）　223
「或る施療患者」　249
「An Incident」　140, 163
『暗夜行路』（志賀直哉）　ii
『家』（島崎藤村）　v
「石にひしがれた雑草」　153, 154, 186, 187
『泉』（有島武郎個人雑誌）　144, 230, 244, 248-251, 253, 255, 259
『田舎教師』（田山花袋）　v
「イブセン研究」　135
「イブセン雑感」　104-106, 133, 138
「イブセンのブランドに就いて」　195
『ウォールデン』*Walden, or Life in the Woods*（ヘンリー・ソロー）　81
『浮雲』（二葉亭四迷）　v
『腕くらべ』（永井荷風）　ii, 29, 30
「生れ出づる悩み」　153, 154, 182-186, 188, 199
『生れ出づる悩み』（有島武郎著作集第六輯）　182, 188
「運命の訴へ」　153, 228, 229
「永遠の叛逆」　250, 251
「惜しみなく愛は奪ふ」　148, 189
『惜みなく愛は奪ふ』（有島武郎著作集第

十一輯） 38, 94, 103, 146-153, 228, 231, 238, 250
「お末の死」 161-163
「溺れかけた兄妹」 230, 255
「親子」 144, 249
『オルレアンの乙女』*Die Jungfrau von Orleans*（シラー） 77
『女の一生』*Une vie*（モーパッサン） 200
「御柱」 230, 232

か　行

「カインの末裔」 144, 153, 172-177, 179, 212
『カインの末裔』（有島武郎著作集第三輯） 176
「首途」 68-70, 110, 111, 117, 153, 154, 170
「かんかん虫」 104, 106-109, 133, 156-161, 188, 199, 202
「観想録」 2, 6, 15, 17, 18, 31, 32, 34, 51, 52, 64, 76, 77, 104, 110, 133, 142, 145, 168
「暁闇」 68, 110, 111, 115
『草の葉』*Leaves of Grass*（ホイットマン） 87-91, 150, 194, 208, 233, 236
「『草の葉』（ホイットマンに関する考察）」 142
「クラヽの出家」 153, 176-179
『群盗』*Die Räuber*（シラー） 77
「芸術を生む胎」 148
『警世雑著』（内村鑑三） 54
『月曜講演』（内村鑑三） 89, 90
『源氏物語』（紫式部） 44
「碁石を呑んだ八つちゃん」 230
『興国史談』（内村鑑三） 43
「洪水の前」 227
「小作人への告別」 245, 246, 248
『古事記』 44

さ　行

「在営回想録」 7
「西遊日記抄」（永井荷風） 30, 31
「作よりも先づ生活の改造」 237
「淋しい事実」（足助素一） 255
「サムソンとデリラ」 228
『三部曲』（有島武郎著作集第十輯） 228
「散歩」（千家元麿） 235
『死』（有島武郎著作集第一輯） 176
『シェイクスピア』*William Shakespeare*（ブランデス） 100
「市俄古の二日」（永井荷風） 29
「自己と世界」 148
「自己の考察」（「自我の考察」） 148
「自己を歌ふ」"Song of Myself"（ホイットマン） 236
「自己を描出したに外ならない「カインの末裔」」 174
「詩人ワルト　ホヰットマン」（内村鑑三） 89, 91
『自然論』*Nature*（エマソン） 78
「実験室」 176, 179-182, 221
「死と其前後」 176
『渋江抽斎』（森鷗外） ii
「自分の筆でする仕事」（武者小路実篤） 137
「詩への逸脱」 250, 251
『十九世紀文学主潮』*Main Currents in Nineteenth-Century Literature*［英訳］（ブランデス） 100
「酒狂」 249
『ジョン・ウルマンの生涯』*Life of John Woolman* 78
『白樺』 107, 110, 132-134, 136, 137, 139, 140, 142, 155, 156, 160, 161, 163, 165, 170, 172, 200, 202, 223, 227, 228, 230,

235
「死を」 252
「神学校演説」"Divinity School Address"（エマソン） 78
『神曲』*La Divina Commedia*（ダンテ） 56, 60, 67
『新社会への諸思想』 91
『神秘的半獣主義』（岩野泡鳴） 151
「随意録」 31
「酔美人」（永井荷風） 54
『スケッチ・ブック』*The Sketch Book*（アーヴィング） 77
「スリーピー・ホローの伝説」"The Legend of Sleepy Hollow"（アーヴィング） 77
「生活革命の動機」 245
『星座（第一巻）』（有島武郎著作集第十四輯） 230
「聖餐」 228
『聖書之研究』（内村鑑三） 78, 89
「聖なる死の囁き」"Whispers of Heavenly Death"（ホイットマン） 253
『性の心理の研究』*Studies in Psychology of Sex*（エリス） 200, 220
「西方古伝」"A Hindoo Legend"［英訳］（シェンキェヴィチ） 134
「宣言」 vi, 153, 154, 165–170, 172, 187
『宣言』（有島武郎著作集第二輯） 176
「宣言一つ」 239, 241

た　行

「大洪水の前」 228
「大正八年度の文芸界」（芥川龍之介） 225
「大道の歌」"Song of the Open Road"（ホイットマン） 147, 234, 235
「大統領リンカーン追頌歌」"When Lilacs Last in the Dooryard Boolm'd"（ホイットマン） 253
『旅する心』（有島武郎著作集第十二輯） 230
『旅人の夜の歌』（吹田順助） 128
「断橋」 218, 230, 249
「断腸亭日乗」（永井荷風） 30, 31
「小さき者へ」 vii, x, 140, 141, 154
『小さな灯』（有島武郎著作集第十三輯） 233
『父と子』（ツルゲーネフ） 126
「父との関係」（高村光太郎） 29
「手」 252
『読史余論』（新井白石） 43
「ドモ又の死」 230, 231, 248

な　行

「内部生活の現象」 147
「内部生命論」（北村透谷） 151
『二千五百年史』（竹越與三郎） 43
『日記』*Journal*（フォックス） 57, 59, 76
「日記より」 58, 76, 77
『日本文明史略』（物集高見） 43
「農場開放顛末」 246

は　行

「背教者としての有島武郎」（内村鑑三） 259
『破戒』（島崎藤村） ii, v
「白官舎」 230, 232
『ピエールとジャン』*Pierre and Jean*［英訳］（モーパッサン） 200
「卑怯者」 229
「美的生活を論ず」（高山樗牛） 151
「一房の葡萄」 229
「瞳なき眼」 251
『病床録』（国木田独歩） 143

「広津氏に答ふ」 240
「二つの道」 94, 106, 134-136, 139, 150, 155, 156, 172, 174, 231
『復活』（トルストイ） 37, 39
「フランセスの顔」 49, 50, 52, 170
「ブランド」 133, 138
「ブルジョア文学論＝有島武郎氏の窮屈な考へ方」（広津和郎） 239
「ブルックリン渡船場を横ぎりて」 "Crossing Brooklyn Ferry"（ホイットマン） 234
「文化の末路」 249, 250
「文芸家と社会主義同盟について」 238
「文壇に於ける平等主義の代表者『ウォルト，ホイットマン』Walt Whitman の詩について」（夏目漱石） 88
「米国の田園生活」 48, 58, 133
「平凡人の手紙」 154
『ヘダ・ガブラー』*Hedda Gabler*（イプセン） 106, 135
「ホイットマン」（千家元麿） 235
『ホイットマン詩集』（白鳥省吾訳） 232
『ホヰットマン詩集　第一輯・第二輯』（有島武郎訳） 93, 234, 235
「『ホヰットマン詩集』第二輯を出すに当つて」 253
「ホイットマンに就いて」 91, 195, 232, 236
「ホイットマンの一断面」 85, 91, 142
『方丈記』（鴨長明） 44
「坊っちゃん」（夏目漱石） 171
「骨」 249
『本格小説』（水村美苗） i, ii

ま　行

『マリア・スチュアート』*Maria Stuart*（シラー） 77
『萬葉集』 44
『みだれ髪』（與謝野晶子） 24
『道草』（夏目漱石） v
「武者小路兄へ」 193
『メアリー・マグダレーン』*Mary Magdalene*（作者不詳） 38, 39
『明暗』（夏目漱石） ii, v
「迷路」 vi, 68, 110, 111, 153
『迷路』（有島武郎著作集第五輯） 68, 70, 110-118, 170
「も一度「二つの道」に就て」 136, 139

や　行

『漾虚集』（夏目漱石） 171
『余は如何にして基督信徒となりし乎』*Diary of a Convert* [How I Became a Christian]（内村鑑三） 18, 54, 78

ら　行

『櫟林集』（内村鑑三） 89
『リビングストン伝』 15, 104
「『リビングストン伝』の序」 10-12, 14, 23, 41, 59, 60, 61, 83, 85, 98-100, 122, 130, 131, 146
『歴史哲学』（ヘーゲル） 56
「老船長の幻覚」 155
「露国革命党の老女」 80, 104, 113, 133, 138, 144

わ　行

「吾輩は猫である」（夏目漱石） 171
「私の父と母」 8
「私の妻を迎へぬ理由」 254
「ワルト・ホヰットマン（感想）」 236

欧　文

A History of Japanese Literature（アストン）43
Bushido, The Soul of Japan（新渡戸稲造）43
Classical Poetry of the Japanese（B. H. チェンバレン）43
"Development of Japanese Civilization: From the Mythical Age to the Time of Decline of Shogunal Power"（「日本文明の発展——神話時代から徳川幕府の滅亡まで」）42
Evolution of the Japanese（S. L. ギューリック）43
Glimpses of Unfamiliar Japan（L. ハーン）43
"Is He Living or Is He Dead?"（マーク・トゥエイン）231
"Love the Plunderer"（「惜しみなく愛は奪ふ」）148
Teaching of Christianity（トルストイ）56
The Intercourse between the United States and Japan（新渡戸稲造）43
The Mikado's Empire（W. E. グリフィス）43

事項索引

あ 行

アヴォンデール　46-48, 51, 52, 54, 55, 67, 74, 98, 99
新しい女　189
新しき村　193
アメリカ留学　ix, 6, 9, 16, 19, 23, 27, 29, 42, 122, 126, 127, 133, 172, 205, 259
有島農場(狩太農場)　144, 172, 227, 241-247
家　7, 11, 14, 28, 30
遠友夜学校　127, 161, 245

か 行

学習院　vi, 9, 10, 21, 31, 104, 132
学友（皇太子の）　10, 21
観念小説　116
キリスト教　6, 9, 11, 12, 14-16, 19, 20, 38, 39, 59, 68, 78, 80, 93, 108, 150, 153, 206, 260
——教会　59, 74, 93, 186
——信仰　x, 3, 4, 7, 13, 16, 19, 20, 31, 34, 36, 38, 39, 56, 59, 66, 68, 79, 80, 100, 101, 128, 131, 207, 260
——信徒　vi, ix, 2, 65, 127
クエーカー派（フレンド派）　40, 41, 55, 57, 78
草の葉会　194, 232, 234
軍隊　1, 7, 16, 28, 126
ケンブリッジ　75, 98
恋　→恋愛
個性（→自己 をも参照）　228, 249
国家　7, 11, 14, 16, 20, 22, 26, 28, 30, 122
コンコード　76, 77

さ 行

札幌基督教青年会（YMCA）　147
札幌独立基督協会　127, 145
札幌農学校　5, 6, 8, 10, 11, 16, 31, 40, 43, 75, 101, 104, 120, 126, 145, 197, 205, 230
死　13, 14, 102, 250, 251, 253, 261
シアトル　33
自我　→自己
シカゴ　35, 36
自己　23, 29, 95, 118, 121-123, 128, 136-139, 142, 145, 148, 150-152, 174-176, 179, 182, 193-195, 200, 207, 213, 224, 230, 231, 237, 238, 246
私小説　i
自然主義　30, 108, 116, 132, 163, 225
思想　25, 45, 80, 81, 89, 110, 121, 241
社会主義　ix, 78-81, 83, 108, 112, 127, 144, 145, 222, 238
自由　23, 29, 92, 121, 241, 254
定山渓　12, 13
白樺派　139, 223
人道主義　vi, vii-ix, 15, 80, 101, 170
スリーピー・ホロー　77
生　71, 93, 118, 143-145, 193, 222, 225, 226, 241, 251, 253, 261
性　95, 116
聖書　174, 227
性欲（→肉，肉欲 をも参照）　ix, 12, 20, 116, 168, 169
ソヴィエト革命　238

叢文閣　197, 215, 248

た 行

ダニエル農場　97, 98, 115
東北帝国大学農科大学　48, 126, 145, 148, 165, 232, 245
渡米　→アメリカ留学

な 行

肉（→肉欲 をも参照）　ix, 14, 47, 98, 134, 151, 186, 187
肉欲（→性欲 をも参照）　53, 65, 95, 130, 131, 186, 187, 217
日露戦争　19, 41, 42, 78
日本社会主義同盟　238, 239
ニューヨーク　37, 74

は・ま行

ハーヴァード大学　59, 70, 73-75, 79, 95, 97, 98
バークレー・ホール　40
ハヴァフォード大学　21, 39-42, 45, 47, 53, 55, 57, 73, 75
ピューリタン　31, 192, 240
フィラデルフィア　21, 39, 46, 56, 74
フレンド精神病院　55-61, 66-68, 70, 74, 110, 115
フレンド派　→クエーカー派
文明　30, 43, 44
平和主義　78, 80
「他ノ道」　69, 71, 101
ボストン　74, 75, 84
ボルティモア　37, 47, 99
本格小説　i - x , 4, 32, 68, 109, 139, 144, 153, 155, 170, 182, 185, 200, 202, 213, 223, 225, 249, 258
翻訳　231-235, 249
モデル小説　213

ら・わ行

留学　18, 22, 24, 25, 30, 119
霊　ix, 14, 47, 48, 53, 95, 134, 151
恋愛　22, 23, 30, 35, 36, 39, 45-48, 61, 62, 64, 65, 68, 95, 101, 102, 115, 168, 169
労働　98
労働問題　40, 75, 79
ローファー　92-95, 98, 103, 106, 195, 196, 232, 234, 236-241, 246, 248, 251, 254, 260, 261
ワシントン　99, 102, 107